ANGIELSKI
PACJENT

Michael Ondaatje

ANGIELSKI PACJENT

Z angielskiego przełożył
Wacław Sadkowski

Świat Książki

Tytuł oryginału
THE ENGLISH PATIENT

Zdjęcie na obwolucie
Miramax Films
Copyright © 1996 Miramax. All rights reserved.
Published by arrangement with Hyperion / Miramax

Redakcja
Ewa Kotarska

Redakcja techniczna
Alicja Jabłońska-Chodzeń

Korekta
Agata Bołdok
Jolanta Spodar

Świat Książki, Warszawa 1997

Druk i oprawa w GGP

ISBN 83-7129-519-7

Nr 1735

Pamięci
Skipa i Mary Dickinsonów

Dla Quintina i Griffina

A także dla Louise Dennys,
z podziękowaniami

Jestem pewien, że większość z państwa pamięta tragiczne okoliczności śmierci Geoffreya Cliftona w Gilf Kebir, gdzie później zaginęła też jego żona, Katharine Clifton; wszystko to działo się w roku 1939, w czasie wyprawy mającej na celu odnalezienie Zerzury.

Nie mógłbym rozpocząć dzisiejszego zebrania nie wspominając z żalem tych tragicznych zdarzeń.

Dzisiejszego wieczoru wysłuchamy wykładu...

Z protokołu zebrania
Geographical Society,
które odbyło się w Londynie
w listopadzie roku 194-.

I

Villa Medici

Podnosi się znad grządki w zapuszczonym ogrodzie – postanowiła go stopniowo uporządkować – spogląda przed siebie, w przestrzeń. Wyczuwa zbliżającą się zmianę pogody. Wiatr ma inny dotyk, niesie z sobą jakieś inne odgłosy i mocny zapach cyprysów. Odwraca się i rusza w stronę domu, przeskakując niski murek ogrodowy; czuje na odsłoniętych ramionach pierwsze krople deszczu. Przebiega przez krużganek i wpada do wnętrza. Nie zatrzymując się w kuchni, wchodzi po pogrążonych w ciemności schodach i szybkim krokiem przemierza długi korytarz. U jego końca światło pada na podłogę przez otwarte drzwi. Wchodzi do pokoju, który też jest ogrodem – tyle że utworzonym z drzew i altan namalowanych na ścianach i suficie. Na łóżku leży mężczyzna: wystawia ciało na chłodne powiewy przeciągu. Wolno odwraca głowę ku wchodzącej.

Co cztery dni przemywa to sczerniałe ciało, poczynając od stóp. Nawilża myjkę i wyżyma ją przesuwając nad rannym, zrasza go wyciekającą wodą ostrożnie, wsłuchując się w pomrukiwania mężczyzny, wypatrując jego uśmiechu. Oparzeliny powyżej goleni wyglądają najgorzej. Są czerwieńsze od purpury. Prześwieca przez nie kość.
Opiekuje się nim już od miesięcy i dobrze zna jego ciało: penisa uśpionego niczym konik morski, wąskie, kościste biodra. Biodra Ukrzyżowanego, myśli. Jej święty męczennik.
Mężczyzna leży na wznak, płasko, bez poduszki i patrzy w górę na freski pokrywające sufit: splątane gałęzie, liście, i wyżej jeszcze, na błękitne niebo.

9

Ostrożnie przemywa rivanolem te miejsca na piersiach, gdzie poparzenia są mniejsze, gdzie może go dotykać. Lubi to wklęśnięcie skóry pod ostatnim żebrem, jej nagły uskok. Unosząc go pod łopatki, delikatnie chłodzi mu oddechem kark, on coś cicho mruczy.

– Co? – pyta wytrącona ze swego skupienia.

Zwraca ku niej swą sczerniałą twarz z szarymi oczyma. Ona sięga ręką do kieszeni. Zdziera zębami skórę ze śliwki, wyjmuje pestkę i wkłada mu owoc do ust.

On znów coś szepcze, wciągając młodą pielęgniarkę, całą w niego zasłuchaną, tam, gdzie przebywa myślami, w tę studnię pamięci, którą będzie drążył uporczywie przez wszystkie miesiące, jakie poprzedzą jego śmierć.

Opowieści, jakie mężczyzna snuje spokojnym głosem, krążą w przestrzeni pokoju jak kołujące jastrzębie. Budzi się w swej klatce, otoczony zewsząd plątaniną kwiatów, konarami potężnych drzew. Przypominają mu się dawne pikniki, kobieta, która całowała jego ciało, teraz tak popalone, że przypomina kolorem oberżynę.

Całe tygodnie przebywałem na pustyni, mówi, zapominając nawet popatrzeć na księżyc, tak jak mężowi zdarza się nieraz i przez kilka dni nie spojrzeć na twarz żony. I nie jest to grzech zaniedbania; po prostu co innego go zaprząta.

Wbija wzrok w twarz młodej kobiety. Kiedy ona odwraca głowę, jego wzrok wędruje za jej spojrzeniem. Ona pochyla się nad nim. Jak doszło do tego wypadku?

Jest późne popołudnie. On skubie brzeg prześcieradła, muska je wierzchem dłoni.

Spadłem w płonącym samolocie na pustynię.

Znaleźli mnie dogorywającego, zrobili nosze z jakichś drągów i powlekli ze sobą. To było gdzieś w okolicach Morza Piaskowego, przekraczaliśmy od czasu do czasu łożyska wyschłych rzek. Nomadzi, wiesz, Beduini. Samolot zarył się w piach, który przytłumił ogień. Zobaczyli, jak nagi wygrzebuję się z wraku. Skórzana pilotka tliła mi się na głowie. Przywiązali mnie do noszy, czy raczej tobogonu, pięty obijały mi się o ziemię, kiedy mnie za sobą wlekli. Przemierzyliśmy w ten sposób kawał pustyni.

Beduini znali się na ogniu. Sporo wiedzieli o samolotach, które spadały z nieba począwszy od 1939 roku. Z metalowych części rozbitych maszyn robili sobie różne narzędzia. W tym czasie wojna toczyła się w powietrzu. Potrafili rozpoznawać urywany warkot uszkodzonych samolotów, umieli znaleźć ich wraki. Najmniejsza nawet część pulpitu sterowniczego miała dla nich wartość klejnotu. Byłem dla nich zapewne pierwszym człowiekiem, jaki wydostał się z płonącej maszyny żywy, choć żarzyła się na nim pilotka. Nic o mnie nie wiedzieli. Ja nic nie wiedziałem o ich plemieniu.

A kim jesteś?

Nie wiem. Ale nie przestawaj mnie o to pytać.

Mówiłeś, że jesteś Anglikiem.

Wieczorami nigdy nie jest na tyle zmęczony, by mógł zasnąć. Ona czyta mu różne książki, które znajduje w bibliotece na parterze. Odblask świecy pada na kartki, oświetla twarz czytającej na głos pielęgniarki, czasem też drzewa i pejzaże przedstawione na ściennych malowidłach. Mężczyzna wsłuchuje się w jej głos, spijając słowa jak wodę.

Kiedy wieczór jest zimny, ostrożnie wślizguje się do łóżka i układa obok niego. Uważa, aby go nie dotknąć, nie sprawić mu bólu, nie może nawet oprzeć na nim ciężaru swej drobnej dłoni.

Czasem on nie zasypia aż do drugiej nad ranem, wpatrując się w ciemność.

Zapach oazy wyczuwał, jeszcze zanim mógł ją dostrzec. Wilgoć w powietrzu. Odgłosy życia. Poszum palm, brzęk wędzideł. Podzwanianie napełnionych wodą wiader wyciąganych z głębi studni.

Nasycali oliwą szmaty ze starych, miękkich turbanów i okładali go nimi. Zostawał namaszczony.

Stale wyczuwał przy sobie obecność jakiegoś milczącego mężczyzny, zapach jego oddechu, gdy ten pochylał się nad

11

nim każdego wieczoru, odwijał szmaty i uważnie przypatrywał się poparzonej skórze.

Kiedy go tak obnażano, stawał się na powrót tamtym człowiekiem, który nagi wydostawał się z płonącego samolotu. Rozciągali nad nim płachty z szarego filcu. Podziwiał mądrość ludu, który go odnalazł. Skąd, z jakiej krainy pochodzą tak miękkie daktyle, które ów mężczyzna przeżuwał i wkładał mu do ust? Póki przebywał z tymi ludźmi, nie musiał też sobie przypominać, skąd do nich przybył. Dla nich był wrogiem strąconym z nieba.

Później, już w szpitalu w Pizie, zwidywało mu się każdej nocy, że widzi obok siebie twarz człowieka, który przeżuwa daktyle i rozmiękczone wkłada mu do ust.

Tamte noce nie miały barw. Mijały bez słów, bez pieśni. Beduini milkli, kiedy się budził. Spoczywał na swych noszach niczym na ołtarzu, wyobrażając sobie w swej próżności, że otaczają go setki ludzi, a przecież mogło być tylko tych dwóch, którzy go uratowali zrywając mu z głowy żarzącą się pilotkę. Tych dwóch, których rozpoznawał po smaku śliny, kiedy przełykał przeżute daktyle, albo po odgłosie biegnących stóp.

Usiadła i zabrała się do czytania; blask świecy padał na książkę. Od czasu do czasu rzucała okiem na dół, w głąb hallu pałacu zamienionego w szpital polowy, w którym przebywała wraz z innymi pielęgniarkami, póki nie przeniesiono ich kolejno w inne miejsca, w ślad za przesuwającą się na północ wojną, niemal już zakończoną.

Weszła w taki okres życia, w którym w książkach upatruje się jedynej drogi wyjścia na świat ze swej samotnej celi. Książki stały się więc połową jej świata. Siadywała przy nocnym stoliku i pochylona wczytywała się w historię hinduskiego chłopca, który uczył się rozpoznawać różne klejnoty i przedmioty ułożone na tacce, odsyłany do kolejnych nauczycieli – tych, co uczyli go dialektu, tych, co ćwiczyli w nim sztukę zapamiętywania, tych, co mu pokazywali, jak uniknąć hipnozy.

Książkę trzymała na kolanach. Uzmysłowiła sobie, że od ponad pięciu minut wpatruje się w porowaty papier, w zagięty róg stronicy siedemnastej, z którego ktoś kiedyś zrobił sobie zakładkę. Wygładziła dłonią płaszczyznę kartki. Myśl spłoszona jak mysz w pułapce, ćma za ciemną szybą. Spojrzała w dół, w głąb hallu, choć nikogo nie było w Villa San Girolamo oprócz niej i tego rannego Anglika. Uprawiała kilka grządek w rozoranym bombami sadzie powyżej domu, warzyw wystarczało dla nich obojga, a z miasta od czasu do czasu przyjeżdżał pewien człowiek; sprzedawała mu mydło i prześcieradła i co tam jeszcze zostało z zaopatrzenia szpitala polowego w zamian za inne niezbędne rzeczy. Trochę fasoli, czasem mięso. Mężczyzna zostawił jej dwie butelki wina i każdej nocy, kiedy Anglik już zasypiał, wychodziła z pokoju pozostawiając nie domknięte drzwi, nalewała sobie ceremonialnie szklaneczkę, zanosiła ją na nocny stolik i popijała, zagłębiając się w czytaną właśnie książkę.

Dla Anglika zaś, niezależnie od tego, czy słuchał uważnie, czy nie, książki zawierały luki w toku akcji, tak jakby powódź rozmyła odcinek drogi, brakowało pewnych epizodów, jakby mole wygryzły dziury w kilimie albo też jakby z popękanych od wstrząsów ścian wykruszył się nocą płat fresku.

Pałac, w którym przebywała wraz z Anglikiem, tak właśnie wyglądał. Do niektórych pokojów nie można było wejść, bo zalegał je gruz. Do biblioteki na dole przez wyrwę po pocisku zaglądał księżyc i wpadał deszcz – stojący w pobliżu fotel był wiecznie namokły.

Nie przejmowała się tymi lukami w pamięci Anglika, skoro i on nic sobie z nich nie robił. Nie streszczała mu rozdziałów, których nie pamiętał. Po prostu otwierała książkę i oznajmiała: „strona dziewięćdziesiąta szósta", albo: „strona sto jedenasta". Były to jedyne wskazania, jakich mu udzielała. Przykładała sobie obie jego dłonie do twarzy i wąchała je – ciągle wydzielały woń choroby.

Twoje ręce robią się szorstkie, mówił.

To przez zielsko i osty. I od łopaty.

Uważaj na siebie. Ostrzegam cię, tu się kryją różne niebezpieczeństwa.

Wiem.

I wtedy zaczynała czytać.

13

Dzięki ojcu posiadła wiedzę o dłoniach. O psich łapach. Ilekroć zostawał w domu z psem sam, schylał się nad nim i wąchał skórę w miejscu, gdzie sierść stykała się z opuszkami palców psich łap. Mawiał, że to najpiękniejszy zapach na świecie, jakby chodziło o aromat brandy. Ten bukiet! Wspaniałe wieści z podróży! Próbowała okazywać niechęć, ale psie łapy były naprawdę cudem, nigdy nie wydzielały woni brudu. Są jak katedra, prawił ojciec, jak wspaniały ogród, jak porośnięte trawą błonie, jak przechadzka wśród cyklamenów – koncentrat zapachów ze wszystkich ścieżek, jakimi zwierzę wędrowało w ciągu dnia.

Gonitwa myśli jak spłoszonych myszy; znów oderwała wzrok od książki.

Zdjęli mu z twarzy maskę z suchych traw. Dzień zaćmienia. Na ten dzień czekali. Gdzie też się znalazł? Jakaż to cywilizacja umiała tak przewidywać pogodę i zaćmienia Słońca? El Ahmar albo El Abyadd, bo musiało to być jedno z plemion z północno-zachodniej części pustyni. Takie, które umiało odnaleźć człowieka strąconego z nieba, osłonić mu twarz maseczką ze splecionych trzcin oazowych. Miał teraz wytrwałość traw. Kiedyś jego najbardziej ulubionym ogrodem był ogród traw w londyńskich Kew Gardens – kolory tak delikatne i urozmaicone jak odcienie kolejnych warstw popiołu na pustynnym urwisku.

Przypatrywał się teraz krajobrazowi w czasie zaćmienia. Uczyli go wznosić ramiona i chłonąć w ciało siły ze wszechświata, tak jak pustynia ściąga z nieba samoloty. Nosili go na filcowej płachcie rozpiętej na gałęziach. Patrzył na klucze flamingów przelatujące w polu jego widzenia w półmroku przysłoniętego słońca.

Skórę zawsze pokrywała mu maść albo osłaniał mrok. Pewnej nocy usłyszał coś, co wydało mu się grą wichrów gdzieś wysoko na niebie. Owo coś ucichło po chwili, a on zasnął czując głód tego dźwięku, powściąganego głosu ptaka, może flaminga, albo lisa pustynnego, którego jeden z mężczyzn nosił w zaszytej do połowy kieszeni burnusa.

Następnego dnia, leżąc zakryty derką, usłyszał urwane, zgrzytliwe odgłosy. Dźwięki wydobywające się z ciemności. O zmroku zdjęli zeń derkę i ujrzał mężczyznę zbliżającego się doń ruchem tak posuwistym, jakby jego głowa przesuwała się po stole. Po chwili zobaczył, że mężczyzna ma na sobie ogromne jarzmo, z którego zwisają setki małych buteleczek na sznurkach i drucikach różnej długości. Jego sylwetka poruszająca się tak płynnie, jakby stanowiła część tej szklanej kurtyny, była tą kurtyną szczelnie zasłonięta.

Postać przypominała większość tych wszystkich rysunków przedstawiających archanioły, które próbował kopiować jako uczeń, nigdy nie zastanawiając się nad tym, w jaki sposób ciało mogłoby pomieścić w sobie mięśnie zdolne poruszać takimi skrzydłami. Mężczyzna posuwał się wydłużonymi, powolnymi krokami, buteleczki wcale się przy tym nie kolebały. Szklana fala, archanioł, wszelakie maści w buteleczkach nagrzanych słońcem tak, że kiedy nakładano mu je na skórę, wydawały się specjalnie podgrzane dla rannego. Za mężczyzną załamane światło – błękit i inne kolory rozsiane wśród mgiełek i piasku. Leciutki pobrzęk szkła i zmienność barw, monarszy krok i twarz jak wąskie, ciemne ostrze.

Szyjki buteleczek były chropowate i zapiaszczone – szkło, które przeniesiono w inną cywilizację. Każda buteleczka zatkana była korkiem, mężczyzna wyciągał go zębami i trzymał w wargach, gdy mieszał zawartość butelki z zawartością innej; drugi korek także trzymał w zębach. Stanął ze swymi skrzydłami nad nieruchomo leżącym, poparzonym ciałem, wbił dwa kije głęboko w piasek, zdjął z siebie owo olbrzymie jarzmo i zawiesił je na nich. Wydostał się ze swego sklepiku i przyklęknął nad poparzonym pilotem, położył mu chłodne dłonie na karku i przytrzymał je tam.

Znany był wszystkim wędrowcom podążającym wielbłądzim szlakiem na północ, z Sudanu do Gizy, zwanym Szlakiem Czterdziestodniowym. Wychodził naprzeciw karawanom, sprzedawał zioła i napary, krążył między oazami i wodopojami. Przedzierał się przez burze piaskowe w swym płaszczu z buteleczek, uszy miał zatkane dwoma małymi kołeczkami, tak że sam sobie wydawał się zamkniętym naczyniem, ten

15

wędrowny lekarz, ten król maści i wonności, król panaceów, ten osobliwy chrzciciel. Wkraczał do obozów i rozstawiał swą zasłonę z buteleczek przed każdym, kto był chory. Przysiadł przy poparzonym mężczyźnie. Uformował małą skórzaną czarkę ze swych zsuniętych stóp i nawet się nie oglądając sięgnął poza siebie po kilka buteleczek. Kiedy je odkorkowywał, z każdej wydobywał się szczególny zapach. Była wśród tych aromatów woń morza. Był zapach rdzy. Indygo. Atramentu. Mułu rzecznego, formaliny, parafiny, eteru. Przypływ zmieszanych woni. Porykiwanie wielbłądów skądś z oddali, gdzie rozbijano namioty. Zaczął wcierać rannemu ciemnozieloną maść w skórę na klatce piersiowej. Była to roztarta kość pawia – rozpowszechniony na zachodzie i południu najskuteczniejszy lek na oparzenia.

Drzwi znajdujące się między kuchnią a zburzoną kaplicą wiodły do owalnej sali bibliotecznej. Wnętrze wydawało się całe, tylko w górnej części ściany przed dwoma miesiącami pocisk artyleryjski wyrwał wielką dziurę. Komnata dostosowała się do tego okaleczenia, godząc się na kaprysy pogody, nocne gwiazdy, ptasi śpiew. Znajdowała się w niej sofa, fortepian przykryty szarym płóciennym pokrowcem, wypchana głowa niedźwiedzia i wysokie regały zastawione książkami. Półki stojące najbliżej okaleczonej ściany zalewane były deszczem, który podwajał ciężar ustawionych na nich książek. Przez dziurę wdzierało się też światło błyskawic, prześlizgując się po pokrowcu fortepianu i po dywanie.

Po przeciwnej stronie sali znajdowały się zabite deskami drzwi na taras. Gdyby dało się je otwierać, mógłby przejść wprost z biblioteki do trzydziestu sześciu wyszczerbionych schodków obok kaplicy i wydostać się na coś, co było kiedyś łąką, a co teraz rozorały bomby i eksplozje. Wycofująca się armia niemiecka zaminowała wiele budynków, dlatego nie sprawdzone przez saperów pomieszczenia zamykano, dla bezpieczeństwa przytwierdzając gwoździami drzwi do futryny.

Zdawała sobie sprawę z zagrożenia, gdy wchodziła do tej komnaty o zmierzchu. Stąpała ostrożnie po drewnianej podłodze, myśląc, że starczyłoby ciężaru jej ciała do uruchomienia każdego zapalnika, gdyby znajdował się pod klepkami. Stopy w kurzu. Jedynym źródłem światła była wyrwa w ścianie, wpatrzona w niebo. Wyciągnęła z półki tom *Ostatniego Mohikanina* – wydał przy tym odgłos, jakby go odrywano od jakiejś zlepionej całości – i nawet w tym nikłym świetle za-

17

chwyciła się jasnobłękitną barwą nieba i jeziora na okładce książki, z Indianinem na pierwszym planie. Później zaś, zupełnie jakby miał w tej komnacie przebywać ktoś, komu nie wolno przeszkadzać, wycofała się z niej na palcach, stąpając po własnych śladach – dla bezpieczeństwa, ale także prowadząc swoją małą grę, grę mającą stworzyć wrażenie, że ktoś wszedł do tej sali, a następnie w niepojęty sposób zniknął. Zamknęła drzwi i zawiesiła na klamce ostrzeżenie przed minami.

Przysiadła w niszy okiennej w pokoju rannego Anglika, mając po jednej stronie ścienne malowidła, a po drugiej widok na dolinę. Otworzyła książkę. Kartki były pozlepiane. Czuła się jak Robinson znajdujący księgę wyrzuconą przez morze i schnącą na nabrzeżnym piasku. *Opowieść z roku 1757*. Zilustrował N.C. Wyeth. Jak zawsze w dobrych książkach, znajdował się tam spis ilustracji; każdej poświęcono osobną linijkę.

Wkroczyła w tę opowieść z poczuciem, iż wdziera się w życie innych, w intrygę powieściową, która cofnie ją o dwieście lat; cała wypełniła się zadaniami i zdarzeniami, jakby budziła się ze snu przytłoczona nie zapamiętanymi majakami.

Położone na wzgórzu włoskie miasteczko, strzegące drogi na północny zachód, oblegano przez ponad miesiąc. Ostrzał artyleryjski skupiał się na dwóch pałacach i klasztorze otoczonym sadem; rosły w nim jabłonie i śliwy. W Villa Medici rezydowali generałowie. Położona nieco wyżej Villa Girolamo, w której uprzednio mieścił się żeński klasztor, dzięki swym przypominającym zamek umocnieniom zamieniona została przez armię niemiecką w prawdziwą twierdzę. Broniły jej liczne oddziały. Kiedy miasteczko na wzgórzu starto z powierzchni ziemi, tak jak się zatapia okręt na morzu, żołnierze opuścili namioty rozstawione w sadzie i zapełnili sypialnie dawnego konwentu żeńskiego.

Kaplicę częściowo wysadzono w powietrze. Część górnej kondygnacji zburzyły bomby i pociski. Kiedy wojska sprzymierzonych zdobyły w końcu budynek i zamieniły go w szpital, schody wiodące na trzecie piętro zabarykadowano, choć ocalał tam kominek i strop.

Zarówno ona, jak i Anglik nalegali, by ich tu pozostawić, gdy pozostałe siostry i pacjentów ewakuowano w bezpieczniejsze miejsca na południu. Marzli w tym czasie, pozbawieni byli elektryczności. Z niektórych komnat o zburzonych ścianach roztaczał się widok wprost na dolinę. Kiedy otwierała drzwi i zaglądała do wnętrza, znajdowała tam co najwyżej rozmokłe łóżko stojące w kącie, zasłane opadłymi liśćmi. Drzwi wiodły wprost w krajobraz na zewnątrz. Kilka takich pokoi zamieniło się w rodzaj ptaszarni.

Dolne stopnie na klatce schodowej uległy zniszczeniu w czasie pożaru; ogień podłożyli wycofujący się żołnierze. Wyniosła naręcze ksiąg z biblioteki i ułożyła z nich dwa najniższe, zastępcze schodki. Większość krzeseł porąbano na opał. Fotel z biblioteki ocalał, ponieważ był zawsze mokry; wieczorne burze ustawicznie zalewały go wodą przez wyrwę po pocisku. W kwietniu 1945 roku spalenia uniknęło tylko to, co było mokre.

Zachowało się kilka łóżek. Zasmakowała w nomadzkich przenosinach z pokoju do pokoju, z hamakiem lub śpiworem; czasem sypiała w pokoju rannego Anglika, czasem w hallu, w zależności od temperatury, wiatru i nasłonecznienia. Rankami zwijała posłanie w rulon i związywała sznurem. W miarę jak się ocieplało, wykorzystywała coraz to nowe pomieszczenia, wietrząc zatęchłe kąty, pozwalając słońcu osuszać zacieki. W niektóre noce pozostawiała drzwi otwarte i układała się do snu w pomieszczeniach pozbawionych w wyniku bombardowania zewnętrznych ścian. Kładła się na łóżku polowym na samym skraju ocalałej podłogi i wpatrywała w pejzaż nocnego nieba, w gwiazdy i przesuwające się obłoki. Budziły ją grzmoty i błyskawice. Miała dwadzieścia lat, zatraciła w owym czasie lęk przed niebezpieczeństwem, nie odczuwała niepokoju na myśl o zagrożeniach, jakie mogły stwarzać miny podłożone w sali bibliotecznej, nie bała się błyskawic, które ją budziły po nocach. Zmęczyły ją mroźne miesiące zimowe, kiedy musiała przebywać w ciemnych, osłoniętych pomieszczeniach. Wędrowała teraz po zaśmieconych przez żołnierzy pokojach, które ogrzewano paląc porąbane meble. Wymiatała z nich liście i zaschłe odchody, wynosiła nadpalone stoły. Wiodła taki włóczęgowski tryb życia, podczas gdy ranny Anglik wylegiwał się w łóżku jak król.

Z zewnątrz budynek sprawiał wrażenie zdewastowanego. Schody wiodące do drzwi wejściowych były od połowy zerwane, zwisały z nich pogięte poręcze. Życie ich dwojga sprowadzało się do zdobywania pożywienia i prób zapewnienia sobie bezpieczeństwa. Wieczorami używali tylko małych świeczek w obawie przed bandytami, którzy grabili wszystko, co napotkali. Szansą było to właśnie, że pałac wydawał się ruiną. Czuła się w nim jednak bezpiecznie – na poły dorosła, na poły dziecko. Mając za sobą to wszystko, co przydarzyło się jej w latach wojny, wypracowała sobie kilka zasad postępowania. Nigdy już nie podda się żadnym nakazom ani nie podejmie żadnych obowiązków w imię wyższego dobra. Będzie się opiekowała wyłącznie rannym Anglikiem. Będzie mu czytała, obmywała go i podawała morfinę – i tylko z nim będzie się porozumiewać.

Krzątała się po ogrodzie i sadzie. Wydobyła ze zburzonej kaplicy duży, ponad półmetrowy krucyfiks i zrobiła z niego stracha na wróble, umieszczając go na uprawianej grządce. Puste puszki po sardynkach grzechotały zawieszone u jego ramion i dzwoniły przy każdym podmuchu. Wędrowała sobie poprzez rumowiska we wnętrzu willi ku oświetlonej płomykiem świecy alkowie, gdzie trzymała swą starannie zapakowaną walizkę, w której było niewiele rzeczy – kilka listów, parę zwiniętych w ruloniki ubiorów i metalowe pudełko ze środkami sanitarnymi. Uporządkowała już część pałacu, a całą resztę mogłaby spalić, gdyby zechciała.

Stojąc w mroku hallu zapala zapałkę i przytyka ją do knota świecy. Odblask pada na jej ręce. Klęka. Opiera dłonie o uda i wdycha zapach siarki. Wydaje się jej, że wdycha światło.

Cofa się trochę i kawałkiem białej kredy kreśli na drewnianej podłodze prostokąt. Potem cofa się jeszcze, dalej kreśląc prostokąty, tak że tworzy się z nich piramida, pojedynczy prostokąt następuje po podwójnym. Lewą ręką wspiera się o podłogę, głowę trzyma opuszczoną; wyraz powagi na twarzy. Oddala się coraz bardziej od światła. Aż wreszcie przysiada na piętach. Kredę chowa do kieszeni. Podnosi się i zadzierając spódnicę, owija ją sobie ściśle wokół talii. Z drugiej kieszeni bluzy wyjmuje kawałek metalu i rzuca go tak, żeby upadł poza obrębem najdalszego prostokąta. Skacze przed siebie ze złączonymi stopami, cień podskakuje wraz z nią, wydłużając się w głębi hallu. Porusza się szybko, jej tenisówki mierzą prosto w numery, które wypisała pośrodku poszczególnych prostokątów, skacze to na jednej nodze, to na obu, aż dociera do ostatniego prostokąta.

Nachyla się i podnosi z ziemi kawałek metalu, zastygając w tej pozycji, z opuszczonymi rękoma, ciężko oddychając. Bierze głęboki wdech i zdmuchuje świecę.

Stoi teraz w ciemnościach. Swąd zgaszonej świecy.

Wyprostowuje się i półskokiem odwraca, a potem rusza w drogę powrotną, w głąb ciemnego hallu, skokami jeszcze szybszymi niż poprzednio, wciąż opadając na prostokąty, o których wie, że muszą być tam, gdzie były; jej tenisówki odrywają się od podłogi i padają na nią – echo roznosi dźwięki po całym zrujnowanym włoskim pałacu, i dalej jeszcze, ku wąwozowi zalanemu poświatą księżyca.

Niekiedy nocą ranny mężczyzna słyszy jakieś ciche szmery dobiegające z wnętrza budynku. Natęża słuch, skupiając na nich całą uwagę, ale ciągle nie potrafi ani określić charakteru tych odgłosów, ani ustalić, skąd się biorą.

Otwiera notatnik leżący na stoliku przy jego łóżku. Jest to książka, wyniesiona z ognia, egzemplarz *Dziejów* Herodota, w który jej pacjent wklejał wyrwane strony innych książek, na którym notował na marginesie swe własne uwagi – tak, że wniknęły w tekst autora.

Zaczyna odczytywać jego drobne, niezgrabne pismo.

Jest taki rodzaj trąby powietrznej w południowym Maroku, *aajej*, przed którym fellachowie bronią się nożami. Jest też *africo*, który niekiedy docierał aż do Rzymu. Jest *alm*, jesienny wiatr dmący z Jugosławii. Jest *arifi*, zwany też *aref* albo *rifi*, który zachowuje ten sam palący żar mimo różnych nazw. Są to wiatry stałe, mówi się o nich zawsze w czasie teraźniejszym.

Są także wiatry inne, uderzające znienacka, które ciągle zmieniają kierunek i potrafią obrócić jeźdźca wraz z koniem jak wskazówkę wokół tarczy zegara. Taki *bist roz* szaleje w Afganistanie przez 170 dni i całe wioski obraca w perzynę. Gorący, suchy *ghibli* dmie uparcie z Tunisu wprawiając ludzi w stan rozdrażnienia. *Haboob* – burza piaskowa z Sudanu niesie wysoką na kilometr jasnożółtą ścianę, za którą idzie deszcz. *Harmattan* dociera aż do Atlantyku i zdaje się w nim tonąć. *imbat* jest bryzą morską z Afryki Północnej. Niektóre wichry wzbijają się wprost w niebo. Nocne burze piaskowe, które przynoszą chłody. *Khamsin*, burza piaskowa trwająca w Egipcie nieprzerwanie od marca do maja; jej nazwa pochodzi od arabskiego wyrazu oznaczającego „pięćdziesiąt", ponieważ *khamsin* nie ustaje przez pięćdziesiąt dni – dziewiąta plaga egipska. *Datoo* z Gibraltaru niesie z sobą różne wonie.

Jest wreszcie tajemniczy wiatr pustynny, którego nazwy zakazał używać pewien król, po tym jak wiatr ów pochłonął jego syna. I *nafhat* – podmuch z Arabii. Jest *mezzar-ifoullousen* – gwałtowny i zimny wicher południowo-zachodni, zwany przez Berberów „ten, który wyrywa ptakom pióra". Jest także *beshabar*, mroczny i suchy północno-wschodni wiatr dmący z Kaukazu, „czarny" wicher. A wreszcie *samiel* z Turcji, „wiatr trujący", który często wykorzystywano w czasie wojen. Są też inne „trujące wiatry", takie jak *simoom* z Afryki Północnej i *solano*, który niesie wraz z piaskiem płatki kwiatów i powoduje zawroty głowy.

I inne jeszcze, osobliwe wiatry. Rozlewające się po ziemi jak powódź. Zdzierające z przedmiotów barwy, zrywające przewody telefoniczne, miotające kamieniami, toczące pozwalane głowy posągów. *Harmattan* przemierza Saharę niosąc z sobą czerwony pył, palący jak ogień, drobny jak mąka, wciskający się do wnętrza luf i zamków karabinowych. Marynarze nazywają ten czerwony wiatr „morzem ciemności". Czerwone drobiny piasku z Sahary docierały aż do Kornwalii i hrabstwa Devon, zabarwiając padające tam gwałtowne deszcze tak intensywnie, że brano je za broczącą z nieba krew. „O krwawych deszczach donoszono z Portugalii i Hiszpanii w roku 1901".

Miliony ton piasku unoszą się w powietrzu od zawsze, tak jak od zawsze miliony metrów sześciennych powietrza zawarte są w glebie, a przebywa w niej znacznie więcej żywego mięsa (dżdżownic, robaków, podziemnych żyjątek) niż na powierzchni ziemi. Herodot opowiada o zatracie armii pochłoniętych przez *simoom*, których nigdy już nikt nie zobaczył. Pewne plemię „tak rozwścieczył ten diabelski wicher, że wydało mu wojnę i wystąpiło przeciw niemu w pełnym ordynku bojowym, po to tylko, by dać mu się całkowicie pochłonąć". Burze piaskowe występują w trzech postaciach. Jako wir. Jako słup. Jako płachta. W pierwszym przypadku niknie horyzont. W drugim otaczają cię „tańczące czarty". W trzecim nakrywa cię płachta „koloru miedzi. Wydaje się, że cała przyroda stanęła w płomieniach".

Odrywa wzrok od książki i widzi, że Anglik się jej przypatruje. Odzywa się do niej w ciemnościach.

Beduini mieli powody, żeby mnie utrzymać przy życiu. Byłem im potrzebny, rozumiesz. Ktoś ich zapewnił, że dowiodłem sporej zręczności, kiedy samolot spadał na pustynię, że umiem rozpoznawać nie opatrzone nazwami miasta na podstawie szkiców sytuacyjnych. Nosiłem w sobie zawsze mnóstwo informacji. Jestem kimś takim, kto pozostawiony sam sobie w obcym mieszkaniu podchodzi do półki z książkami, wyjmuje jakiś tom i zagłębia się w nim. Bo jesteśmy przecież przesyceni historią. Znam się na mapach dna morskiego, mapach geofizycznych, wyrysowanych na skórze mapach ukazujących szlaki krucjat.

Wiedziałem więc, gdzie się znajduję, zanim spadłem, wiedziałem, że w dawnych wiekach przemierzał te przestrzenie Aleksander Wielki, w tym samym co i ja celu i z tą samą pasją. Znałem obyczaje nomadów owładniętych namiętnością do jedwabiu. Zachłannie strzegących źródeł wody. Jedno z plemion zmieniło zabarwienie całego dna doliny, pokrywając je czernią, by zwiększyć konwekcję, a tym samym prawdopodobieństwo opadów, i wznosiło wysokie konstrukcje, by chwytać od spodu wędrujące chmury. Inne znów plemiona unosiły w stronę nadchodzącego wiatru rozczapierzone dłonie. Wierzyły, że jeśli zastosują ten sposób we właściwym momencie, zdołają skierować burzę w inne rejony pustyni, obrócić ją przeciw innym, mniej kochanym przez bogów plemionom. Ludy te odchodziły w przeszłość, stawały się historią, piasek przysypywał ich ostatnie tchnienie.

Na pustyni łatwo zatracić zdolność różnicowania przestrzeni. Kiedy spadałem z nieba na te żółte rzeczne łożyska, jedyną myślą, jaka mną owładnęła, było to, że muszę sobie zbudować tratwę. Muszę zbudować tratwę.

I tam, na tym suchym piasku, odczuwałem, że znalazłem się wśród ludzi związanych swym życiem z wodą.

Widziałem w Tassili malowidła ścienne pochodzące z okresu, kiedy ludy saharyjskie łowiły z trzcinowych tratw koniki morskie. W Wadi Sura oglądałem jaskinie, których ściany pokryte były malowidłami przedstawiającymi pływaków. W pobliżu musiało się kiedyś znajdować jezioro. Mógłbym im na ścianie wyrysować jego kontury. Mógłbym ich zaprowadzić nad jego brzeg, ten sprzed sześciu tysięcy lat.

Zapytaj marynarza, jak wyglądał najstarszy żagiel, a opisze ci żagiel trapezoidalny, rozpięty na maszcie trzcinowej tratwy, takiej, jakie widzimy na malowidłach skalnych w Nubii. Predynastycznej. Ciągle odnajduje się na pustyni harpuny. Zamieszkiwali ją ludzie oswojeni z wodą. Nawet dzisiejsze karawany przypominają swym ruchem rzekę. A dziś woda jest tu czymś obcym. Jest wygnańcem, sprowadzanym na powrót w bańkach i flaszkach, jest duchem nawiedzającym twe dłonie i twe usta.

Kiedy trafłem między nich, niepewny, gdzie się znajduję, jedyną rzeczą, jakiej mi było trzeba, była nazwa jakiegoś niewielkiego łańcucha wzgórz, jakiś lokalny obyczaj, jakieś szczątki prehistorycznego zwierzęcia – a mapa świata powróciłaby w mej pamięci na swoje miejsce.

Cóż większość z nas wie o tych połaciach Afryki? Armie Nilu przesuwające się w tę i z powrotem – pole bitewne wdzierające się na sześćset kilometrów w głąb pustyni. Czołgi typu Whippet, bombowce średniego zasięgu typu Blenheim. Dwupłatowce bojowe Gladiator. Osiem tysięcy ludzi. Ale któż jest przeciwnikiem? A kto sojusznikiem tych miejsc – żyznych ziem Cyrenajki, solanek El Agheila? Wszyscy Europejczycy toczą swe wojny w północnej Afryce, w Sidi Rezegh, w Bagouh.

Przez pięć dni Beduini wlekli go za sobą na noszach w ciemności, nakrytego derką. Spoczywał pod tym nasączonym oliwą nakryciem. A potem nagle temperatura spadła. Doszli do doliny położonej na dnie kanionu o wysokich, czerwonych ścianach, dołączając tu do plemienia owych pustynnych wodniaków, którzy żeglowali po piasku i prześlizgiwali się po kamieniach, powiewając połami błękitnych szat jak skrzydłami. Zdjęli zeń miękkie okrycie, z jego chłonącego wilgoć ciała. Był na dnie wąwozu. Myszołowy wysoko ponad nimi spoglądały – jak od tysiąca lat – w dół, w tę szczelinę skalną, w której rozbili obóz.

Rankiem zanieśli go daleko w głąb *siq*. Wiedli przy nim głośne rozmowy. Teraz rozpoznał dialekt, jakim mówili. Sprowadzono go tutaj ze względu na broń znajdywaną na pustyni.

Położono go z zasłoniętą twarzą skierowaną ku czemuś nieokreślonemu, ręką sięgnąć mógł o jakiś metr przed siebie. Po wielu dniach podróży ruch o jeden metr. Pochyla się do przodu, namacał coś wyciągniętą ręką. Dłoń naciska owo coś i otwiera. Rozpoznał magazynek stena, a jakaś ręka zaraz mu go odebrała. Głosy zamilkły. Znalazł się tutaj, aby im objaśniać różne typy broni.

– Dwunastomilimetrowy karabin maszynowy breda. Włoski. Odciągnął zamek, wsadził do komory palec, by stwierdzić, czy nie ma tam naboju, i nacisnął spust. Prztyk.

– Słynna broń – wyszeptał.

Przesunięto go dalej.

– Francuski siedmioipółmilimetrowy châttelerault. Lekka broń maszynowa. Z 1924 roku.

– Niemiecki siedmioipółmilimetrowy MG-15, na wyposażeniu lotników.

Przesuwano go kolejno do każdego z typów broni. Musiały pochodzić z różnych okresów i z wielu krajów, takie muzeum na pustyni. Wymacywał kształt lufy i magazynka, naciskał spust. Wymieniał nazwę broni i przenoszono go do następnej. Przedstawiono mu ich osiem. Głośno wykrzykiwał nazwy, wymieniał je po francusku, a potem w języku plemienia. Ale jakież to mogło mieć dla nich znaczenie? Być może nie byli ciekawi nazw, ale chcieli wiedzieć, jaka właściwie ta broń jest.

Ujęto go za nadgarstek i zanurzono mu dłoń w pudle z nabojami. W innym pudle po prawej stronie znajdowały się kolejne naboje, siedmiomilimetrowe dla odmiany. I jeszcze inne.

Kiedy był dzieckiem, zajmowała się nim ciotka; rozkładała na trawniku talię zakrytych kart i uczyła go gry polegającej na tym, że każdy z graczy miał prawo odkryć dwie karty i w pamięci łączyć je z kartami innych. Ale działo się to w innym otoczeniu, wśród strumieni pełnych pstrągów, wśród głosów ptaków, które mógł rozpoznać nawet z urywków trelu. Był to świat w pełni nazwany. Teraz, mając twarz zasłoniętą maską ze splecionych trzcin, wyjmował z pudła nabój i wskazywał broń, do której pasował, wkładał go do komory, repetował broń i oddawał strzał w powietrze. Huk odbijał się od ścian wąwozu. *Albowiem echo jest jak dusza głosu, co się rozbudza w miejscach opustoszałych.* Pewien ponury człowiek uważany za obłąkanego zapisał to zdanie w czasie pobytu w angielskim szpitalu. A on sam tu – na pustyni, był w pełni władz umysłowych, jasno myślał, rozkładał karty i z łatwością układał je na powrót, posyłał szeroki uśmiech ciotce i wystrzeliwał w niebo kolejną szczęśliwą kombinację, na co niewidzialni ludzie wokół niego odpowiadali szczerym śmiechem. Zwracał się na swym palankinie w jedną stronę, potem ponownie pochylał, tym razem nad bredą, a asystujący mu człowiek nożem wydrapywał znaki na lufie i na odpowiednim pudle z nabojami. Zasmakował w tym – ruch i śmiech po długiej samotności. Odwdzięczał się swymi umiejętnościami ludziom, którzy mu uratowali życie.

Wędrując z nimi trafiał do wiosek, w których nie było kobiet. Kolejne plemiona przekazywały sobie jego wiedzę jak użyteczne narzędzie. Plemiona składające się z ośmiu tysięcy indywidualności. Stykał się z osobliwymi obyczajami i osobliwą muzyką. Wsłuchiwał się, zwykle z twarzą zasłoniętą maską, w przypominające przepływ wody pieśni plemienia Mziba, w tańce *dahhiya*, w dźwięk fletów używanych do przekazywania wiadomości w pilnej potrzebie, w dźwięk fletów podwójnych *makruna* (jedna rurka ustawicznie wydawała dźwięk basowy). Potem dotarli na terytorium pięciostrunowej liry. Do wioski w oazie wypełnionej preludiami i interludiami. Klaskaniem w dłonie. Tańcami przeplatającymi się jak antyfona.

Oczy odsłaniano mu dopiero po zmierzchu; wtedy mógł obserwować swych porywaczy i wybawców. Już wiedział, gdzie się znajduje. Niektórym plemionom rysował mapy wykraczające poza dostępne ich wiedzy granice, innym objaśniał mechanizmy broni. Muzycy zasiadali po drugiej stronie ogniska. Dźwięki liry *simsimiya* ulatywały z wiatrem. Albo też przedzierały się doń przez ogień. Jakiś chłopiec tańczył; w poblasku ognia wydał mu się najbardziej pociągającym stworzeniem, jakie w życiu widział. Wąskie barki blade jak papirus, błyski światła odbijające się w kroplach potu na brzuchu, nagość wyzierająca przez rozcięcia niebieskiej szaty – jak pokusa sięgająca od karku do łydki, jak zygzak brązowej błyskawicy.

Otaczała go pustynna noc, przez którą przetaczały się w bezładzie burze i karawany. Zawsze czaiły się wokół niego tajemnice i zagrożenia, jak wtedy, kiedy siedząc na piasku i po omacku przesuwając ręką po głowie strzygł się obustronną brzytwą. Nie wiedział wtedy, czy śni, czyste ostrze nie sprawiało bólu, musiał rozmazać sobie krew na głowie (twarzy nadal nie mógł nawet musnąć), by wskazać porywaczom, że się zranił. Ta wioska bez kobiet, do której przyniesiono go w całkowitej ciszy, cały ten miesiąc, kiedy nie oglądał księżyca – czy wszystko to nie było złudzeniem? Majakami śnionymi, kiedy pozostawał w ciemności, pod okładem z nasyconego oliwą filcu?

Przekraczali łożyska rzek, w których płynęła woda. Na otwartych przestrzeniach natrafiali niekiedy na ukryte osady; czekał, póki nie dokopali się do pokrytych piaskiem pomieszczeń albo do źródeł wody. Czyste piękno owego niewinnego, tańczącego chłopca jak dźwięk głosu chórzysty, który zapamiętał jako najczystszy z tonów, najczystszą źródlaną wodę, najprzejrzystszą toń morską. Tu, na pustyni, która była kiedyś morzem i gdzie nic nie było przytwierdzone ani stałe, wszystko się poruszało – jak skraj szaty na ciele chłopca, jakby zanurzającego się i wyłaniającego z oceanu czy też z matczynego łona. Chłopca wpadającego w podniecenie, wystawiającego genitalia na poblask ognia.

Potem ogień zasypano, spowijał ich dym. Wibrowanie instrumentów muzycznych, dźwięki opadające jak tętno lub deszcz. Chłopiec wyciągnął rękę ponad wygaszonym ogniskiem, by uciszyć flety. Nie było już chłopca ani odgłosu stóp, kiedy odchodził. Tylko obce łachy. Jeden z mężczyzn zebrał spermę, która rozprysnęła się po piasku. Podszedł do białego instruktora od zasad działania broni i natarł nią jego dłonie. Na pustyni nie darzy się czcią niczego oprócz wilgoci.

Zbliżyła się do lichtarza, podniosła go i przyjrzała się ścianie pokrytej sztukaterią. Zebrała przedtem wszystkie lustra i wyniosła je do jednego z pustych pokojów. Uniosła lichtarz i poruszyła głową, powodując przesuwanie się cienia. Nabrała wody w dłonie i zmoczyła nią sobie włosy, aż stały się zupełnie wilgotne. To ją ochładzało, lubiła wychodzić potem na zewnątrz, na powiew wiatru uciszający wzburzenie.

II

W ruinach nieopodal

Mężczyzna o zabandażowanych dłoniach przebywał w szpitalu wojskowym od ponad czterech miesięcy, kiedy przypadkiem dotarła doń wieść o poparzonym rannym i jego pielęgniarce i kiedy usłyszał jej nazwisko. Cofnął się od drzwi i wrócił do pokojów lekarskich – przez których rząd dopiero co przeszedł – aby się dowiedzieć, gdzie ona się znajduje. Przebywał tam na rekonwalescencji już od dawna i uważali go za człowieka nieodgadnionego. Ale oto przemówił, dopytując się o nią, i tym wprawił ich w osłupienie. Przez cały czas swego pobytu w szpitalu nigdy się nie odzywał, komunikując się z nimi jedynie za pomocą gestów i grymasów, czasami – jak teraz – uśmiechu. Nie ujawniał niczego, nawet swego nazwiska, wypisał tylko na kartce swój numer identyfikacyjny, który dowodził, że jest żołnierzem sił sprzymierzonych.

Jego przynależność badano dwukrotnie, potwierdzano ją w Londynie. Ciało pokryte miał siecią blizn. Doktorzy ciągle się nad nim pochylali, kiwając głowami nad jego zabandażowanymi dłońmi. Był w końcu znakomitością wymagającą uszanowania. Bohaterem wojennym.

Dzięki temu właśnie czuł się bezpieczny. Niczego nie ujawniając. Niezależnie od tego, czy obchodzili się z nim delikatnie, czy imali się najróżniejszych podstępów, czy wręcz zbliżali się doń ze skalpelem. Przez ponad cztery miesiące nie wyrzekł słowa. W ich obecności stawał się dużym zwierzęciem umieszczonym w ruinach nieopodal i raczonym stałymi dawkami morfiny mającymi uśmierzyć ból dłoni. Siadywał w mroku na fotelu i wsłuchiwał się w dobiegające z sal szpitalnych głosy pacjentów i pogawędki pielęgniarek w służbówce.

Teraz jednak, gdy przechodził korytarzem wzdłuż pokojów lekarskich i usłyszał nazwisko kobiety, zwolnił kroku, zawrócił, podszedł do lekarzy i spytał, w jakim dokładnie szpitalu ta kobieta pracuje. Powiedzieli mu, że jest to dawny klasztor żeński, zajęty przez wojsko niemieckie, a potem odbity po długim oblężeniu i zamieniony w szpital. Mieści się na jednym ze wzgórz na północ od Florencji. Większą część tej budowli zniszczyły bombardowania. Nie jest tam bezpiecznie. Tylko tymczasowo umieszczono tam lazaret polowy. Ale zarówno pielęgniarka, jak i ranny odmówili przeniesienia ich w inne miejsce.

Dlaczego nie zmusiliście tych dwojga do przeprowadzki?

Utrzymywała, że stan pacjenta jest zbyt ciężki, aby go przenosić. Moglibyśmy oczywiście go przenieść bez narażania jego życia na szwank, ale nie było czasu na dyskusje z tą pielęgniarką. Jej stan też był kiepski.

Czy była ranna?

Nie. Być może doznała szoku w czasie ostrzału. Powinno się ją odesłać do domu. Kłopot w tym, że wojna tutaj już się zakończyła. Nikogo nie można już do niczego zmusić. Pacjenci opuszczają samowolnie szpital. Oddziały kierowane są do obozów demobilizacyjnych, zanim żołnierzy porozsyła się do domów.

Gdzie oni są, w jakim pałacu?

W tym, o którym się mówi, że tam duch straszy w ogrodzie. San Girolamo. Ale ona ma własnego ducha, tego poparzonego rannego. Twarz mu ocalała, ale nie można go rozpoznać. System nerwowy uległ całkowitemu rozbiciu. Można przesuwać mu tuż przy twarzy palącą się zapałkę i nie ma żadnej reakcji. Twarz ma skamieniałą.

Kto to taki?

Nie znamy jego nazwiska.

Nie chce mówić?

Grupka lekarzy wybuchnęła śmiechem.

Nie, skąd, mówi, mówi przez cały czas, ale sam nie wie, kim jest.

Skąd się tu wziął?

Beduini przywlekli go do oazy Siwa. Potem przebywał przez

jakiś czas w Pizie, a potem... Któryś z Arabów zapewne wziął sobie tabliczkę z jego numerem identyfikacyjnvm. Pewnie ją sprzeda i odzyskamy ją któregoś dnia, a może i nie sprzeda. To są cenne amulety. Z tych wszystkich pilotów zestrzelonych nad pustynią żaden nie odzyskał swego numeru identyfikacyjnego. Teraz przebywa w tym toskańskim pałacu, a dziewczyna nie chce go opuścić. Po prostu odmawia. Sprzymierzeni umieścili tam początkowo kilkuset rannych. A przedtem Niemcy obsadzili go całą armią, był to ostatni punkt ich oporu. Niektóre komnaty ozdobione są freskami, każdy przedstawia inną porę roku. Willa leży nad wąwozem. Wszystko to o jakieś trzydzieści kilometrów od Florencji, na wzgórzach. Oczywiście, będziesz musiał dostać przepustkę. Pewnie znajdziemy kogoś, kto cię zawiezie w tamte strony. Nadal wszystko wygląda tam okropnie. Wszędzie pełno padliny. Zastrzelone, w połowie objedzone z mięsa konie. Ludzkie zwłoki zwisające głowami w dół z mostów. Ostatnie wojenne zbrodnie. Bardzo tam niebezpiecznie. Jeszcze nie dotarli do tych okolic saperzy, aby dokładnie oczyścić teren. Wycofujący się Niemcy wszystko za sobą palili i zaminowywali. Straszne miejsce na szpital. Najgorszy jest trupi odór. Trzeba by porządnej śnieżycy, żeby oczyścić ten kraj. I przydałyby się kruki.

Dziękuję panom.

Wyszedł przed szpital, na słońce, na świeże powietrze, po raz pierwszy od kilku miesięcy wyrwał się z sal oświetlanych zielonymi lampkami, które utkwiły mu w mózgu jak okruchy szkła. Stał wdychając w siebie wszystko, cały dookolny pośpiech. Przede wszystkim, pomyślał, muszę sobie sprawić buty na gumowej podeszwie. Muszę zdobyć *gelato*.

W pociągu nie mógł zasnąć, kiwał się na ławce z jednej strony na drugą. Pasażerowie w przedziale palili. Uderzał skronią o ramę okienną. Wszyscy byli ubrani na czarno, wagon wydawał się płonąć od ogników żarzących się papierosów. Zauważył, że ilekroć pociąg mija jakiś cmentarz, pasażerowie wokół niego żegnają się znakiem krzyża. *Jej stan też był kiepski.*

Gelato w zamian za usunięcie migdałków, zapamiętał to sobie. Towarzyszył dziewczynie i jej ojcu do miejsca, gdzie mieli jej usunąć migdałki. Zajrzała do poczekalni pełnej dzieci i po prostu odmówiła wejścia. To najposłuszniejsze i najłagodniejsze z dzieci zamieniło się nagle w niewzruszony, nie dający się tknąć głaz. Nikt nie śmie wyrwać niczego z jej gardła, mimo iż wiedza medyczna nakazywała dokonanie operacji. Będzie żyć nadal z tym czymś, jakkolwiek by „to" miało wyglądać. Nadal nie miał pojęcia, co to takiego te migdałki.

Nie dobrali mi się nigdy do głowy, pomyślał, to dziwne. Najgorsze chwile przeżywał, kiedy próbował sobie wyobrazić, co byliby z nim robili później, jaką kolejną część ciała by ucięli. Zawsze wtedy myślał o głowie.

Popłoch jak u myszy w pułapce.

Stanął z walizką w ręku na przeciwległym końcu hallu. Postawił ją na ziemi i pomachał ręką poprzez mrok ku smugom światła padającym z bocznych drzwi. Nie słychać było kroków, kiedy do niej podchodził, nie zaskrzypiała podłoga, co jej nie zdziwiło, wydało się jej znajome i miłe, że potrafił wkroczyć w intymność jej i rannego Anglika bez zbędnego hałasu.

Kiedy przekraczał smugi światła przecinające długi hall, rzucały za nim jego wydłużony cień. Podkręciła knot w lampie naftowej, poszerzając krąg światła. Siedziała spokojna, z książką na kolanach, kiedy do niej podszedł i przykucnął przy niej jak przyjezdny wujek.

– Powiedz mi, co to są migdałki?

Jej oczy wpatrzone w niego pytająco.

– Ciągle mam w pamięci to, jak wybiegłaś ze szpitala ścigana przez dwóch dryblasów.

Potaknęła.

– Czy twój pacjent jest tam? Czy mogę do niego zajrzeć?

Potrząsnęła głową przecząco, powtarzała ten ruch aż do chwili, kiedy się znów odezwał.

– No to obejrzę go sobie jutro. Powiedz mi teraz, gdzie się mam ulokować. Nie trzeba mi prześcieradła. Czy jest tu kuchnia? Musiałem odbyć niesamowitą podróż, żeby cię odnaleźć.

Kiedy oddalił się w głąb kotytarza, drżąc przysiadła na powrót przy stole. Potrzebowała tego stołu, tej doczytanej do połowy książki, by przyjść do siebie. Oto mężczyzna, którego znała, długo jechał pociągiem, potem sześć kilometrów wspinał się z wioski na wzgórze, przeszedł długi korytarz i dotarł do tego stołu po to tylko, by ją ujrzeć. Po kilku minutach weszła do pokoju rannego Anglika, zatrzymała się nad jego posłaniem i popatrzyła na niego. Poświata księżyca wśród listowia odmalowanego na ścianach. Było to jedyne światło, które czyniło owo *trompe l'oeil* przekonującym. Mogłaby zerwać któryś kwiat i przypiąć sobie do sukni.

Człowiek nazywany Caravaggiem otwiera wszystkie okna, by móc wsłuchiwać się w odgłosy nocy. Rozbiera się, podkłada sobie ostrożnie dłonie pod głowę i kładzie się na nie pościelonym łóżku. Szum drzew, światło księżyca załamujące się na kształt srebrnych rybich łusek, odbijające się od liści astrów rosnących na zewnątrz.

Poświata księżycowa przylega doń jak druga skóra, jak opływająca woda. W godzinę później wspina się na dach pałacu. Z jego szczytu widać poszczególne fragmenty pochyłego dachu, dwa akry rozrytych pociskami ogrodów i sadów, jakie otaczają pałac. Ogląda miejsce, w którym odnaleźli się we Włoszech.

Rankiem przy fontannie prowadzą niezobowiązującą rozmowę.

– Skoro znalazłaś się we Włoszech, powinnaś dowiedzieć się więcej o Verdim.

– Co? – spojrzała znad pościeli, którą prała w fontannie. Przypomniał jej.

– Kiedyś powiedziałaś mi, że go uwielbiasz.

Hana pokręciła głową z zakłopotaniem. Caravaggio snuje się wokół, po raz pierwszy przypatruje się budynkowi, oglądając go od tarasu w dół, po ogród.

– Tak, byłaś w nim rozkochana. Doprowadzałaś nas do szału coraz to nowymi szczegółami dotyczącymi Giuseppe. Cóż to za człowiek! W każdym calu najwspanialszy, mówiłaś. Wszyscyśmy ci musieli przytakiwać, tej przemądrzałej siedemnastolatce.

– Ciekawe, co też się z nią stało.

Rozwija i płucze prześcieradło w rynience fontanny.

– Byłaś kimś o niebezpiecznie silnej woli.

Przechodzi po płytach chodnika, trawa pleni się w szczelinach. On spogląda na jej czarno obute stopy, na obcisłą brązową suknię. Ona wychyla się przez balustradę.

– Myślę, że się tu wybrałam – muszę przyznać, że pragnienie to tkwiło gdzieś we mnie – głównie ze względu na Verdiego. No i, oczywiście, bo ty wyjechałeś, i mój ojciec wyruszył na wojnę... Spójrz na te jastrzębie. Zlatują się tu każdego ranka. Wszystko tu jest zniszczone i pogruchotane na kawałki. Bieżącą wodę w całym pałacu znaleźć można tylko w tej fontannie. Wojskowi rozmontowali wodociąg, kiedy się stąd wynosili. Myśleli, że mnie w ten sposób zmuszą do wyprowadzki.

– Powinnaś była się wynieść. Muszą jeszcze oczyścić ten teren. Pełno tu wszędzie niewypałów.

Podchodzi do niego i kładzie mu palec na ustach.

– Cieszę się, że cię tu widzę, Caravaggio. Cieszę się tobą tak, jak nikim innym bym się nie cieszyła. Tylko mi nie mów, że się tu zjawiłeś po to, żeby mnie przekonać do wyprowadzki.

– Chciałbym gdzieś znaleźć cichy bar, gdzie podają wurlitzera, i popijać go bez lęku przed zasranymi bombami. Słuchać śpiewu Franka Sinatry. Musimy tu ściągnąć trochę jakiejś muzyki – mówi – będzie dobra dla twego pacjenta.

– On wciąż przebywa duchem w Afryce.

Popatruje na nią, oczekując, że będzie jeszcze coś miała do powiedzenia o rannym Angliku. Ona dorzuca:

– Niektórzy Anglicy kochają Afrykę. Jakaś część ich umysłowości wiernie odzwierciedla pustynię. Więc nie czują się tam obco.

Patrzy, jak potakuje sama sobie głową. Wąska twarz pod krótko obciętą czupryną; nie ma już zasłony ani tajemnicy skrywanej kiedyś za długimi włosami. Jedyne, co z niej pozostało, to wrażenie, że się już uładziła w swym wewnętrznym wszechświecie. Fontanna szemrząca z tyłu, jastrzębie, rozorany bombami ogród pałacowy.

Może w ten właśnie sposób wraca się z wojny. Poparzony człowiek, którym trzeba się zaopiekować, prześcieradła, które trzeba uprać w rynience fontanny, komnata z freskami na podobieństwo ogrodu. Tak jakby jedyną rzeczą, która pozostaje, była przeszłość zawarta w małej kapsułce pochodzącej z dawien dawna, z czasów na długo przed Verdim. Medyceusze zastanawiający się nad kształtem balustrady lub okna, wędrujący nocą ze świecą w towarzystwie zaproszonego architekta – najlepszego architekta w całym piętnastym stuleciu – i zamawiający u niego coś bardziej odpowiedniego do obramowania widoku.

– Jeśli zechcesz tu zostać – mówi ona – będziemy potrzebowali więcej żywności. Posadziłam warzywa, mamy worek fasoli, ale przydałyby się jakieś kurczaki.

Spogląda na Caravaggia, mając w pamięci jego dawną zaradność, ale nie wypowiada tego na głos.

– Utraciłem już całą dawną zręczność.
– Wybiorę się więc z tobą. – Hana oferuje pomoc. – Zrobimy to razem. Nauczysz mnie kraść, pokażesz mi, jak się to robi.
– Nie zrozumiałaś. Naprawdę utraciłem całą zręczność.
– Dlaczego?
– Złapali mnie. Omal mi nie obcięli tych pieprzonych rąk.

Czasami nocą, kiedy ranny Anglik już zasypia, albo nawet po przeczytaniu samej sobie paru stron już poza jego pokojem, Hana idzie popatrzeć na Caravaggia. Ten poleguje sobie w ogrodzie, rozciągnięty wzdłuż rynienki fontanny, patrząc w gwiazdy, bądź też trzeba doń schodzić na dolny taras. Teraz, w porze wczesnego lata, trudno mu pozostawać na noc wewnątrz budynku. Najczęściej przebywa na dachu, obok zburzonego komina, ale zsuwa się stamtąd cicho, kiedy tylko dostrzeże jej sylwetkę na tarasie. Można go znaleźć obok pozbawionego głowy posągu hrabiego; na obłamanej szyi lubią przesiadywać zdziczałe koty, na zmianę majestatyczne lub przeciągające się na widok człowieka. Za każdym razem Hana utwierdza się w przekonaniu, że jest jedyną istotą, która umie go odnaleźć, tego człowieka oswojonego z ciemnością, który żalił się po pijanemu, że uniosła go w niebo cała gromada sów.

Oni oboje na wzgórzu, w oddali światła Florencji. Czasem wydaje się jej szalony; czasem nadmiernie opanowany. W świetle dnia dokładniej obserwuje sposób, w jaki się porusza, sztywność jego zabandażowanych dłoni i to, jak odwraca się całym ciałem, zamiast odwrócić tylko głowę, kiedy ona wskazuje mu coś znajdującego się dalej na wzgórzu. Ale nie mówi mu o swoich spostrzeżeniach.

– Mój pacjent uważa, że sproszkowana kość pawia jest świetnym lekiem.

On obserwuje nocne niebo.

– Tak.

– A więc byłeś szpiegiem?

– Niezupełnie.

W mrocznym ogrodzie czuje się lepiej, swobodniej, światło lampy z pokoju rannego opada migocąc.

– Czasami wysyłano nas po to, byśmy coś wykradli. I oto stawałem się Włochem i złodziejem. Nie wierzyli we własne szczęście, zdawali się na mnie. Było nas czterech albo pięciu. Przez pewien czas mi się wiodło. A potem przypadkowo zostałem sfotografowany. Wyobrażasz sobie? Przebrałem się w smoking, ten małpi strój, żeby pójść na pewne przyjęcie i wykraść ważne papiery. Naprawdę byłem złodziejem. Żadnym tam patriotą. Ani wielkim bohaterem. Zrobili cnotę z mojego sprytu. Jedna z kobiet przyniosła z sobą aparat i fotografowała niemieckich ofcerów; złapała mnie w jednym z kadrów, w tle, w sali balowej. W półkroku. Szmer przesłony sprawił, że obróciłem głowę w tym kierunku. I tym sposobem cała przyszłość stała się niebezpieczna. Była to jakaś przyjaciółka generała. Wszystkie zdjęcia robione w czasie wojny wywoływano oficjalnie, pod nadzorem gestapo, w laboratoriach urzędowych. Tam też miałem się znaleźć, nie wpisany na żadną listę gości, narażony na zdemaskowanie przez jakiegoś funkcjonariusza bezpieczeństwa, kiedy klisza zawędruje do laboratorium w Mediolanie. Trzeba więc było spróbować wykraść w jakiś sposób to zdjęcie.

Przygląda się swemu angielskiemu pacjentowi, którego uśpione ciało znajduje się zapewne o tysiące kilometrów stąd, na pustyni, opatrywane przez człowieka, który zanurza palce w osobliwej czarce utworzonej z zagłębienia zsuniętych ciasno stóp i namaszcza go, wciera ciemną maść w poparzoną skórę jego twarzy. Ona próbuje wyczuć nacisk tej dłoni na własnym policzku.

Schodzi na dół i układa się w hamaku, odrywając nogi od ziemi wprawia go w ruch wahadłowy.

W chwilach tuż przed zaśnięciem najsilniej odczuwa to, że żyje. Przebiega myślą zdarzenia dnia, zabierając każde z nich z sobą do łóżka, tak jak dziecko zabiera z sobą szkolne książki i ołówki. Dzień wydaje się nie uporządkowany aż do tej chwili, która staje się czymś na podobieństwo księgi wpływów i wydatków; ciało jej wypełnia się historiami i zdarzeniami. Na przykład – Caravaggio coś jej dzisiaj ofiarował. Swoje motywy, swój dramat, swą skradzioną podobiznę.

Wyjeżdża z przyjęcia samochodem. Opony piszczą na łagodnych zakrętach wysypanej żwirem drogi wiodącej ku wyjściowej bramie, szumi silnik auta połyskującego jak atrament w mroku letniej nocy. Przez resztę wieczoru podczas przyjęcia w Villa Cosima śledził autorkę fotografii, kryjąc się za innymi uczestnikami balu, kiedy zwracała aparat w jego stronę. Teraz, kiedy wie, że zdjęcie już zostało zrobione, wie też, jak uniknąć dalszych. Podsłuchuje rozmowy tej kobiety, dowiaduje się, że ma na imię Anna, że jest kochanką jednego z oficerów, który na noc pozostaje w tym pałacu, ale rankiem ma wyruszyć w drogę w głąb Toskanii. Uśmiercenie tej kobiety albo jej nagłe zniknięcie tylko wzmogłoby podejrzenia. Wszystko, co niezwykłe, staje się dziś podejrzane.

W cztery godziny później skrada się w skarpetkach po trawniku, kryjąc pod sobą swój cień rzucany przez księżyc. Wchodzi na wyżwirowaną ścieżkę ostrożnie unosząc stopy. Spogląda ku górze, na Villa Cosima, na zalane światłem księżyca prostokąty okien. Oto pałac wojennych markietanek.

Snop światła z samochodowych reflektorów – wytryskujący jak z ogrodowego węża – wpada nagle do pokoju, w którym się znajduje. Zastyga w półkroku, spostrzega wpatrujące się weń oczy kobiety, na której rytmicznie porusza się mężczyzna, zatapiając palce w jej jasnych włosach. I wie, że mimo iż jest teraz nagi, rozpoznała w nim tego samego człowieka, któremu zrobiła zdjęcie podczas tłumnego przyjęcia, ponieważ przez przypadek przybrał teraz tę samą pozę, półobrócony ku światłu, które ukazało jego nagie ciało w ciemnościach nocy. Światło reflektorów zwraca się ku narożnikowi komnaty i znika.

Znów zapadają ciemności. Nie wie, czy się poruszyć, nie wie, czy ona powiadomi podrygującego na niej mężczyznę o obecności w ich pokoju obcej osoby. Nagiego złodzieja. Nagiego zabójcy. Czy może powinien – z wyciągniętymi rękami, gotowymi skręcić mu kark – podejść do pary kochającej się w łóżku?

Słyszy, że mężczyzna nadal wykonuje swe miłosne ruchy, słyszy milczenie kobiety – bez jednego westchnienia – nieomal słyszy, jak ona myśli, jak próbuje wypatrzyć go w ciemności. Powinno się tu użyć wyrazu rozmyślać. Umysł Caravaggia dochodzi do tego wniosku, jedna jeszcze sylaba dodana do czasownika, jak szprycha do naprawianego koła rowerowego. Słowa są podstępne, mówił mu o tym jeden z przyjaciół, bardziej podstępne niż skrzypce. Przywołuje na pamięć jasne włosy kobiety, białą wstążkę, którą je związała.

Słyszy odgłos uruchamiania silnika i oczekuje kolejnego snopu światła. Twarz wyłaniająca się z mroku jest wciąż jak wymierzona w niego strzała. Światło zsuwa się z tej twarzy, z ciała generała, na dywan, by w końcu ponownie dosięgnąć Caravaggia. Już jej nie widzi. Potrząsa głową, otwiera usta, jakby chciał przemówić. Aparat, który trzyma w rękach, unosi w jej stronę, aby zrozumiała, że to o niego mu chodzi. I zatapia się na powrót w ciemności. Słyszy teraz pojękiwania rozkoszy, jakimi kobieta darzy kochanka, odczuwa dumę z tego porozumienia między nimi. Ani słowa, żadnego ironicznego uśmiechu, po prostu układ, znak zrozumienia, wie teraz, że może bezpiecznie oddalić się ku werandzie i zniknąć w mrokach nocy.

Odnalezienie jej pokoju było zadaniem trudniejszym. Zakradł się do pałacu i w milczeniu dotarł do oświetlonego siedemnastowiecznego fresku na ścianie korytarza. Gdzieś tam mieściły się sypialnie, jak ciemne kieszenie w złocistym ubraniu. Jedynym sposobem, by przejść obok straży, była niewinna błazenada. Rozebrał się, ubranie pozostawił na kwietniku przed domem.

Nagi wbiega na piętro, gdzie stoją wartownicy, zatacza się ze śmiechu, tak że czołem niemal dotyka kolan, trącając łokciem wartownika pyta, czy to tu jest to miejsce, gdzie go zaproszono na noc, *al fresco*, czy to tu? Czy też igraszki *a capella*?

Długi korytarz na drugim piętrze. Strażnik przy schodach i drugi daleko, o dwadzieścia metrów, zbyt daleko. A więc teatralny spacer, jaki Caravaggio musi teraz zaimprowizować, obserwowany z zimną krwią i pogardliwą podejrzliwością przez tych dwóch, spacer z dupą i kutasem na wierzchu, z krótkim postojem przy tej części malowidła ściennego, na której można obejrzeć osiołka w gaiku. Przywiera głową do ściany niemal przysypiając, potem rusza dalej, potyka się i zaczyna maszerować krokiem defiladowym. Wymachując lewą dłonią oddaje wojskowe honory wymalowanym na suficie cherubinom, równie nagim jak on sam, pozdrowienie od złodzieja, znów krótki walc, sceny ściennych malowideł wirują pozostając w tyle, klamki, biało-czarne *duomo*, święci wyniesieni na ołtarze na ten wojenny wtorek, aby chronili jego maskaradę i strzegli jego życia. Życia Caravaggia poszukującego swej fotografii, by nie trafiła do teczek policyjnych.

Klepie się po piersi, jakby tam szukał swej przepustki, bierze w rękę penisa, chcąc go użyć jako klucza otwierającego wejście do strzeżonej komnaty. Zaśmiewa się i wycofuje, ale nie kryje rozzłoszczenia swym bolesnym niepowodzeniem i chrząkając rusza ku następnej komnacie.

Otwiera okno i wychodzi na werandę. Piękna, ciemna noc. Wdrapuje się na filar i zsuwa po nim o jeden poziom niżej. Teraz dopiero może się wedrzeć do pokoju Anny i jej generała. W środku żadnych zapachów oprócz perfum. Stopy nie zostawiają śladów. On nie rzuca cienia. Historia o człowieku szukającym własnego cienia, którą opowiadał czyjemuś dziecku przed laty – a teraz szuka swej podobizny na kawałku kliszy fotograficznej.

Znalazłszy się w pokoju natychmiast uświadamia sobie, że jest niewidocznym świadkiem rozpoczynającej się akcji seksualnej: ręce mężczyzny zdzierają z kobiety suknię, rzucają ją na krzesło, skąd zsuwa się na podłogę. Caravaggio kładzie się na dywanie i czołga, obmacując pokój i próbując odnaleźć przedmiot na tyle twardy, by mógł się okazać aparatem fotograficznym. Czołga się w ciszy; niczego takiego nie odnajduje.

Podnosi się i wolno wyciąga ręce dotykając marmurowego popiersia. Ręka wędruje wzdłuż kamiennego ramienia – odgaduje sposób myślenia kobiety – z którego zwisa na pasku aparat. I wtedy słyszy warkot silnika i zostaje przez nią dostrzeżony właśnie w chwili, w której zwraca głowę ku snopowi rzucanego przez samochód światła.

Caravaggio obserwuje Hanę siedzącą naprzeciw i patrzącą mu prosto w oczy, starającą się w nich czytać, odgadnąć jego myśli w taki sam sposób, jak to robiła jego żona. Przypatruje się, jak ona węszy w poszukiwaniu tropu. Wytrzymuje jej spojrzenie i odwzajemnia je, wiedząc, że nie znajdzie w jego oczach żadnej oznaki fałszu, że są czyste jak woda w strumieniu, nieprzeniknione jak martwy pejzaż. Wie, że ludzie dają się zwodzić i umie się dobrze maskować. Ale dziewczyna badawczo mu się przygląda, przekrzywia głowę pytająco, jak pies, kiedy się do niego mówi takim tonem lub w taki sposób, by mu przypomnieć, że nie jest istotą ludzką. Siedzi na wprost niego, na tle krwistoczerwonej ściany, której koloru nie lubi, a jej czarne włosy i to jej spojrzenie, żarzące się jak oliwna lampka, przypominają mu żonę.

Ostatnimi czasy nie myślał o żonie, choć wie, że mógłby odtworzyć każdy jej gest, opisać każdą jej cechę, ciężar jej piąstki leżącej nocą na jego piersi.

Siedzi z dłońmi ukrytymi pod stołem, przypatrując się, jak dziewczyna je. Sam nadal woli jadać w samotności, ale zawsze towarzyszy Hanie przy jej posiłkach. Próżność, myśli. Grzeszna próżność. Widziała z okna, jak jadł pomagając sobie zabandażowanymi rękami, gdy siedział obok kaplicy na jednym z trzydziestu sześciu schodków; nie dostrzegła ani widelca, ani noża, jakby się uczył jeść na podobieństwo jakiegoś przybysza ze Wschodu. W końcu ujrzała w nim Włocha, o zmierzwionej, siwiejącej brodzie, ubranego w czarny garnitur. Dostrzegała to coraz wyraźniej.

On wpatruje się w ciemny zarys jej sylwetki na tle cynobrowej czerwieni ścian, w jej skórę, czerń jej włosów. Znał i ją, i jej ojca jeszcze przed wojną, w Toronto. Potem stał się złodziejem, ożenił się i prześlizgiwał przez wybrane sobie życie z beztroską ufnością, świetny w ograbianiu bogaczy i czarujący dla swej żony Gianetty oraz dla owej córeczki przyjaciela.

Ale teraz świat wokół nich stał się szorstki, popchnął ich ku sobie. W ciągu tych dni w miasteczku na wzgórzu nieopodal Florencji, we wnętrzu pałacu, kiedy pada deszcz, drzemiąc na którymś z miękkich krzeseł w kuchni albo na łóżku, albo na dachu, nie układa w myśli żadnych akcji, skupia zainteresowanie wyłącznie na Hanie. A ona wydaje się oddana tylko owemu umierającemu mężczyźnie na piętrze. W czasie posiłków siada na wprost dziewczyny i patrzy, jak ona je.

Około pół roku temu przez okno na końcu długiego korytarza w szpitalu Santa Chiara w Pizie Hana ujrzała białego lwa. Stał samotnie na szczycie obronnej flanki, spokrewniony kolorem z białym marmurem z Duomo i Camposanto, choć swą szorstkością i naiwnością rysunku przynależeć musiał do innej epoki. Jako dar składany przez przeszłość zasługiwał na przyjęcie. I przyjęła go chętniej niż wszystko inne, co otaczało ten szpital. Wyglądała przez okno o północy i wiedziała, że stoi tam odgrodzony zaporą ciemności i że objawi się o świcie. Podchodziła do okna o piątej, potem o wpół do szóstej, i wpatrywała się w jego sylwetkę, w jej nabierające wyrazistości szczegóły. Każdej nocy stawał się jej strażnikiem, kiedy wędrowała wśród łóżek z rannymi. Strażnikiem cenniejszym od zbrojnej ochrony, jaką pozostawiła tu posuwająca się na północ armia, znacznie bardziej dbająca o słynny skarb miasta – wieżę, pochyloną z obłąkańczą logiką jak człowiek w szoku.

Budynki szpitalne mieściły się na terenie starego klasztoru. W żywopłotach strzyżonych od tysiąca lat przez nazbyt gorliwych mnichów trudno się już było doszukać rozpoznawalnych zarysów zwierząt i w ciągu dnia pielęgniarki woziły pacjentów na wózkach wokół trudnych już do rozpoznania zwierzęcych kształtów. Wydawało się, że tylko biały lew pozostał sobą na zawsze.

Pielęgniarki również zastygają w szoku obcując na co dzień ze śmiercią. Albo z przyczyny tak drobnej jak list. Znosiły na dół odcięte ręce albo przypatrywały się krwotokowi, którego nie można było zatamować, jakby rana była studnią bez dna, i uczyły się w nic nie wierzyć, niczemu nie ufać. Załamywały się jak ów człowiek rozbrajający niewypały, który wysadził się w powietrze na minie na wieść o tym, że geografia jego świata uległa unicestwieniu. Jak Hana załamała się w szpitalu Santa Chiara, kiedy jeden z jej przełożonych przeszedł uroczyście pomiędzy setkami łóżek i wręczył jej list zawiadamiający o śmierci ojca.

Biały lew.

W jakiś czas później zaopiekowała się poparzonym Anglikiem – kimś, kto wyglądał jak nadżarte ogniem zwierzę, napięte i mroczne, w sam raz partner dla niej. A teraz, po kilku miesiącach, jest jedynym pacjentem w Villa San Girolamo; wojnę mają już za sobą, oboje odmawiają powrotu z innymi do bezpiecznych szpitali w Pizie. Wszystkie miasta, Sorrento i Marina di Pisa, zatłoczone są żołnierzami amerykańskimi i brytyjskimi oczekującymi na odesłanie do domu. Ona jednak wyprała swój mundur, złożyła starannie i oddała wyjeżdżającym pielęgniarkom. Powiedziano jej, że jeszcze nie wszędzie wojna się skończyła. Wojna się skończyła. Wojna się skończyła. Tutaj wojna się skończyła. Powiedziano jej, że to zakrawa na dezercję. To nie jest dezercja. Ja tutaj zostanę. Przestrzeżono ją przed nie wykrytymi minami, brakiem wody i żywności. Poszła na górę do poparzonego człowieka, do swego angielskiego pacjenta, i powiedziała mu, że z nim zostaje.

Nic nie odpowiedział, nie mógł obrócić ku niej głowy, ale sięgnął po jej białą dłoń, a kiedy się do niego zbliżyła, położył ściemniałe palce na jej włosach i odczuł ich chłód.

Ile masz lat?

Dwadzieścia.

Pewien książę, kiedy umierał, zapragnął, żeby go wniesiono na wieżę w Pizie, do połowy jej wysokości. Stamtąd właśnie chciał oglądać miasto.

Przyjaciel mojego ojca chciał umrzeć w trakcie szanghajskiego tańca. Nie wiem, co to takiego. On sam też tylko o tym słyszał.

Co robi twój ojciec?

Jest... jest na wojnie.

Ty też jesteś na wojnie.

Nic o nim nie wie. Nawet po miesiącu opiekowania się nim i wstrzykiwania mu morfiny. Z początku oboje odczuwali wobec siebie pewne zażenowanie, spotęgowane tym, że zostali sami. Potem nagle je przełamali. Ranni, doktorzy, pielęgniarki, środki lecznicze, prześcieradła i ręczniki – wszystko to odesłane zostało ze wzgórza do Florencji, i dalej do Pizy. Odesłała też tabletki kodeiny, podobnie jak morfinę. Przypatrywała się odjazdowi, długiej kolumnie ciężarówek. No to do widzenia. Pomachała im z okna i spuściła rolety.

Z tyłu, za pałacem, ściana skalna wznosiła się ponad budynkiem. Po zachodniej jego stronie znajdował się podłużny, ogrodzony warzywnik, a o trzydzieści kilometrów dalej rozciągała się Florencja, często niewidoczna przez mgły spowijające dolinę. Wieść głosiła, że jeden z generałów stacjonujących w sąsiedniej Villa Medici zjadł słowika.

Villa San Girolamo, wzniesiona dla obrony mieszkańców przed zakusami szatana, wyglądała jak oblegana forteca: większość posągów utraciła kończyny w czasie pierwszych dni ostrzeliwania. Granica pomiędzy domem a otoczeniem, między zburzonymi budynkami a rozoraną i okaleczoną ziemią, nie zaznaczała się wyraźnie. Hanie zdziczałe ogrody wydawały się przedłużeniem pałacowych komnat. Pracowała na swych grządkach, zawsze świadoma tego, że wszędzie mogą leżeć ukryte miny. Z pasją uprawiała żyzną ziemię obok pałacu przekształcając ją w warzywnik. Taka pasja zrodzić się mogła tylko w kimś, kto wychował się w mieście. Uprawiała swój ogród na przekór spalonej ziemi, mimo braku wody. Pewnego dnia utworzy się tu altana z drzew limony, przybytek zielonego światła.

Caravaggio wszedł do kuchni i zastał Hanę siedzącą przy stole, z głową złożoną na blacie. Nie widział jej twarzy, widział tylko ramiona podłożone pod głowę, obnażone plecy, nagie barki. Nie spała i nie był to spokojny odpoczynek. Przy każdym oddechu gwałtownie wstrząsała głową. Caravaggio przystanął przy niej. Ci, co płaczą, zużywają na to więcej energii niż na jakąkolwiek inną czynność. Zmierzch jeszcze nie zapadł. Jej twarz na tle ciemnego blatu drewnianego stołu.

– Hana – powiedział, a ona przyczaiła się w bezruchu, jakby się chciała w ten sposób osłonić.

– Hana.

Załkała i ten jęk stał się barierą oddzielającą ich od siebie, rzeką, za którą się schroniła.

Zawahał się przez chwilę, czy nie pogładzić jej po nagim karku, powtórzył – Hana – i położył obandażowaną dłoń na jej ramieniu. Nie przestawała szlochać. To jakaś bolesna troska, pomyślał. Taka, przy której jedynym sposobem przetrwania jest wyrzucenie z siebie wszystkiego.

Obróciła się, wciąż z opuszczoną głową, potem w nagłym porywie stanęła naprzeciw niego, jakby wyrywając się z kręgu magnetycznego przyciągania stołu.

– Nie dotykaj mnie, jeśli ci chodzi o to, żeby mnie zerżnąć.

Biała skóra powyżej spódnicy, bo nie miała na sobie nic więcej, tak jakby zerwała się z łóżka, tylko częściowo ubrała i weszła tutaj, w chłodne powietrze wdzierające się ze wzgórz przez kuchenne drzwi i spowijające ją.

Twarz miała zaczerwienioną i mokrą.

- Hana.
- Zrozumiałeś?
- Dlaczego go aż tak wielbisz?
- Kocham go.
- Nie kochasz, wielbisz.
- Odejdź, Caravaggio. Odejdź, proszę cię.
- Przywiązałaś się z jakiegoś powodu do tego ciała.
- On jest świętym. Tak myślę. Świętym męczennikiem. Czy coś takiego może się komuś przytrafić? Pragnie się wtedy to coś uchronić.
- On tego nawet nie dostrzega.
- Ale ja go kocham.
- Dwudziestoletnia dziewczyna, która wyłącza się z życia dla zjawy!
Caravaggio zamilkł na chwilę.
- Powinnaś się wystrzegać smutku. Smutek graniczy z nienawiścią. Pozwól to sobie powiedzieć. Przekonałem się o tym. Jeśli przejmiesz się czyjąś rozpaczą – myśląc, że tego kogoś od niej uwolnisz, jeśli będziesz ją z nim dzieliła – wypełnisz się nią sama. Ci ludzie na pustyni byli od ciebie mądrzejsi. Uznali, że on może być dla nich użyteczny. Dlatego go uratowali, ale gdy przestał być przydatny, porzucili go.
- Zostaw mnie.

Kiedy zostaje sama, siada; w kostce nogi odczuwa ból, skutek wilgoci wśród wysokich traw w sadzie. Zdziera skórę ze śliwki, którą znalazła pod drzewem i schowała w kieszeni spódnicy. Kiedy jest sama, próbuje sobie wyobrazić ludzi spacerujących ongiś starą aleją wzdłuż zielonego szpaleru utworzonego z osiemnastu cyprysów.

Gdy Anglik się budzi, nachyla się nad nim i wkłada mu do ust śliwkę. On zatrzymuje ją w ustach jak wodę, nie porusza szczękami. Wyraz oczu ma taki, jakby chciał się rozpłakać ze szczęścia. Jej się zdaje, że czuje, jak on przełyka śliwkę.

On unosi dłoń i ściera sobie z wargi ostatnią drobinę owocu, której język nie mógł dosięgnąć. Wkłada palec do ust, by go oblizać.

Pozwól, że ci opowiem coś o śliwkach. Kiedy byłem chłopcem...

Po paru pierwszych nocach, kiedy większość łóżek poszła na opał, zaczęła używać hamaka pozostałego po którymś ze zmarłych pacjentów. Rozwieszała go w różnych miejscach, gdzie tylko zdołała wbić haki w ścianę, gdziekolwiek zapragnęła zbudzić się rano, zawieszona nad śmieciami, kordytem i kałużami pokrywającymi podłogę, nad szczurami, które zaczynały penetrować niższe piętra pałacu. Każdego wieczora chroniła się w swój wiszący schowek koloru khaki pozostawiony przez zmarłego żołnierza.

Para tenisówek i hamak. Oto, co zdobyła na wojnie. Budziła się w blasku księżyca wisząc pod sufitem, ubrana w starą koszulkę, w której zawsze sypiała, sukienka rozwieszona na wieszaku na drzwiach. Było już cieplej, mogła sypiać w ten sposób. Przedtem, kiedy panowały chłody, musieli opalać zajmowane pomieszczenia meblami.

Jej hamak i jej buty, i jej sukienka. Czuła się bezpiecznie w tym maleńkim świecie, który sobie zbudowała; obaj mężczyźni wydawali się odległymi planetami, każda z nich otoczona była własną sferą pamięci i samotności. Caravaggio był w Kanadzie jednym z bardziej towarzyskich kompanów jej ojca, uwodzicielem siejącym spustoszenie wśród kobiet, którym wydawał się oferować całego siebie. A teraz wyleguje się w ciemnościach. Był kiedyś złodziejem, odmawiającym współpracy z innymi, ponieważ nikomu nie wierzył. Stykał się wprawdzie z mężczyznami, ale rozmawiać wolał z kobietami, a gdy zaczynał z nimi rozmowy, rychło wikłał się w sieć stosunków miłosnych. Kiedy wczesnym rankiem wkradała się do domu, znajdowała go nieraz śpiącego w fotelu ojca, wymęczonego rabunkami profesjonalnymi lub uczuciowymi.

Rozmyślała o Caravaggiu – są tacy ludzie, którym musisz aż wbić się pod skórę, jeśli chcesz w ten czy inny sposób przywiązać ich do siebie i pozostać przy nich zdrowa na umyśle.

Musisz ich kurczowo chwycić za włosy, jak tonącego, i starać się, aby cię nie pociągnęli za sobą. W przeciwnym razie, kiedy ich spotkasz na ulicy, będą już niemal podnosili rękę, aby ci pomachać na powitanie, ale odwrócą się nagle, przeskoczą murek i znikną na długie miesiące. Caravaggio był takim znikającym wujkiem.

Mógłby cię unieszczęśliwić przez samo tylko wzięcie cię w objęcia. Narzuciłby ci swój charakter. A teraz wyleguje się w ciemnościach, podobnie jak ona, w przeciwległym końcu wielkiego domu. Taki był Caravaggio. Taki jest też Anglik znaleziony na pustyni.

Czas wojny, przejścia ze wszystkimi najciężej rannymi zniosła skrywając się za zawodowym opanowaniem właściwym pielęgniarce. Przetrwam i to. Nie załamię się. Te zdania powtarzała sobie w myśli przez całą wojnę, we wszystkich miastach, które zdobywali i w których stacjonowali, w Urbino, Anghiari, Monterchi, aż dotarli do Florencji, posunęli się jeszcze dalej i doszli do drugiego morza, nieopodal Pizy.

W szpitalu w Pizie po raz pierwszy ujrzała rannego Anglika. Człowieka bez twarzy. Hebanową kulę. Wszystko, co go wyróżniało, spłonęło na nim. Duże partie poparzonego ciała posypano kwasem taninowym, który skrystalizował się, tworząc ochronną warstwę. Wokół oczodołów cienkie obwódki gencjany. Nic nie dawało się w nim rozpoznać.

Niekiedy nakrywa się kilkoma kocami, bardziej ciesząc się ich ciężarem niż ciepłem, które dają. A kiedy światło księżyca wpada do pomieszczenia budząc ją, pozostaje w hamaku z oczyma otwartymi, z myślą wędrującą swobodnie. Taką formę odpoczynku uważa za stan przyjemny, w odróżnieniu od snu. Gdyby była pisarką, zebrałaby wokół siebie ołówki, notesy, przygarnęła ulubionego kota i pisałaby w łóżku. Obcy ani kochankowie nie mieliby wstępu za zamknięte drzwi.

Odpoczywać to znaczy przyjmować wszystkie elementy rzeczywistości bez ich osądzania. Kąpiel w morzu, miłość z żołnierzem, który się nigdy nie dowie, jak masz na imię. Czułość okazana obcemu i bezimiennemu jest czułością okazaną samej sobie.

Porusza nogami pod stertą koców. Zanurzona w ich wełnie jak ranny Anglik w swoich bandażach.

Brakuje jej tutaj powoli budzącego się brzasku, szumu znajomych drzew. Przez całe dzieciństwo w Toronto czytywała w letnie noce. Mogła być wtedy sobą, zarówno kiedy leżała w łóżku, jak i kiedy na pół śpiąca schodziła po schodach przeciwpożarowych z kotem na ręku. Jej szkołą w okresie dzieciństwa był Caravaggio. Nauczył ją fikać koziołki. A teraz, zawsze z rękami w kieszeniach, wzrusza ramionami. Kto wie, w jakich krajach przebywał w czasie wojny. Ona przeszła przeszkolenie w Women's College Hospital i wysłano ją za morze w okresie inwazji na Sycylię. Było to w roku 1943. Pierwsza Kanadyjska Dywizja Piechoty torowała sobie drogę na północ Włoch, a poranione ciała odsyłano na tyły, do szpitali polowych, jak muł wyrzucany na powierzchnię przez robotników drążących tunel w ciemności. Po bitwie o Arezzo, kiedy cofnęła się pierwsza fala uderzeniowa, dniem i nocą przebywała wśród rannych. Po pełnych trzech dobach bez chwili odpoczynku ułożyła się na podłodze obok materaca, na którym konał jakiś ranny, i spała przez dwanaście godzin, zamknąwszy oczy na otaczający ją świat.

Kiedy się przebudziła, sięgnęła po nożyczki leżące w porcelanowej wazie, nachyliła się i zaczęła ścinać sobie włosy, nie zważając na ich kształt czy długość, tylko po to, by się ich pozbyć – rozdrażnienie nimi w ciągu minionych dni wciąż tkwiące w pamięci – odrzucała ścięte pukle przed siebie, opadały na krew rannego. Nie chciała zachować niczego, co by ją wiązało, przykuwało do śmierci. Zebrała ścięte włosy, upewniła się, że nie pozostawiła żadnego pasemka, i odwróciła się twarzą ku salom pełnym rannych.

Od tamtej pory już nie przeglądała się w lustrze. Z nasileniem działań wojennych docierały do niej wiadomości o śmierci różnych ludzi, których znała. Drżała na myśl o tym, że pewnego dnia otrze z krwi twarz jakiegoś rannego i rozpozna ojca albo kogoś, u kogo robiła zakupy w sklepie przy Danforth Avenue. Stawała się szorstka wobec samej siebie i pacjentów. Rozsądek był jedyną rzeczą, która mogła ich uratować, ale tu nie było mowy o rozsądku. Temperatura krwi wzrastała w miarę posuwania się wojsk w górę półwyspu. Czy Toronto w ogóle istniało i czy mogło zajmować jakieś miejsce w jej myślach? Była to perfidna komedia. Ludzie wokół niej obojętnieli – żołnierze, lekarze, pielęgniarki, cywile. Hana pochylała się nad rannymi, zwracała się do nich szeptem. Każdego nazywała „Buddy" i zaśmiewała się z piosenki, która zawierała zdania:

Zawsze kiedym spotykał Franka De,
Wykrzykiwał „Hi, Buddy" do mnie*.

Przewiązywała krwawiące ramiona. Wyjmowała z ran tyle odłamków szrapneli, że miała wrażenie, iż wydobyła tonę złomu wżartego w ciała ludzi, którymi się opiekowała, podczas gdy armia posuwała się na północ. Pewnej nocy, gdy zmarł jeden z pacjentów, łamiąc wszelkie przepisy wyjęła z jego plecaka parę tenisówek i włożyła na nogi. Były dla niej za duże, ale czuła się w nich wygodnie.

Twarz jej się wydłużyła, rysy wyostrzyły; taką miał ją zobaczyć Caravaggio. Wyszczuplała, przede wszystkim wskutek przemęczenia. Zawsze odczuwała głód i irytowało ją, kiedy jakiś pacjent nie mógł, czy nie chciał jeść i kruszył chleb naokoło, a kiedy pozwalał zupie stygnąć, ponaglała go. Nie szukała niczego nadzwyczajnego, wystarczał jej chleb, mięso. W jednym z miasteczek znajdowała się piekarnia, której zlecono zaopatrywanie szpitala; w wolnych chwilach kręciła się między piekarzami, wdychając zapach mąki, obietnicę chleba. Później, kiedy znaleźli się na wschód od Rzymu, ktoś podarował jej w prezencie jerozolimskiego karczocha.

Nieswojo było nocować w bazylikach albo klasztorach czy w innych miejscach, gdzie umieszczano rannych. Kiedy ktoś umierał, odłamywała małą kartonową tabliczkę zawieszoną w nogach łóżka, tak by miłośnicy porządku mogli się w tym na pierwszy rzut oka zorientować. Wychodziła wtedy z budynku o grubych murach na świeże powietrze wiosny, zimy

---

* Chodzi o prezydenta Franklina Delano Roosevelta (przyp. tłum.)

czy lata, pór roku, które wydawały się anachronizmem, jak jakiś szacowny staruszek, który przesiedział całą wojnę na uboczu. Wyruszała na dwór niezależnie od pogody. Pragnęła powietrza pozbawionego ludzkich zapachów, pragnęła księżycowego światła nawet wtedy, kiedy przechodziły gwałtowne deszcze. Cześć, Buddy, serwus, Buddy. Przelotne objawy zainteresowania. Kontrakt obowiązywał tylko do śmierci. Nic w jej usposobieniu ani w jej dawnych doświadczeniach nie predestynowało jej do tego, by miała zostać pielęgniarką. Obcięcie włosów też objęte było kontraktem, który trwał aż do dnia, kiedy rozlokowali się w Villa San Girolamo na północ od Florencji. Znalazły się tam jeszcze cztery inne pielęgniarki, dwaj lekarze i setka pacjentów.

Wojna przesunęła się dalej ku północy Włoch, stanowili jakby jej porzucone na tyłach resztki.

A potem, kiedy celebrowano jakieś lokalne zwycięstwo – coś żałosnego w tym miasteczku na wzgórzu – oświadczyła, że nie wraca do Florencji ani do Rzymu, ani też nie da się przenieść do żadnego innego szpitala, że dla niej wojna się skończyła. Pozostanie tutaj z ciężko poparzonym pacjentem, którego nazywano „tym rannym Anglikiem" i który nie może być ze względu na swój stan nigdzie przenoszony, jest tego pewna. Będzie mu robiła okłady z belladony na oczy, będzie mu przemywała zwęgloną skórę i opatrywała otwarte rany. Powiedziano jej, że szpital nie jest bezpieczny – klasztor był przez całe miesiące niemieckim bastionem, zarzucanym przez sprzymierzonych pociskami i rakietami. I nic jej nie pozostawią, nie będzie miała żadnej obrony przed bandytami. Ale uparcie odmawiała wyjazdu, zrzuciła strój pielęgniarki, nie włożyła już więcej na siebie brązowej sukni w drukowany wzorek, którą nosiła przez ostatnie miesiące, ubrała się w tę, którą nosi do dziś, odpowiednią do tenisówek. Wypisała się z wojny. Powinna była wynieść się stąd na ich żądanie. Ale ponieważ inne pielęgniarki odmówiły pozostania, zdecydowała się czuwać przy rannym Angliku tu, na miejscu. Było w tym jej pacjencie coś, co pragnęła rozgryźć, przeniknąć, co pozwoliłoby jej uciec od dorosłości. W jego sposobie zwracania się do niej, w całym jego sposobie myślenia, było coś z radosnych podskoków. Jego właśnie, tego bezimiennego, niemal pozbawionego twarzy mężczyznę, który był jednym z dwustu pacjentów, jakimi przyszło jej się zajmować w trakcie inwazji, jego właśnie zapragnęła uratować. Wyszła z uroczystości w swej sukience w drukowany wzorek. Wróciła do pokoju, który zajmowała wraz z innymi pielęgniarkami, i rozsiadła się wygodnie. Kiedy siadała, coś rozbłysło na chwilę w jej polu widzenia – było to lusterko. Podniosła się i podeszła do niego. Było niewielkie, ale wydawało się przedmiotem zbytkownym. Nie przeglądała się w lustrze ponad rok, widywała tylko swój cień na ścianach. Lusterko ukazywało jedynie policzek, musiała je odsunąć na długość ramienia, ręka jej drżała. Przypatrywała się swemu małemu portrecikowi, jakby umieszczonemu na kamei. To ona. Przez okno dobiegały głosy pacjentów wynoszonych na słońce, śmiechy i przekomarzanie się z personelem. W salach pozostawiano tylko ciężko rannych. Uśmiechnęła się do tych odgłosów. Cześć, Buddy. Wpatrzyła się w swe odbicie próbując rozpoznać samą siebie.

Mrok pomiędzy Haną z Caravaggiem, kiedy spacerują po ogrodzie. Zaczyna mówić, w typowy dla siebie sposób wolno cedząc słowa.

– To było czyjeś przyjęcie urodzinowe, późnym wieczorem na Danforth Avenue. W restauracji Night Crawler. Pamiętasz? Każdy z uczestników musiał wstać i odśpiewać jakąś piosenkę. Twój ojciec, ja, Gianetta, nasi przyjaciele, ty też powiedziałaś, że chcesz zaśpiewać, po raz pierwszy w życiu. jeszcze chodziłaś do szkoły, nauczyłaś się tej piosenki na lekcji francuskiego.

Wystąpiłaś bardzo formalnie, stanęłaś na ławie, potem weszłaś na drewniany stół, między talerze i płonące świeczki.

– Alonson fon!

– Wykrzyknęłaś to i położyłaś dłoń na sercu. *Alonson fon!* Połowa ludzi tam zebranych nie miała pojęcia, co ty śpiewasz, pewnie i ty sama nie wiedziałaś, co te słowa znaczą, ale wiedziałaś, o co w tej pieśni chodzi.

Powiew od okna unosił ci spódniczkę, omal nie przypaliła się od świecy, łydki zdawały się lśnić bielą na tle baru. Oczy twego ojca wpatrzone w ciebie, cudowność tego nowego języka, wielka sprawa płynąca z twego śpiewu w sposób tak godny, nieskazitelny, bez zawahania, świece trzymające się na dystans, nie sięgające twego stroju, choć niemal go muskające. Powstaliśmy wszyscy na zakończenie pieśni, a ty zstąpiłaś ze stołu wprost w objęcia ojca.

– Zdejmę ci te bandaże z dłoni. Jestem p i e l ę g n i a r k ą, wiesz o tym.

– Wygodnie mi w nich. Jak w rękawiczkach.

– Jak to się stało?

– Złapali mnie, jak zeskakiwałem z okna tej kobiety. Tej, o której ci mówiłem, która mnie uchwyciła w kadr tego zdjęcia. Chwyta go za ramię.

– Pozwól, niech to zrobię.

Wyszarpuje mu zabandażowane dłonie z kieszeni. W świetle dnia wydają się szare, teraz są niemal świetliste. Podczas gdy ona odwija bandaże, on cofa się stopniowo, białe wstęgi ciągną się i ciągną z jego rąk, jak gdyby był magikiem, wreszcie uwalnia się od nich. Ona podchodzi do wujka z dzieciństwa, widzi jego oczy pragnące przykuć jej wzrok, tak by nie widziała nic więcej, więc nie patrzy na nic, oprócz tych oczu. On zwiera dłonie, splata je w coś na kształt żywej czarki. Ona sięga po nie, a twarz unosi ku górze, ku jego policzkowi, mości ją w zagłębieniu jego szyi. To, czego dotyka, wydaje się silne, rozgrzane.

– Opowiadałem ci, że musiałem się z nimi układać co do tego, co mi pozostawią.

– Jak to robiłeś?

– Wszystkimi sposobami, jakie zwykle stosowałem.

– Och, pamiętam je. Nie, nie poruszaj się. Nie odsuwaj się ode mnie.

– To taki dziwny czas, ten koniec wojny.

– Tak. Czas rozstrzygnięć.

– Tak.

Podnosi dłonie w górę, jakby chciał schwytać w nie księżyc.

– Ucięli mi oba kciuki. Patrz, Hana.

Podsuwa obie dłonie pod jej oczy. Ona ślizga się po nich wzrokiem. Obraca dłonie, jakby chciał ją przekonać, że to nie żaden trik, że to, co wygląda jak rybie skrzele, jest pozostałością po odciętym kciuku. Dotyka dłonią jej bluzki. Ona czuje miękki dotyk poniżej barku, kiedy on chwyta ją lekko dwoma palcami.

– W ten sposób sprawdzam jakość bawełny.

– Kiedy byłam dzieckiem, myślałam o tobie zawsze w taki sposób, jak Scarlet Pimpernel, w marzeniach sennych przechadzałam się z tobą nocami po dachach. Przychodziłeś do domu z różnymi łakociami w kieszeniach, z piórnikami dla mnie, arkusikami nut z któregoś z pianin na Forest Hill.

Mówi to ku jego okrytej mrokiem twarzy, cień liści układa mu się powyżej ust jak koronkowa chusteczka jakiejś damy.

– Lubisz kobiety, prawda, że je lubiłeś?

– Lubię je. Dlaczego używasz czasu przeszłego?

– Bo wydaje mi się to teraz nieważne, wobec wojny i tego wszystkiego.

Kręci głową i cień rzucany przez liście zsuwa mu się z twarzy.

– Byłeś taki, jak ci malarze, co malują tylko nocą, na całej ulicy tylko u nich pali się światło. Jak zbieracze robaków na przynętę z tymi starymi puszkami po kawie, które sobie przywiązują do nogi, a na głowie noszą górnicze hełmy z lampkami rzucającymi światło na mokrą trawę. Łażą po wszystkich parkach miejskich. Pamiętasz, pokazałeś mi jedno takie miejsce, kawiarnię, gdzie oni sprzedawali te robaki. Powiedziałeś, że to przypomina giełdę, ceny dżdżownic rosną i spadają, dziesięć centów za sztukę, pięć centów. Ludzie tracili lub bogacili się. Pamiętasz?

– Tak.

– Chodź ze mną do domu. Robi się chłodno.

Ruszają w stronę pałacu.

– Kto ci to zrobił?

– Znaleźli do tego jakąś kobietę. Sądzili, że to będzie bardziej bolało. Ściągnęli jedną ze swoich pielęgniarek. Przywiązali mi nadgarstki do nóg stołu. Kiedy mi odcięła kciuki, dłonie opadły mi bezwładnie. Ale odpowiedzialny za to był ten człowiek, który ją sprowadził, on był sprężyną wszystkiego. Ranuccio Tommasoni. Ona nie była niczemu winna, nic o mnie nie wiedziała, nie znała mojego nazwiska ani narodowości, nie wiedziała, co takiego zrobiłem.

Kiedy weszli do domu, usłyszeli, jak ranny Anglik krzyczy. Hana zostawiła Caravaggia, widział, jak wbiega na górę po schodach, jej tenisówki mignęły mu przez balustradę, kiedy skręcała na schodach.

Krzyk wypełniał cały hall. Caravaggio wszedł do kuchni, ukroił kromkę chleba i śladem Hany zaczął się wspinać po schodach. W miarę jak się zbliżał do pokoju rannego, krzyk stawał się coraz bardziej rozdzierający. Kiedy wszedł do komnaty, zobaczył Anglika wpatrzonego w psa – pies odchylał do tyłu łeb, jakby chroniąc się przed tym wrzaskiem. Hana spojrzała na Caravaggia i uśmiechnęła się.

– Nie widziałam psa o d l a t. Przez całą wojnę nie widziałam żadnego psa.

Przykucnęła przy zwierzęciu i przytuliła je, wwąchując się w zapach trawy porastającej wzgórza, który zachowała jego sierść. Popchnęła psa w stronę Caravaggia, który wabił go piętką chleba. Anglik dostrzegł Caravaggia dopiero w tym momencie – i poczuł się nieswojo. Musiało mu się zdawać, że pies – teraz zasłonięty przez Hanę – przemienił się w człowieka. Caravaggio wziął kundla na ręce i wyniósł z pokoju.

– Zwidziało mi się – powiedział ranny Anglik – że to musi być komnata Poliziana, że znajdujemy się w jego pałacu. Że ta woda ściekająca ze ścian – to starożytna fontanna. To sławna komnata. Wszyscy oni się w niej zbierali.

– Tu był szpital – powiedziała łagodnie – a przedtem, na długo przedtem, klasztor. Wojsko go przejęło.

– A mnie się zdawało, że to jest Villa Bruscoli. Poliziano – wielki protegowany Lorenza. Rzecz dzieje się gdzieś w 1483 roku. We Florencji, w kościele Świętej Trójcy, możesz obejrzeć obraz ukazujący Medyceuszy z Polizianem w tle, odzianym w czerwony płaszcz. Wspaniały i straszny człowiek. Geniusz, który utorował sobie drogę na społeczne szczyty.

Było już dobrze po północy, a on rozbudził się na dobre.

Zgoda, pomyślała sobie, poopowiadaj mi, weź mnie dokądś.

Myśl miała ciągle przykutą do dłoni Caravaggia. Caravaggia, który teraz zapewne karmił psa przybłędę czymś z kuchni Villa Bruscoli, jeśli taka była jej nazwa.

– To było parszywe życie.

Nożownicy i politycy, trójgraniaste kapelusze i sprowadzane z kolonii pończochy oraz peruki. Jedwabne peruki! Savonarola oczywiście pojawił się później, ale niewiele później, wraz ze swymi stosami. Poliziano tłumaczył Homera. Napisał wspaniały wiersz o Simonetcie Vespucci, słyszałaś o niej?

– Nie – odpowiedziała Hana ze śmiechem.

– Jej portrety rozsiane są po całej Florencji. Zmarła na

suchoty w dwudziestym trzecim roku życia. Rozsławił ją swymi *Le Stanze per la Giostra*, a potem Botticelli namalował z nich różne epizody. Poliziano każdego ranka wykładał przez dwie godziny po łacinie, a każdego popołudnia przez dwie godziny po grecku. Przyjaźnił się z Pico della Mirandolą, wyuzdanym galantem, który się potem nawrócił i przyłączył do Savonaroli. Takie miałem przezwisko, kiedy byłem mały. Pico. Tak, myślę, że wiele się tu zdarzyło. Ta fontanna w ścianie. Pico i Lorenzo, i Poliziano, i młody Michelangelo Buonarotti. Każdy z nich dzierżył w jednej dłoni nowy świat, a w drugiej stary. Biblioteka zdobyła właśnie cztery ostatnie dzieła Cycerona. Sprowadzili sobie żyrafę, nosorożca, ptaka dodo. Toscanelli wykreślał mapy świata, opierając się na korespondencji otrzymywanej od kupców. Siadywali tu, w tej komnacie, pod popiersiem Platona, i rozprawiali całymi nocami.

A potem przyszedł czas na okrzyk Savonaroli wznoszony na ulicach: „O k a ż c i e   s k r u c h ę!   N a d c h o d z i   p ot o p!" I wszystko odrzucono – wolną wolę, potrzebę elegancji, sławę, prawo do czczenia Platona na równi z Chrystusem. I nastały stosy – palono peruki, książki, skóry zwierzęce, mapy. Ponad cztery wieki później otwarto ich mogiły. Szkielet Pico się zachował. Szkielet Poliziana rozsypał się w proch i pył.

Hana wsłuchiwała się w opowieść Anglika odwracającego strony swego notatnika i odczytującego informacje wypisane z różnych ksiąg – o wspaniałych mapach palonych na stosach, o rzuceniu w ogień popiersia Platona, którego marmur złuszczył się od żaru, o pęknięciach w systemie wiedzy – jak ścisłe doniesienia nadsyłane z drugiej strony doliny, kiedy Poliziano stawał na trawiastych wzgórzach popatrując w przyszłość. Pico tam gdzieś w dole, w szarej celi, przyglądający się wszystkiemu swym jakby trzecim okiem wypatrującym zbawienia.

Nalał trochę wody do miseczki, dla psa. Stary kundel, starszy niż wojna.

Zasiadł nad karafką wina, które mnisi z klasztoru przynieśli Hanie. To był dom Hany, poruszał się w nim ostrożnie, aby niczego nie zmieniać. Dostrzegał w niej nawyki z jej dawnego świata – choćby w bukiecikach kwiatów polnych, tych małych prezentach, które dawała samej sobie. Nawet w pozarastanym ogrodzie napotykał gdzieniegdzie wystrzyżone lekarskimi nożycami trawniczki. Gdyby był młodszy, byłby się w nich zakochał. Ale nie był już młody. Jakim go widziała? Poranionego, chwiejącego się na nogach, z posiwiałymi włosami opadającymi na kark. Nigdy nie wyobrażał sobie siebie jako człowieka świadomego swego wieku i swego doświadczenia. Oni wszyscy się starzeli, a on wciąż nie odczuwał, by jego mądrość rosła wraz z wiekiem.

Przykucnął, aby przypatrzyć się psu wypijającemu wodę z miseczki, zachwiał się, uchwycił stołu przewracając karafkę z winem. *Nazywasz się Dawid Caravaggio, prawda?* Przywiązali mu ręce do solidnych nóg dębowego stołu. W pewnej chwili zerwał się na nogi wraz z tym balastem, z krwawiącą lewą dłonią, chciał wybiec przez wąskie drzwi i upadł. Kobieta odrzuciła nóż, odmawiając dalszej roboty. Ze stołu wypadła szuflada i odbiwszy się od jego piersi obsunęła się z całą zawartością na podłogę. Przez chwilę pomyślał, że mogła być w niej broń, którą się posłuży. Ale Ranuccio Tommasoni chwycił brzytwę i stanął nad nim. *Cararaggio, prawda?* Wciąż nie był tego pewien.

Kiedy tak leżał pod stołem, a krew płynąca z ręki zalewała mu twarz, nagle odzyskał jasność myśli, zsunął więzy z nogi stołu, odepchnął na bok krzesło, aby uśmierzyć zadawany przez nie ból, a potem przemieścił się nieco w lewo, żeby zsunąć więzy z drugiej nogi. Wszędzie pełno krwi. Ręce już bezużyteczne.

Później całymi miesiącami przyłapywał się na tym, że spogląda ludziom tylko na kciuki, tak jakby ten wypadek uczynił go zazdrosnym. Postarzał się, jak gdyby ta jedna noc, na którą go przykuto do stołu, wyzwoliła w nim coś, co go spowolniło.

Stał, z zawrotem głowy, nad psem, nad czerwonym winem rozlanym po stole. Dwaj wartownicy, dwie kobiety, Tommasoni, telefony dzwonią i dzwonią przerywając Tommasoniemu, który odkłada brzytwę, zjadliwie wyszeptuje *Przepraszam,* podejmuje słuchawkę zakrwawioną ręką i słucha. Nie powiedział im, jak sądził, nic, co by miało dla nich jakąś wartość. Ale się chyba mylił, bo wypuścili go na wolność. Przeszedł wzdłuż całą Via di Santo Spirito zdążając ku miejscu, które zachował w pamięci. Minął kościół Brunelleschiego, bibliotekę Instytutu Niemieckiego, gdzie pracowała pewna znajoma, która by się nim mogła zająć. I wtedy uświadomił sobie, dlaczego go uwolniono. Pozwalając mu odejść, mogli odkryć, z kim się kontaktuje. Przysiadł na skraju chodnika nie odwracając się za siebie, ani razu się nie odwracając. Rozglądał się za jakimś ogniem, nad którym mógłby opalić swe rany, potrzymać je nad kociołkiem wiszącym nad rozpalonym na ulicy ogniskiem, aby dym osmolił mu dłonie. Doszedł do mostu Świętej Trójcy. Wokół było pusto, żadnego ruchu, co go zdziwiło. Przysiadł na mostowej balustradzie, po chwili się na niej położył. Żadnych odgłosów. Przedtem, kiedy maszerował z rękoma w mokrych od krwi kieszeniach, wokół niego panował gorączkowy ruch czołgów i jeepów.

Podczas gdy tak leżał, podminowany most wyleciał w powietrze, rzuciło nim w górę i w dół, jakby nastąpił koniec świata. Otworzył oczy i spostrzegł obok siebie wielką głowę. Zaczerpnął powietrza, pierś napełniła mu się wodą. Znajdował się poniżej jej powierzchni. Obok niego w wartkim nurcie Arno spoczywała brodata głowa. Podpełznął ku niej, ale nie zdołał jej dotknąć. Jakaś światłość wlewała się do rzeki. Wypłynął na powierzchnię wody, na którą spływała jakaś płonąca ciecz.

Kiedy później tego wieczora opowiedział Hanie tę historię, stwierdziła:

– Przestali cię torturować, bo nadciągali już sprzymierzeni. Niemcy uciekali z miasta, wysadzając za sobą mosty.

– Nie wiem. Może im wszystko wyśpiewałem. A czyja to była głowa? Ciągle tam dzwoniły telefony. Wybuchł popłoch, ten człowiek odskoczył ode mnie, a oni wszyscy wpatrywali się w niego, gdy wsłuchiwał się przez telefon w ciszę albo w jakiś i n n y głos, którego nie mogliśmy słyszeć. Czyj to mógł być głos? Czyja to była głowa?

– O n i z w i e w a l i, Dawidzie.

Otwiera *Ostatniego Mohikanina* na końcowej, nie zadrukowanej stronie i zaczyna wpisywać:

Jest tu człowiek o nazwisku Caravaggio, przyjaciel mojego ojca. Zawsze się w nim kochałam. Jest starszy ode mnie, ma pewnie ze czterdzieści pięć lat. Pogrążył się w mroku, nie ma w sobie za grosz ufności. Z jakiegoś powodu pozostaję pod opieką tego przyjaciela mojego ojca.

Zamyka książkę, potem schodzi do biblioteki i odstawia tom na jedną z górnych półek.

Anglik spał oddychając przez usta, jak zawsze, zarówno we śnie, jak i na jawie. Wstała z krzesła i delikatnie wyjęła mu z rąk zapaloną świecę. Podeszła do okna i zdmuchnęła ją na zewnątrz, aby dym uleciał z pokoju. Nie cierpiała, kiedy tak leżał ze świecą w ręku, na podobieństwo zmarłego, z woskiem skapującym mu na rękę. Tak jakby się przygotowywał na śmierć, jakby chciał się w nią osunąć, wytwarzając wokół siebie jej klimat, aranżując odpowiednie oświetlenie. Stała w oknie z palcami we włosach, przyciskając dłonie do głowy. W ciemności, po zapadnięciu zmierzchu, można sobie naciąć żyły i wypłynie z nich czarna krew. Zapragnęła wyjść z tego pokoju. Odczuła nagły przypływ klaustrofobii. Przebiegła przez korytarz, zbiegła schodami na dół i wypadła na taras, po czym obejrzała się za siebie, jakby chciała dostrzec sylwetkę dziewczyny, od której uciekała. Weszła z powrotem do budynku. Pchnęła ciężkie drzwi, weszła do biblioteki, oderwała deski blokujące drzwi na taras, otworzyła je i wpuściła do środka nocne powietrze. Nie wiedziała, gdzie jest Caravaggio. Przez większość wieczorów pozostawał gdzieś poza domem, zwykle wracał na kilka godzin przed świtem. Nigdy nie dawał wtedy znaku życia.

Zgarnęła szare płótno okrywające fortepian i przeniosła w przeciwległy róg pokoju, wlokąc je za sobą jak skręconą szatę, jak sieć na ryby.

Nigdzie żadnego światła. Usłyszała daleki pomruk burzy.

Stanęła przy fortepianie. Nie patrząc na klawisze, opuściła dłonie i zaczęła grać, wystukując dźwięki, sprowadzając melodię do samego szkieletu. Po każdej sekwencji dźwięków robiła przerwę, jakby wynurzała dłonie z wody, by sprawdzić, co też wyłowiła, po czym opuszczała je ponownie wystukując główny zarys melodii. Jeszcze bardziej spowalniała ruchy palców. Spoglądała na dół, na dwóch mężczyzn, którzy weszli do sali przez otwarte oszklone drzwi, oparli karabiny o fortepian i stanęli na wprost niej. Dźwięk tonów nadal wypełniał komnatę, już odmienioną.

Opuściła dłonie, bosą stopą nacisnęła pedał basowy, wygrywając pieśń, jakiej nauczyła ją matka. Wystukiwała, na czym się dało, na stole kuchennym, na ścianie, o którą się opierała wchodząc schodami na górę, na pościeli, w której zasypiała. Nie mieli w domu fortepianu. Zwykła chodzić do klubu dzielnicowego w sobotnie ranki, by tam grywać, a przez cały tydzień ćwiczyła, gdzie się dało, wypisując dyktowane przez matkę nuty kredą na kuchennym stole, a potem je ścierając. Po raz pierwszy grała teraz na fortepianie pałacowym, mimo iż przebywała tu od trzech miesięcy, a zarysy instrumentu pod płótnem wypatrzyła przez oszklone drzwi już pierwszego dnia po przybyciu do Villa San Girolamo. W Kanadzie powietrze było zbyt suche dla fortepianów. Wstawiało się do środka pudła szklankę napełnioną wodą, a po miesiącu szklanka była pusta. Ojciec opowiadał jej o karzełkach, które popijają sobie we wnętrzach fortepianów, a nie w żadnych barach. Nigdy w to nie wierzyła, ale początkowo sądziła, że to mogą być myszy.

Błyskawica przeskoczyła nad doliną; przez całą noc zbierało się na burzę. W jej świetle spostrzegła, że jeden z mężczyzn jest Sikhem. Zrobiła pauzę i uśmiechnęła się, nieco zdziwiona, ale pewna swego, błysk światła wyłonił tylko na sekundę z mroku turban i jasny poblask na mokrej broni. Skrzydło fortepianu zdjęto już przed kilku miesiącami i wykorzystano jako stół szpitalny, broń więc oparta była o brzeg klawiatury. Ranny Anglik rozpoznałby, co to za rodzaj broni. Do diabła! Znalazła się w otoczeniu obcych ludzi. Żaden z nich nie był Włochem. Pałacowy romans. Co by pomyślał Poliziano o tym obrazku z roku 1945: po obu stronach fortepianu dwóch mężczyzn i kobieta, wojna już prawie zakończona, i broń rozjaśniająca się swą mokrą połyskliwością, ilekroć do komnaty wpada blask błyskawic, nasycając wszystko barwą i cieniem, co pół minuty grzmot wypełnia dolinę i zagłu-

sza antyfonę melodii, dźwięk tonów piosenki *When I take my sugar to tea...*
- Znacie te słowa?
Nawet nie drgnęli. Uwolniła palce od dyscypliny tonów i wprawiła je w rytm, który przywołała z dna pamięci, w jazzowy takt, który wyzwalał melodię jak kasztan wyzwala się z łupin.

When I take my sugar to tea
All the boys are jealous of me,
So I never take her where the gang goes
When I take my sugar to tea*.

Ich zmoczone ubrania, sposób, w jaki się jej przyglądają, ilekroć światło błyskawic wpada między nich do pokoju, jej dłonie grające teraz na przekór piorunom i grzmotom, ale i dostosowując się do nich, wypełniając dźwiękiem ciemności między błyskawicami. Jej twarz tak skupiona, że pojęli, iż są dla niej niewidoczni, że nie zarejestrował ich jej umysł, z wysiłkiem przywołujący wspomnienie matczynej ręki oddzierającej kawałek gazety i zwilżającej go pod kuchennym kranem, by zetrzeć z blatu stołu pięciolinię, nuty, klucze tonacji. A potem ona udająca się na swe cotygodniowe lekcje do dzielnicowego klubu, gdzie pozwalają jej grać; kiedy siada, nie może stopą dosięgnąć pedału, więc woli grać na stojąco; jej sandałek na lewym pedale i stukanie metronomu.

Nie chciało jej się kończyć tej gry. Zagubić słów tej starej piosenki. Widziała miejsca, których dotyczyły, do których gang nigdy nie docierał, zastawione donicami z aspidistrą. Spojrzała na nich i skinęła głową – zapowiedź, że oto właśnie kończy.

Caravaggio nie był świadkiem tego wszystkiego. Kiedy wrócił, zastał w kuchni Hanę i dwóch żołnierzy z oddziału saperskiego; robili kanapki.

---

* Kiedy sobie słodzę herbatę / wszyscy chłopcy mi zazdroszczą / więc nigdy jej nie zabieram tam, gdzie się zbiera gang, / kiedy sobie słodzę herbatę.

III

Czasem będę ogniem

Ostatnia wojna średniowieczna toczyła się we Włoszech w latach 1943 i 1944. Armie nowych królów szturmowały zapamiętale położone na wyniosłych cyplach obronne miasta, które zdobywano już od ósmego stulecia. Wokół spiętrzonych skał gorączkowy ruch kłębił się w pokaleczonych, rozoranych winnicach, gdzie – jeśli sięgniesz łopatą głębiej – pod koleiną wygniecioną gąsienicami czołgów znajdziesz zakrwawione miecze i włócznie. Monterchi, Cortona, Urbino, Arezzo, Sansepolcro, Anghiari. A potem całe wybrzeże. Koty wylegiwały się na wieżyczkach strzelniczych wychodzących na południe. Anglicy i Amerykanie, Hindusi, Australijczycy, Kanadyjczycy posuwali się na północ; pociski wybuchały i rozpryskiwały się na niebie. Kiedy armie dotarły do Sansepolcro, mającego w herbie kuszę, niektórzy żołnierze zaopatrzyli się w tę broń i wystrzeliwali z niej w nocnej ciszy strzały ponad murami nie zdobytego jeszcze miasta. Marszałek polny Kesselring zalecał usuwanie z umocnień obronnych szmat nasyconych gorącą oliwą, którymi je zarzucano.

Z kolegiów oksfordzkich ściągnięto do Umbrii uczonych mediewistów. Przeciętna wieku wynosiła sześćdziesiąt lat. Rozdzielono ich pomiędzy poszczególne oddziały; w czasie spotkań z dowództwem strategicznym zapominali o tym, że wynaleziono już samoloty. O miastach, które miano zdobywać, rozprawiali w kategoriach historii sztuki. W Monterchi znajdowała się *Madonna del Parto* Piera della Francesca, umieszczona w kaplicy obok miejskiego cmentarza. Kiedy wreszcie w porze wiosennych deszczów zdobyto trzynastowieczną twierdzę, żołnierzy zakwaterowano pod wysoką kopułą kościoła; sypiali na kamiennej płycie, na której Herkules uśmierca hydrę. Woda była wszędzie zatruta. Wielu z nich zmarło na tyfus i inne choroby. Wykorzystując służbowe lornety żołnierze przypatrywali się w gotyckim kościele w Arezzo twarzom na freskach Piera della Francesca. Królowa Saby rozmawia z królem Salomonem. Obok gałązka z drzewa wiadomości dobrego i złego tkwi w ustach zmarłego Adama. Po latach owa królowa dowie się, że most na Siolan zbudowano z drewna tego świętego drzewa.

Ciągle padało i było zimno, nie zaopatrywano ich w nic, oprócz owych wielkich map zabytków sztuki ukazujących Sąd Ostateczny, miłosierdzie i poświęcenie. Armia brytyjska przekraczała kolejne rzeki z wysadzonymi w powietrze mostami, oddziały saperskie spuszczały się ze stromych brzegów na linach pod ogniem nieprzyjaciela i przepływały lub przechodziły rzekę w bród. Prąd porywał tratwy z żywnością i namiotami. Ludzie przeciągający te tratwy ginęli. Pewnego razu w czasie przeprawy próbowali wydostać się z wody. Uczepili się rękami gliniastej skarpy i zawiśli w połowie wysokości. Chcieli choć w glinie znaleźć oparcie.

Młody saper Sikh przylgnął policzkiem do gliniastej skarpy i rozmyślał o twarzy królowej Saby, o jej delikatnej skórze. Nie znajdował żadnego innego pocieszenia tkwiąc w tej rzece oprócz pożądania owej królowej, które go w jakiś sposób rozgrzewało. Chciałby zdjąć welon z jej włosów. Chciałby dotknąć prawą dłonią jej karku pod oliwkową tkaniną. Był tak utrudzony i tak smutny jak ów mądry król i wiarołomna królowa, których oglądał przed dwoma tygodniami w Arezzo.

Zwisał ponad powierzchnią wody na rękach, dłonie wbijał w gliniastą skarpę. Wszelka delikatność wyparowała z nich w ciągu tych nocy i dni, pozostała tylko w książkach lub na ściennym malowidle. Kto z nich był smutniejszy w tych kościelnych murach? Pochylał głowę, by wesprzeć ją na jej smukłej szyi. Zakochał się w jej przymkniętych powiekach. Ta kobieta byłaby chyba w stanie pojąć pewnego dnia, jak świętą rzeczą jest most.

Nocą na swym polowym łóżku wysuwał przed siebie obie ręce jak dwie armie. Nic nie obiecywało ani pojednania, ani zwycięstwa, możliwe było tylko czasowe zawieszenie broni między nim a tą namalowaną na fresku monarchinią, która mogła go zignorować, nic zgoła nie wiedząc o jego istnieniu, nieświadoma egzystencji tego Sikha, uwieszonego w deszczu w połowie wysokości gliniastej skarpy, wznoszącego most Baileya dla armii nadchodzącej w ślad za nim. Ale on miał w pamięci ich historię przedstawioną na fresku.

Kiedy jego batalion w miesiąc później dotarł do morza, kiedy już przebrnęli przez to wszystko i weszli do nadmorskiego miasteczka Cattolica, a inżynierowie oczyścili plażę z min w pasie szerokim na jakieś dwadzieścia metrów i żołnierze mogli już nadzy wskakiwać do wody, podszedł do jednego z mediewistów, z którym się zaprzyjaźnił – który po prostu z nim rozmawiał i dzielił się z nim czasem swymi specjalnymi racjami – i obiecał pokazać mu coś w podzięce za jego uprzejmość.

Saper zdobył skądś motocykl triumph, zawiesił na ramieniu latarkę polową i wyruszyli w drogę szlakiem, którym tu przybyli – z powrotem do cichych obecnie miasteczek Urbino i Anghiari, wzdłuż wietrznego grzbietu wzgórz stanowiącego stos pacierzowy półwyspu. Stary człowiek za nim podskakiwał na wybojach i zacieśniał uścisk obejmując go w pasie; potem skręcili na zachód do Arezzo. Piazza wieczorem była wyludniona, nie było na niej żołnierzy; saper zaparkował motocykl pod kościołem. Pomógł mediewiście ogarnąć się, uporządkował swój ekwipunek i weszli do środka. Mroczny chłód. I jeszcze większa pustka; ciszę wypełniał tylko odgłos ich kroków. Ponownie poczuł zapach starego kamienia i drewna. Zapalił trzy świetlne rakiety. Przerzucił na linie i zamocował bloczek między kolumnami nad nawą, a potem drugi koniec liny wyniósł wysoko na kiju zakończonym knotem do zapalania świec.

Profesor przypatrywał się temu zachwycony, raz po raz wspinając się w mroku na palcach. Młody saper obwiązał mu plecy i biodra linką, zawiesił mu na piersiach małą lampkę.

Pozostawił go na chwilę na dole tak zaasekurowanego linkami, a sam hałasując wspiął się na górny poziom, gdzie schwycił drugi koniec liny zaczepionej na kiju. Trzymając się jej, spuścił się z chóru w ciemność, jednocześnie stary człowiek pod wpływem ciężaru jego opuszczającego się ciała podjechał w górę. Kiedy saper dotknął stopami ziemi, profesor znalazł się o kilka metrów nad nią, w połowie wysokości ściany, tuż przy freskach; wisząca lampka rzucała krążek światła. Trzymając mocno linę saper ruszył ku przodowi tak nią manewrując, by zawieszony u jej drugiego końca mężczyzna znalazł się na wprost *Odjazdu cesarza Maksencjusza*. Po pięciu minutach opuścił mężczyznę na ziemię. Przywiązał sobie latarkę i sam wzniósł się na linie ku kopule, pod głęboki błękit namalowanego na niej nieba. Zachował w pamięci złote gwiazdy z owych dni, kiedy się w nie wpatrywał przez polową lornetę. Spojrzał w dół i dostrzegł mediewistę, zmęczonego, odpoczywającego w kościelnej ławie. Teraz miał już wyobrażenie o kubaturze tego kościoła i jego wysokości. Niejasne pojęcie. Głębia i mrok studni. Latarka w jego dłoni rzucała światło jak czarodziejska różdżka. Podciągnął się na linie ku twarzy swej Królowej Smutku, jego brunatna ręka wyciągnęła się ku jej wyolbrzymionej szyi.

Sikh rozbił namiot w odległym zakątku ogrodu, gdzie – jak przypuszcza Hana – kiedyś rosła lawenda. Znajduje tam zeschnięte listki, które rozciera w palcach i rozpoznaje zapach. Rozpoznaje ten zapach niekiedy też po deszczu.

Zrazu w ogóle nie zachodzi do domu. Snuje się po okolicy zajmując się rozbrajaniem min. Zawsze jest uprzejmy. Lekkie skinienia głowy. Hana widzi, jak się myje przy zbiorniku na wodę deszczową, pierwotnie umieszczonym na szczycie zegara słonecznego. Zbiornik jest teraz suchy. Widzi, jak on zdjąwszy koszulę polewa wodą swą brunatną skórę, niczym ptak posługujący się skrzydłem. Za dnia ogląda zwykle tylko jego ramiona wyłaniające się z krótkich rękawów wojskowej koszulki i karabin, który zawsze nosi z sobą, mimo iż wydaje się, że wszelkie walki już się od nich odsunęły.

Nosi swą broń w różny sposób – czasem jak berło, a czasem jak kostur pielgrzyma, kiedy sterczy mu zza pleców zarzucony na ramieniu. Odwraca się nagle, odczuwając, że jest przez nią obserwowany. Zawdzięcza życie swej ostrożności, obchodzi dokoła wszystko, co podejrzane, włącza w tę panoramę także jej spojrzenie, tak jakby i z nim zamierzał zawrzeć układ.

Dzięki swej samowystarczalności jest pomocą dla niej, dla wszystkich w tym domu, mimo iż Caravaggio krzywi się na to, że saper nieustannie nuci różne zachodnie piosenki, których nauczył się w ciągu trzech lat wojny. Ten drugi saper, który przymaszerował wraz z nim wtedy, w czasie nocnej burzy, i który się nazywa Hardy, rozlokował się gdzieś nie opodal, bliżej miasta, ale widuje się ich obu pracujących razem, spacerujących po ogrodzie ze swymi różdżkami do wykrywania min.

Pies przylgnął do Caravaggia. Młody żołnierz, który biega i spaceruje czasem z psem alejką, nie daje mu niczego do jedzenia, utrzymując, że zwierzę powinno samo się wyżywić. Kiedy znajduje coś jadalnego, zaraz sam to zjada. Takie są granice jego uprzejmości. W niektóre noce sypia w załomie muru, skąd otwiera się widok na dolinę; chroni się do namiotu tylko w czasie deszczu.

Z kolei on przypatruje się nocnym wędrówkom Caravaggia. Dwukrotnie śledzi go z pewnej odległości. Ale na trzeci dzień Caravaggio zatrzymuje się i mówi: nie łaź za mną.

Usiłuje to puścić mimo uszu, ale starszy odeń mężczyzna bierze jego twarz w swoje dłonie i zmusza do wysłuchania tej przestrogi. Tak więc żołnierz przekonuje się, że Caravaggio był przez obie te noce świadom, iż jest śledzony. W każdym razie to tropienie było tylko pozostałością nawyków z czasów wojny. Nawet i teraz chciałby coś wziąć na cel, wypalić i trafić. Ciągle mierzy w nos posągu lub też w jakiegoś jastrzębia przelatującego nad doliną.

Nadal jeszcze jest bardzo młody. Pochłania posiłki jak wilk, zaraz biegnie zmyć po sobie naczynia, na lunch nie przeznacza więcej niż pół godziny.

A ona przypatruje mu się, w ogrodzie lub w pozarastanym sadzie z tyłu budynku, jak pracuje, ostrożny i cierpliwy jak kot. Dostrzega brunatną skórę na jego piersi wyłaniającą się spod rozpiętej koszuli, kiedy wypija czasem szklankę herbaty w jej towarzystwie.

Nigdy nie mówi o niebezpieczeństwie związanym z prowadzonymi przez siebie poszukiwaniami. Co jakiś czas eksplozja każe jej i Caravaggiowi wybiec nagle z domu, serce zamiera jej w piersi z powstrzymywanego lęku. Wybiega na dwór albo dopada okna, dostrzegając również Caravaggia, i oboje przyglądają się saperowi leniwie zbliżającemu się do domu. Nie chce mu się nawet ominąć trawnika przed tarasem.

Któregoś razu Caravaggio zajrzał do biblioteki i zobaczył sapera gdzieś pod sufitem – tylko Caravaggio mógł wchodząc do pokoju sprawdzać nawet górne galeryjki, by się przekonać, czy aby jest tu sam – a młody żołnierz, nie spuszczając z oka swego celu, uniósł dłoń i pstryknięciem powstrzymał go przed wejściem do środka, zanim nie wyciągnie i nie odetnie sprężynki zapalnika, który wytropił w kącie, ukryty nad lambrekinem.

Zawsze nuci i pogwizduje.

– Kto to gwiżdże? – pyta którejś nocy ranny Anglik, który nigdy przybysza nie widział.

Gwiżdże zawsze leżąc w załomie murów, wpatrzony w wędrówki obłoków.

Zachowuje się głośno wchodząc do opustoszałego pałacu. Tylko on jeden spośród nich nadal nosi mundur. Wyłania się z namiotu zadbany, lśniące sprzączki u pasa, turban zawiązany symetrycznie, wyglansowane buty postukują o drewniane podłogi i kamienne posadzki pałacu. Z byle powodu odrywa się myślą od problemu, nad którego rozwiązaniem się trudził, i wybucha śmiechem. Wydaje się nieświadomie zakochany w swym ciele, w swej fizyczności, kiedy się pochyla, żeby podnieść z ziemi kromkę chleba, palcami przeczesuje trawę, czasami nawet kiedy kręci zapamiętale młynka karabinem jak wielką maczugą, wyruszając cyprysową aleją ku miasteczku, by spotkać się z innymi saperami.

Wygląda na to, że jest zadowolony z przebywania z tą grupką ludzi w pałacu, czuje się jak zagubiona gwiazda na nabrzeżu ich systemu planetarnego. Jakby się znalazł wśród nich na wakacjach, po wojnie wypełnionej gliną, rzekami i mostami. Do domu wchodzi tylko, kiedy go zaproszą, po prostu jak przypadkowy gość, tak jak wtedy, tej pierwszej nocy, kiedy kierując się ku cichnącym dźwiękom fortepianu Hany przeszedł całą aleję cyprysową i wkroczył do sali bibliotecznej.

Wszedł wtedy, tej burzliwej nocy, do pałacu nie z zaciekawienia muzyką, ale przez wzgląd na niebezpieczeństwo zagrażające osobie grającej. Wycofująca się armia często pozostawiała drobne miny w kształcie ołówka wewnątrz instrumentów muzycznych. Odzyskujący je właściciele otwierali fortepian i urywało im ręce. Ludzie chcieli uruchamiać na powrót zamarłe zegary szafkowe, a eksplozja rozrywała pół ściany i wszystko, co się znajdowało w pobliżu.

Szli obaj z Hardym za dźwiękami fortepianu grzbietem wzgórza, wzdłuż muru, potem weszli do pałacu. Dopóki nie było przerwy, wiedzieli, że grający nie wyciąga ręki i przy próbach uruchomienia metronomu nie naciągnie stalowej nici. Większość tych bomb ołówkowych tak właśnie umieszczano – w najsposobniejszym miejscu do ukrycia przewodu wiodącego do zapalnika. Umieszczano miny przy kurkach, pod grzbietami książek, w wydrążeniach drzew owocowych, tak, że spadające jabłko potrącało niższą gałąź i wywoływało detonację, podobnie jak ręka, która się po nie wyciągała. Nie umiał patrzeć na żadne pomieszczenie ani żaden w ogóle teren bez wypatrywania w nim miejsc, gdzie mogły być ukryte miny.

Zatrzymał się przy oszklonych drzwiach przykładając głowę do framugi, potem wśliznął się do komnaty i z wyjątkiem chwil rozjaśnianych błyskawicami pozostawał w mroku. Stała tam dziewczyna, spoglądając na klawiaturę, w którą uderzała palcami. Ogarnął pokój spojrzeniem, zanim ją jeszcze wypatrzył, przecinając go jakby wiązkami promieni radarowych. Metronom już stukał, wahadełko poruszało się bezkarnie. Nie było więc zagrożenia, żadnej cienkiej sprężynki. Stał tak w swym przemoczonym mundurze, dziewczyna zrazu nie była świadoma jego obecności.

Ustawiona obok jego namiotu antena wdziera się między gałęzie drzew. Nocą zielono fosforyzującą skalę radia Hana może dostrzec przez lornetę polową Caravaggia; chwilami błyszczącą plamkę zasłania nagle zwinne ciało sapera. W ciągu dnia ma przy sobie przenośny odbiornik, słuchawkę przywieszoną do turbanu, druga zwisa u podbródka, i dzięki temu wysłuchuje tych dźwięków napływających ze świata, które mogą mu być przydatne. Znosi do domu wszystkie informacje, o których sądzi, że mogą im się wydać ciekawe. Pewnego dnia oznajmia, że szef orkiestry, Glenn Miller, zginął – jego samolot rozbił się gdzieś między Anglią a Francją.

I tak oto wkracza między nich. Hana widzi go po drugiej stronie zbombardowanego ogrodu: coś właśnie znalazł, odsłania i odcina zwój drutu, który ktoś pozostawił jak list z pogróżką.

Ciągle myje ręce. Caravaggio myśli, że jest zbytnim czyścioszkiem.

– Jak wytrzymywałeś na wojnie? – zaśmiewa się Caravaggio.

– Wujku, wychowałem się w Indiach. Tam ciągle myje się ręce. Przed każdym posiłkiem. To taki zwyczaj. Urodziłem się w Pendżabie.

– A ja pochodzę z północy Ameryki – oznajmia Hana.

Sypia wsuwając się połową ciała do namiotu. Ona widzi jego ręce zdejmujące słuchawki i nakładające je na uszy.

Wtedy odkłada lornetkę i odchodzi od okna.

Znajdowali się pod wysokim sklepieniem. Sierżant zapalił rakietę świetlną, a saper położył się na podłodze i patrzył przez teleskop karabinu snajperskiego, przyglądał się twarzom koloru ochry uważnie, jakby chciał wypatrzyć brata w tłumie. Splątane włosy opływały postaci biblijne, światło odsłaniało barwne ubiory i ciała ściemniałe przez setki lat od dymu lampek oliwnych i świec. A teraz ten żółty dym z rakiety, o którym wiedzieli, że jest zabójczy dla sanktuarium. Właściwie żołnierzy powinno się stąd wyrzucić, powinni zostać skarceni za nadużywanie wydanego im zezwolenia na zwiedzanie Wielkiego Sanktuarium, do którego dotarli przebijając się przez przyczółki i pola bitewne w tych małych wojnach, przez ostrzeliwane Monte Cassino, a potem układnie spacerując obok stanz Rafaelowskich, by się znaleźć w końcu tu – siedemnastu mężczyzn, którzy wylądowali na Sycylii i utorowali sobie drogę od stopy półwyspu aż do tego miejsca – po to, by im zaoferowano pogrążoną w mroku salę. Jak gdyby miała im wystarczyć sama tu obecność.

Jeden z nich odezwał się:

– Cholera, sierżancie, może by tak jeszcze trochę światła?

Sierżant Shand zapalił flarę i wzniósł ją na odległość wyciągniętego ramienia, niagara blasku wystrzeliwała z jego dłoni, stał tak, jakby chciał od niej zapłonąć. Pozostali wpatrywali się w stłoczone na sklepieniu postaci i twarze wyłaniające się z mroku. Ale młody saper położył się na wznak, uniósł lufę karabinu, oko wbijało mu się niemal w brody Noego i Abrahama, w różnorodność diabłów, aż natrafiło na wielkie oblicze i zatrzymało się na nim, na tej twarzy jak ostrze włóczni, mądrej, nie umiejącej wybaczać.

Strażnicy wrzeszczeli przy wejściu, słyszał kroki biegnących, pozostało jeszcze trzydzieści sekund na następną flarę. Odwrócił głowę i wskazał cel zakonnikowi.

Padre ujął karabin i skierował lufę ku narożnikowi. Rakieta zgasła.

Oddał broń młodemu Sikhowi.

– Wiesz, że możemy wszyscy mieć duże kłopoty z powodu tego sposobu oświetlania Kaplicy Sykstyńskiej. Nie powinienem był tu z wami przychodzić, ale muszę być wdzięczny sierżantowi Shandowi, okazał prawdziwy heroizm utrzymując flarę w ręku. I chyba nic złego się nie stało.

– Czy ją widziałeś? Tę twarz. Kto to?

– A tak, to w s p a n i a ł a twarz.

– Więc ją widziałeś.

– Tak. To Izajasz.

Kiedy Ósma Armia wkraczała do Gabicce na wschodnim wybrzeżu, saper dowodził nocnym patrolem. Drugiej nocy otrzymał przez krótkofalówkę wiadomość, że zaobserwowano jakieś ruchy nieprzyjaciela na morzu. Patrol wystrzelił w podanym kierunku pocisk, woda wytrysnęła w górę, taki wystrzał był groźnym ostrzeżeniem. W nic nie trafili, ale na tle wywołanej wybuchem białej fontanny spostrzegł jakieś ciemniejsze, poruszające się sylwetki. Wycelował w nie lufę karabinu i utrzymywał je przez chwilę w polu widzenia; nie strzelając, wypatrując dalszych ruchów. Nieprzyjaciel znajdował się dalej na północ, w Rimini, na skraju miasta. W lunecie celowniczej majaczył jakiś cień, a potem nagle rozświetliła się aureola wokół głowy Najświętszej Panienki. Wyłaniała się z morza.

Znajdowała się na dziobie łodzi. Dwaj mężczyźni przy wiosłach. Dwaj inni unosili ją w rękach, a kiedy łódź dobiła do brzegu, z ciemności, w jakiej pogrążone było miasteczko, dobiegło klaskanie z otwartych okien domów.

Saper widział jej twarz pomalowaną na kolor śmietankowy, aureolę utworzoną z maleńkich lampek na bateryjkę. Przypatrywał się, leżąc na betonowym bunkrze na nabrzeżu pomiędzy skrajem miasteczka a morzem, jak czterej mężczyźni wynoszą z łodzi i biorą na ramiona mierzącą półtora metra gipsową figurę. Ruszyli przed siebie plażą, nie zatrzymując się ani na chwilę, nie bacząc na miny. Być może wypatrzyli je i unieszkodliwili, jeszcze kiedy byli tu Niemcy. Nogi zapadały im się w piasek. Działo się to w Gabicce Mare 29 maja 1944 roku. Dzień morskiego odpustu ku czci Najświętszej Marii Panny.

Dorośli i dzieci wylegli na ulice. Pojawili się mężczyźni w mundurach orkiestry paradnej. Orkiestra nie mogła grać ze względu na godzinę policyjną, ale niosła z sobą instrumenty wypucowane do połysku.

Saper wyłonił się z mroku, z lufą moździerza przytroczoną do pleców, dzierżąc karabin w ręku. Wstrząsnął nimi widok tej uzbrojonej postaci, z turbanem na głowie. Nie spodziewali się, by miał tu, na ziemi niczyjej, dołączyć do nich ktokolwiek.

Uniósł karabin i przez teleskop przyjrzał się jej twarzy – pozbawionej wieku, bezpłciowej – pierwszemu planowi obrazu utworzonego z ciemnych dłoni mężczyzn i poblasku rzucanego przez dwadzieścia małych żaróweczek. Figura odziana była w bladoniebieski płaszcz, lewe kolano miała lekko ugięte, aby zaznaczyć załamywanie się draperii.

Nie byli wcale romantykami. Przeżyli faszystów, Anglików, Gallów, Gotów i Germanów. Byli tylekroć podbijani, że nic to już dla nich nie znaczyło. A tę śmietankowo-niebieską figurę wyniesioną z morza umieścili na wózeczku używanym w czasie winobrania, wypełnionym teraz kwiatami, orkiestra maszerowała na czele w ciszy. Ochrona, jaką miał zapewnić temu miastu, nic dla nich nie znaczyła. Nie mógł wkroczyć między ich biało odziane dzieci obwieszony bronią.

Szedł równolegle do pochodu, sąsiednią uliczką. Do miejsca, w którym się te uliczki zbiegały, dotarli jednocześnie. Znów uniósł karabin, żeby raz jeszcze obejrzeć twarz figury przez lunetę celowniczą. Pochód zatrzymał się na cypelku wyniesionym nad morze, gdzie figurę ustawiono, i uczestnicy procesji wrócili do domów. Nikt oprócz nich nie uświadamiał sobie obecności sapera, stojącego poza kręgiem rzucanego przez żaróweczki światła.

Jej twarz pozostawała rozświetlona. Czterej mężczyźni, którzy ją przywieźli łodzią, rozstawili się wokół jak wartownicy. Bateria umieszczona na plecach figury zaczęła słabnąć i wyczerpała się około wpół do piątej rano. Spojrzał wtedy na zegarek. Przyjrzał się też mężczyznom przez teleskop. Dwaj spośród nich zasnęli. Znów skierował lunetę na twarz figury i przypatrywał się jej uważnie. Miała teraz, w świetle dogasających lampek, inny wyraz. Ta twarz w ciemności wydawała się bardziej znajoma. Twarz siostry. Może kiedyś w przyszłości córki. Pomyślał, że ponieważ odchodzi, powinien być może wykonać jakiś gest pożegnalny. Ale w końcu miał własną religię.

Caravaggio wchodzi do biblioteki. Spędza tu teraz większość popołudni. Jak zawsze książki wydają mu się jakimiś tajemniczymi istotami. Przebywa tu już od dobrych pięciu minut, kiedy do jego uszu dobiegają ciche westchnienia. Odwraca się i spostrzega Hanę śpiącą na sofie. Zamyka książkę i wychyla się przez wysoką, twardą poręcz biegnącą wzdłuż półek. Hana leży zwinięta w kłębek, lewym policzkiem przytulona do zakurzonego brokatu, prawą ręką zakrywa sobie głowę i część twarzy, piąstka przy szczęce. Powieki opuszczone, twarz osoby pogrążonej we śnie.

Kiedy zobaczył ją po raz pierwszy po okresie rozstania, sprawiała wrażenie spiętej, skupiała cały wysiłek na tym, by wyjść z tego wszystkiego bez szwanku. Cały jej organizm znajdował się w stanie wojny i, podobnie jak to się dzieje w miłości, każda jego część była w ten wysiłek zaangażowana.

Głośno zaczerpnął w płuca powietrza, a kiedy na nią spojrzał opuszczając głowę, spostrzegł, że się już obudziła i wpatruje się weń szeroko otwartymi oczyma.

– Zgadnij, która godzina.

– Czwarta pięć. No, może czwarta siedem.

Była to ich stara gra, gra między mężczyzną a dzieckiem. Wyszedł, aby to sprawdzić na zegarze, jego pewny krok uświadomił jej, że już zażył morfinę, odświeżył się i wzmocnił, odzyskał właściwą sobie swobodę. Usiadła i uśmiechnęła się, kiedy wrócił kręcąc głową z zachwytem nad jej dokładnością.

– Przyszłam na świat z zegarem słonecznym w głowie, prawda?

– A co się z nim dzieje nocą?

– Może istnieją zegary księżycowe? Czy ktoś już je wynalazł? Pewnie każdy architekt projektujący pałac umieszcza zegar księżycowy z myślą o złodziejach, jak o należnej im dziesięcinie.

– To ciężkie zmartwienie dla bogaczy.

– Dawidzie, spotkajmy się przy zegarze księżycowym. W miejscu, gdzie słabsze może wniknąć w silniejsze.

– Tak jak ranny Anglik w ciebie?

– Niewiele brakowało, a miałabym dziecko rok temu. Ponieważ ma teraz umysł lekki i pobudzony narkotykiem, ona może kluczyć, a on będzie szedł jej tropem, nadążając za jej myślami. Ona zaś otwiera się przed nim, nie do końca zdając sobie sprawę z tego, że się już obudziła, i rozmawiając jakby jeszcze przez sen. Nawet jego kichanie wydaje się kichaniem kogoś, kto jej się przyśnił.

Caravaggio dobrze zna ten stan. Często spotykał się z ludźmi przy księżycowym zegarze. Wyrywając ich ze snu o drugiej nad ranem, kiedy przez przypadek strącał na ziemię całą zawartość sypialnianej szafki. Przekonał się, że taki wstrząs chroni ich przed strachem, a także przed przemocą. Zaskoczony przez właścicieli domów, które okradał, wyciągał przed siebie ręce i zaczynał gwałtownie przemawiać; wznosząc ku górze drogocenny zegar i grożąc jego rozbiciem pytał, gdzie się znajdują różne precjoza.

– Poroniłam. Tak myślę. Musiałam poronić. Jego ojciec już nie żył. To było na wojnie.

– Już we Włoszech?

– Na Sycylii, tam się zaczęło. Rozmyślałam o tym przez cały ten czas, kiedy posuwaliśmy się za frontem wzdłuż Adriatyku. Ciągle wiodłam z dzieckiem rozmowy. Bardzo ciężko pracowałam w szpitalu. Zamknęłam się przed całym otoczeniem. Odcięłam się od innych, z wyjątkiem dziecka. W myślach wszystkim się z nim dzieliłam. Przemawiałam do niego podczas obmywania i pielęgnowania rannych. Byłam jak obłąkana.

– A potem zginął twój ojciec, tak?

– Tak. Potem zginął Patryk. Dowiedziałam się o tym w Pizie.

Już się obudziła. Siedzi.

- Wiedziałeś o tym, co?
- Dostałem list z kraju.
- I dlatego tu przyjechałeś? Bo wiedziałeś?
- Nie.
- No dobrze. Nie sądzę, żeby wierzył w zmartwychwstanie i takie tam rzeczy. Patryk często mówił, że chce, aby jego konaniu towarzyszył duet kobiet grających na instrumentach. Na harmonii i skrzypcach. I to wszystko. Był piekielnie sentymentalny.
- Tak. Można było wszystko od niego wydębić. Wystarczyło mu znaleźć kobietę w tarapatach i już był stracony.

Zerwał się wiatr, ciągnął z doliny ku ich wzgórzu, cyprysy wyznaczające linię trzydziestu sześciu schodków obok kaplicy gięły się od jego podmuchów. Krople pozostawione przez deszcz na liściach spadały z charakterystycznym odgłosem na nich siedzących na balustradzie. Było już dobrze po północy. Wyciągnęła się na betonowym schodku, on rozglądał się i wychylał popatrując w głąb doliny. Tylko odgłos spadających kropel.
- A kiedy przestałaś rozmawiać z dzieckiem?
- Stało się to nagle. Oddziały frontowe walczyły o most na Moro, potem wkroczyły do Urbino. Chyba w Urbino przestałam. Miało się wrażenie, że w każdej chwili można zginąć, nie tylko jeśli się jest żołnierzem, równie dobrze mogłeś być księdzem albo pielęgniarką. To były królicze norki, te wąskie, strome uliczki. Żołnierze docierali tam resztkami sił, zakochiwali się we mnie na godzinę i umierali. Było ważne, by zapamiętać ich nazwiska. Kiedy umierali, jak zmywani przez falę, widziałam oczami wyobraźni moje dziecko. Niektórzy siadali i zrywali wszystko, co mieli na sobie, żeby łatwiej im było oddychać. Inni zamartwiali się drobnymi okaleczeniami rąk, a potem konali. A wtedy banieczka powietrza w ustach. Taki mały bąbelek. Nachylam się, żeby przymknąć zmarłemu żołnierzowi powieki, a on je otwiera i krzyczy: „Nie możesz zaczekać, aż zdechnę? Ty dziwko!" Siada i zmiata wszystko z mojej tacki na podłogę. Wściekły. Któż by chciał tak umie-

79

rać? Umierać tak rozwścieczony. Ty d z i w k o! Potem zawsze już czekałam, aż pojawią im się bąbelki w ustach. Znam się na umieraniu, Dawidzie. Wiem, jak przeprowadzić ich przez agonię. Kiedy wbić silny zastrzyk morfiny w główną żyłę. To słone ukojenie. Każdy z przeklętych generałów powinien spróbować mojej roboty. Każdy z przeklętych generałów. Powinien to być warunek wstępny przed wydaniem rozkazu forsowania każdej kolejnej rzeki. Kimże my, do diabła, jesteśmy, by udźwignąć tę odpowiedzialność, oczekuje się od nas mądrości jak od sędziwych kapłanów, umiejętności przygotowania ludzi na coś, czego nikt nie chce, i łagodnego doprowadzenia ich do samego kresu. Nigdy nie uwierzę w żadne te posługi, które świadczy się zmarłemu. W ich prostacką retorykę. Jak oni śmią! Jak śmią w ten sposób gadać o umierającej istocie ludzkiej.

Nigdzie żadnego światła, wszystkie lampy zgasły, niebo niemal zakryte chmurami. Mieszkańcy okolicznych domostw już przywykli do poruszania się w ciemnościach.

– Wiesz, dlaczego wojsko nie chciało, żebyś tu pozostała z tym rannym Anglikiem? Wiesz?

– Zagrożenie małżeństwem? Kompleks mojego ojca? – uśmiechnęła się.

– Jak się ma nasz pacjent?

– Jeszcze się ciągle nie uspokoił po tym psie.

– Powiedz mu, że pies zjawił się tu wraz ze mną.

– Ale on nie jest pewien, czy ty tu jesteś. Myśli, że może jesteś porcelanową figurką.

– Sądzisz, że chciałby się napić wina? Udało mi się zwędzić dziś butelkę.

– Komu?

– Masz na nią ochotę czy nie?

– Dobrze, wypijmy ją sobie. I nie myśl o nim.

– Aha, urlop od niego?

– Nie, nie żaden urlop. Po prostu mam ochotę sobie popić.

– Jest dwudziestoletnie. Pochodzi z czasu, kiedy i ja byłem dwudziestolatkiem.

– Tak, tak, a może byś gdzieś ukradł jaki gramofon? A propos, to się teraz chyba nazywa: wyszabrować.

– Ojczyzna mnie tego nauczyła. To właśnie robiłem dla niej na wojnie.

Przeszedł przez zburzoną kaplicę i wszedł do wnętrza domu.

Hana przysiadła, zakręciło jej się w głowie. „I popatrz, co ci za to zrobili" – dopowiedziała w myślach.

Nawet z tymi, z którymi blisko współpracowała w czasie wojny, niechętnie rozmawiała. Tęskniła za wujkiem, za kimś z rodziny. Odczuwała też tęsknotę za ojcem swego dziecka, kiedy tak zapragnęła się upić w tym miasteczku na wzgórzu, po raz pierwszy od lat, podczas gdy poparzony człowiek na piętrze zapadł w swój czterogodzinny sen, a dawny przyjaciel jej ojca grzebał w jej medycznym neseserze, przełamywał ampułkę i wstrzykiwał sobie morfinę, śpiesząc się, by powrócić na czas.

Wieczorem, nawet o dziesiątej, wokół nich tylko ziemia jest ciemna. Czyste, szare niebo i zielone wzgórza.

– Byłam wprost chora z głodu. Z łakomego pragnienia. Więc odsunęłam się od tego wszystkiego, od randek, przejażdżek jeepami, drobnych uprzejmości. Ostatnich tańców przedśmiertnych. Uważali mnie za snobkę. Harowałam ciężej niż inne pielęgniarki. Dodatkowe dyżury, pod obstrzałem – zrobić dla nich wszystko, co można, opróżnić każdy basen. Stałam się snobką, nie chciałam z nimi wychodzić, nie chciałam, żeby wydawali na mnie pieniądze. Chciałam wrócić do domu, ale w domu nie było nikogo. A chora już byłam od tej Europy. Chora od tego, że mnie traktują jak złoty klejnot, ponieważ jestem rodzaju żeńskiego. Przyjęłam zaloty pewnego mężczyzny, i on umarł, i dziecko umarło. To znaczy, myślę, że to nie ono umarło, że to ja je uśmierciłam. Odgrodziłam się po tym od ludzi tak, że nikt nie miał do mnie przystępu. Z żadną tam gadaniną o snobkach. Ani o czyjejś śmierci. I wtedy go poznałam, człowieka sczerniałego na węgiel. Wszystko wskazywało na to, że jest Anglikiem.

Już od dawna, Dawidzie, nie myślałam o niczym, co się wiąże z mężczyzną.

Po tygodniu przebywania sapera Sikha w rejonie pałacu przywykli do jego żywieniowych obyczajów. Gdziekolwiek się znajdował – czy na wzgórzu, czy w wiosce – odrywał się od swych zajęć, wracał około wpół do pierwszej i przyłączał się do Hany i Caravaggia, wyjmował z plecaka małe zawiniątko w niebieskiej serwetce i rozkładał je na stole, obok ich nakryć. Zawierało cebulę i zioła – Caravaggio podejrzewał, że zebrał je we franciszkańskim ogrodzie, podczas oczyszczania go z min. Cebulę obierał tym samym nożem, którym przecinał kabelki od zapalników. Potem były owoce. Caravaggio przypuszczał, że przebył całą inwazję Włoch ani razu nie spożywając żadnego posiłku w kantynie.

Zawsze był na służbie od świtu, wyruszał wypijając filiżankę angielskiej herbaty, którą tak lubił, dodawszy do niej kroplę skondensowanego mleka. Popijał ją wolno, stojąc w świetle słońca i przypatrując się leniwym ruchom w obozie, gdzie, jeśli miał to być dzień spędzony na miejscu, już o dziewiątej żołnierze zaczną grać w kanastę.

Teraz, wczesnym rankiem, pod pokiereszowanymi drzewami w na poły zrujnowanym przez bomby ogrodzie willi San Girolamo, nabiera łyk wody z manierki. Sypie proszek do zębów na szczoteczkę i rozpoczyna dziesięciominutowy seans ostentacyjnego szorowania zębów, błądząc wzrokiem po okolicy, spoglądając w dół doliny wciąż przesłoniętej mgłą – perspektywa, jaka się przed nim otwierała, raczej go zaciekawia, niżby się miał jej obawiać. Mycie zębów, od czasów, gdy był dzieckiem, było dlań zawsze czynnością, którą się wykonuje pod gołym niebem.

Krajobraz wokół niego był czymś przejściowym, nie miał cech stałości. Przewidywał możliwość deszczu po specjalnym zapachu krzewów. W myślach, nawet kiedy ich nie skupiał, automatycznie odtwarzał choreografię przedmiotów nieożywionych w promieniu pół kilometra, który jest śmiertelnym polem rażenia lekkiej broni. Oglądał dwie cebule, jakie ostrożnie wykopał z ziemi, wiedząc, że i ogrody bywały zaminowane przez wycofującą się armię. Przy lunchu dobrotliwe spojrzenie Caravaggia spoczywa na produktach rozłożonych na niebieskiej serwetce. Musi istnieć jakieś rzadkie zwierzę, myśli Caravaggio, które jada to samo co ten młody żołnierz, wkładający pożywienie do ust palcami prawej ręki. Noża używa tylko do obierania cebuli, do krojenia owoców na plasterki.

Dwaj mężczyźni wyruszają małym wózkiem po mąkę do podnóża doliny. Żołnierz musi też dostarczyć do dowództwa w San Domenico mapę terenów oczyszczonych już z min. Uważają za zbyt kłopotliwe wypytywanie się nawzajem o siebie, rozmawiają o Hanie. Wiele pytań spotyka starszego z nich, który znał ją jeszcze sprzed wojny.
– Z Kanady?
– Tak, tam ją poznałem.
Mijają po drodze liczne ogniska po obu stronach drogi, Caravaggio nie podziela zainteresowania, jakie okazuje im młody żołnierz. Przezwisko żołnierza brzmi: Łosoś. „Zawołaj Łososia". „Łosoś idzie". Przylgnęło doń przez przypadek. Papier, na którym składał swój pierwszy raport o rozbrojeniu bomby, jeszcze w Anglii, był trochę pobrudzony masłem; przyjmujący go oficer zapytał: „A co to takiego? Tłuszcz po wędzonym łososiu?" – i wszyscy się roześmieli. Młody Sikh nie miał pojęcia, co to jest łosoś, ale od tego czasu uzyskał swe słone, rybie przezwisko. Po tygodniu nikt już nie pamiętał, że się nazywa Kirpal Singh. Nie przejmował się tym. Lord Suffolk i jego ekipa też używali wobec niego tego przydomka, ale wolał to

od angielskiego obyczaju zwracania się do ludzi po nazwisku.

Tego lata ranny Anglik dostał aparat słuchowy i zaczął uczestniczyć w życiu całego domu. Bursztynowa muszelka szumiała mu w uchu przenosząc różne dźwięki – zgrzyt przesuwanego krzesła po podłodze hallu, kłapanie psich szczęk na zewnątrz domu; kiedy nastawił aparat na odpowiednią ostrość, mógł nawet usłyszeć psie posapywania albo pokrzykiwania sapera z tarasu. Po kilku dniach pobytu żołnierza w sąsiedztwie pałacu ranny Anglik uświadomił sobie jego obecność, choć Hana utrzymywała sapera z dala od swego pacjenta, sądząc, że nie przypadliby sobie do gustu.

Aż któregoś dnia, wszedłszy do pokoju rannego, zastała tam Łososia. Stał w nogach łóżka, ręce złożył na karabinie zawieszonym na szyi. Nie podobało jej się takie niedbałe noszenie broni, jego powolny półobrót w jej stronę, jakby wokół własnej osi, jakby karabin był przyszyty do ramion i barku, i do drobnych brunatnych pięści.

Anglik zwrócił ku niej głowę i powiedział:
– Świetnie sobie radzimy!

Uznała, że saper trafił do tej części pałacu przypadkiem, wypatrując jej wszędzie. Ale Łosoś, który dowiedział się od Caravaggia, że ranny Anglik zna się na uzbrojeniu, wtargnął do jego pokoju i wdał się z nim w dyskusję o rozbrajaniu bomb i min. Rychło uznał go za niewyczerpane źródło informacji o uzbrojeniu sprzymierzonych i nieprzyjaciela. Anglik znał nie tylko absurdalne zapalniki włoskie, ale i szczegóły topografii w rejonie Toskanii. Wkrótce wykreślali wspólnie schematy budowy min i omawiali teoretyczne zasady ich rozmieszczania.

– Wydaje mi się, że włoskie detonatory umieszczane są pionowo. I nie zawsze na końcu kabla.

– To zależy. Te wytwarzane w Neapolu – tak, ale fabryki rzymskie naśladują system niemiecki. Oczywiście, Neapol, sięgając wstecz, do piętnastego wieku...

Oznaczało to konieczność wysłuchania wywodów rannego,

biegnących okrężnymi drogami, a młody żołnierz nie nawykł siedzieć bez ruchu i bez słowa. Niecierpliwił się i przerywał chwile milczenia, których Anglik potrzebował, by zebrać myśli, nadać ruch ciągowi swych skojarzeń. Żołnierz unosił głowę i wpatrywał się w sufit.

– Powinniśmy zbudować lektykę – rozmyślał na głos, zwracając się do Hany – i wynosić go przed dom.

Popatrzyła na nich obu, wzruszyła ramionami i wyszła z pokoju.

Uśmiechała się do siebie, kiedy Caravaggio mijał ją w hallu. Zatrzymali się tam oboje i słuchali rozmowy dobiegającej z pokoju rannego.

Czy ci już przedstawiłem moją koncepcję człowieka Wergiliuszowego, Łososiu? Pozwól mi...
Czy aparat słuchowy masz włączony?
Co?
Włącz go –

– Myślę, że znalazł sobie przyjaciela – powiedziała do Caravaggia.

Hana wychodzi na zalany słońcem dziedziniec. W południe w rurach płynie woda i dociera do fontanny, przez dwadzieścia minut tryska w górę. Zdejmuje buty, wkłada stopy do suchego jeszcze korytka i czeka.

O tej porze zapach siana roznosi się wszędzie. Płatki bławatków wirują w powietrzu, odbijają się od ludzi jak od ściany i lecą dalej. Wypatruje miejsca, w którym pająki wodne urządzają sobie gniazda, pod górnym zbiornikiem fontanny; jej twarz kryje się w cieniu kamiennego występu. Lubi tak siadać na krawędzi tej kamiennej kolebki, woń chłodu i mroku wydobywa się z pustej jeszcze niecki, przypomina zapach bijący z piwnicy otwartej po raz pierwszy późną wiosną, skontrastowany z ciepłem rozlanym wokół. Ściera pył z ramion i stóp, spomiędzy fałdek na bucikach, i przeciąga się.

Zbyt wielu mężczyzn w tym domu. Dotyka ustami nagiego ramienia. Chłonie zapach skóry, taki swojski. Własny smak i własny zapach. Przypomina sobie, kiedy po raz pierwszy stała się ich świadoma, jeszcze jako nastolatka – wiąże to raczej z miejscem niż z czasem – całowała wtedy swe ramię dla nabrania wprawy w całowaniu, wwąchiwała się w zapach swego nadgarstka i schylała głowę ku udom. Wydychała powietrze w stulone dłonie, by ten sam oddech wracał przez nos. Teraz trze bosą stopą o fontannę mieniącą się kolorami. Saper opowiadał jej o posągach, które napotkał na swym frontowym szlaku, o tym, jak sypiał pod jednym z nich, przedstawiającym płaczącego anioła, w połowie chłopca, w połowie dziewczynę, który uważał za piękny. Leżał na wznak przypatrując się temu ciału i po raz pierwszy w czasie wojny zaznawał spokoju.

Wącha kamień, wdycha jego chłodną woń.

Czy jej ojciec poległ w walce, czy umarł w spokoju? Czy leżał w taki sam sposób, w jaki ranny Anglik zwykł wypoczywać na swym łożu? Czy opiekował się nim ktoś obcy? Ktoś, kto nie jest z twojej krwi, może wtargnąć w twe uczucia głębiej niż krewny. Tak jak wpadając w ramiona obcego, odkrywasz odbicie dokonanego przez siebie wyboru, jak w lustrze. W odróżnieniu od tego sapera, jej ojciec nigdy nie czuł się pewnie w życiu. Mówiąc gubił niektóre sylaby przez nieśmiałość. Matka twierdziła, że w każdym ze zdań wypowiadanych przez Patryka brakowało dwóch albo trzech kluczowych wyrazów. Miał w sobie to niezdecydowanie, tę niepewność, która nadawała mu uwodzicielski urok. Nie przypominał w tym większości mężczyzn. Nawet ten ranny Anglik ma tak dobrze znane cechy feudała. Ale jej ojciec był duchem chciwym zaufania innych, łaknącym tego aż do bólu.

Czy podchodził do śmierci z tą swoją miną kogoś, kto się tu znalazł przypadkiem? Czy też może w gniewie? Był człowiekiem najmniej skorym do gniewu spośród wszystkich, których znała, po prostu wychodził z pokoju, kiedy ktoś źle mówił o Roosevelcie albo Timie Bucku lub też wychwalał jakichś burmistrzów Toronto. Nigdy się nie starał przekonać innych do swego zdania, po prostu odgradzał się od wydarzeń rozgrywających się wokół niego albo je świętował. I to wszystko. Powieść jest zwierciadłem przechadzającym się po gościńcu. Wyczytała to zdanie w jednej z książek, które jej polecił ranny Anglik, i w ten właśnie sposób zapamiętała ojca, kiedykolwiek przywoływała jakieś wspomnienia z nim związane: zatrzymującego w środku nocy samochód pod mostem w Toronto, na północ od Pottery Road, i tłumaczącego jej, że tu, u krokwi, właśnie nocą szpaki i gołębie dzielą się niewygodnym i niepewnym schronieniem. Stali więc tam przez dłuższą chwilę pośród nocy, unosząc głowy ku sennemu poćwierkiwaniu ptaków wśród wrzawy i hałasu. Caravaggio powiedział, że Patryk zmarł w gołębniku. Jej ojciec ukochał miasto ze swej wyobraźni, którego ulice, i mury, i granice wyznaczał wraz ze swymi przyjaciółmi. Właściwie nigdy nie wykroczył poza ten wyimaginowany świat. Wszystko, czego się dowiedziała o świecie realnym, zawdzięczała sobie samej albo Caravaggiowi, albo później macosze, Klarze, kiedy zamieszkały wspólnie. Klara była kiedyś aktorką, osobą pełną wyrazu; dobitnie wyrażała gniew, kiedy wszyscy oni wyruszali na wojnę. W ciągu rocznego pobytu we Włoszech Hana nosiła przy sobie listy Klary. Listy, o których wiedziała, że były pisane na różowej skałce na wyspie w Zatoce Świętego Jerzego, na wietrze dmącym od wody i szarpiącym kartkami notesu, które Klara wyrywała i wkładała do koperty zaadresowanej do Hany. Trzymała je w walizce, każdy krył w sobie łuseczkę różowej skałki i odrobinę owego wiatru. Ale nigdy na nie nie odpisywała. Tęskniła za Klarą rozpaczliwie, po tym wszystkim jednak, co się jej przydarzyło, nie była w stanie do niej pisać. Nie umiała ująć w słowa ani przyjąć do wiadomości śmierci Patryka.

Ona tu, teraz, na obcym kontynencie, wojna powędrowała gdzieś dalej, zamienione w szpitale klasztory i kościoły, wbite we wzgórza Toskanii i Umbrii, opustoszały. Kryją w sobie resztki wojennej społeczności, małe ludzkie moreny pozostawione przez wędrujący lodowiec. Wszystko dokoła jest teraz świętym gajem.

Chowa stopę pod suknię, ramiona wyciągnięte wzdłuż ud. Wszędzie taki spokój. Słyszy w rurach znajome hurkotanie wody napływająeej do środkowej części fontanny. A potem cisza. I nagły plusk, kiedy woda zaczyna się pienić wokół niej.

Opowieści, które Hana czytywała na głos rannemu Anglikowi, podróżując wraz ze starym wędrowcem z *Kima* lub z Fabrycym z *Pustelni Parmeńskiej*, ukazywały ruchy wojsk, koni i wozów – opuszczających front lub zdążających na wojnę. W rogu jego sypialni ułożyła przeczytane książki, przez których pejzaże już wspólnie przewędrowali.

Wiele książek zaczynało się autorskimi zapowiedziami. Jedna wśliznęła się im w dłonie jak wiosło niezbędne do przepłynięcia przez wodę.

Rozpocząłem pracę w czasie, kiedy Servius Galba był konsulem... Dzieje Tyberiusza, Kaliguli, Klaudiusza i Nerona, kiedy znajdowali się u władzy, fałszowano pod wpływem terroru, a po ich śmierci przedstawiono z palącą nienawiścią*.

Tak oto Tacyt rozpoczyna swe *Roczniki*.

Powieści natomiast rozpoczynały się od wątpliwości i zamętu. Czytelnik nigdy nie zaznawał równowagi. Drzwi, zamek, tama – puszczały nagle i ruszali przed siebie, jedną ręką utrzymując ster, a drugą podtrzymując kapelusz.

Kiedy Hana rozpoczyna jakąś książkę, wkracza przez ozdobne wrota na ogromny dziedziniec. Parma, Paryż, Indie rozwijają przed nią swe dywany.

Lekceważąc sobie rozporządzenia zwierzchności miejskiej, siedział okrakiem na armacie Zam-Zammah, co stała na ceglanym

---

* Przekład Seweryna Hammera.

cokole na wprost Ajaib-Gher – Domu Cudów, jak lahorskie Muzeum nazywają krajowcy. Kto władał Zam-Zammah, władał Pendżabem; bo wielka sztuka brązu była zawsze pierwszym łupem zdobywców*.

– Czytaj powoli, dziewczyno, Kiplinga trzeba czytać powoli. Zwracaj uwagę na przecinki, odnajdziesz wtedy naturalne pauzy. To jest pisarz używający pióra i atramentu. Myślę, że często odrywał wzrok od stronicy, spoglądał przez okno, przysłuchiwał się ptakom, jak większość samotnych pisarzy. Niektórzy z nich nie znają nazw ptaków, ale on je znał. Masz oko zbyt szybkie i zbyt północnoamerykańskie. Pomyśl o ruchu jego pióra. I jak straszliwy, jak paraliżujący jest skądinąd ten pierwszy akapit.

Taka była pierwsza lekcja czytania udzielona jej przez Anglika. Potem już jej nie przerywał. Gdy przysypiał, nie przerywała głośnej lektury aż do chwili, kiedy sama czuła się zmęczona. Jeśli nawet tracił pół godziny intrygi powieściowej, było to tak, jakby jeden pokój pozostał ciemny w budynku, który w całości dobrze znał. Był zżyty z topografią całej historii. Benares leżał na wschód, a Chilianwallah na północ od Pendżabu. (Wszystko to się działo, zanim saper wkroczył w ich życie, jakby wprost z tej powieści. Jakby karty powieści Kiplinga rozsunęły się nocą pod wpływem magicznej lampy, robiąc dlań miejsce. Czarodziejski narkotyk).

Odwróciła wzrok od ostatniej strony *Kima* – od jego delikatnych i wzniosłych zarazem zdań – i sięgnęła po notatnik swego pacjenta, po tę księgę, którą zdołał uratować z płonącego samolotu. Notes rozwarł się na całą szerokość.

Otworzył się w miejscu, w którym znajdowała się kartka wydarta z Biblii i wklejona w tekst.

A król Dawid zestarzał się i miał wiele dni wieku; a choć okrywano go szatami, nie zagrzewał się. Rzekli tedy słudzy jego: «Poszukajmy królowi, panu naszemu, młodej panienki, niech stoi

* Przekład Józefa Birkenmajera.

przed królem i okrywa go, i śpi na łonie jego, a zagrzewa króla, pana naszego».

A tak szukali panienki pięknej we wszystkich granicach izraelskich i znaleźli Abisag Sunamitkę, i przywiedli ją do króla. A była to panienka bardzo piękna i sypiała z królem, ale król jej nie poznał*.

Plemię ---, które uratowało życie pilotowi, dostarczyło go do brytyjskiej bazy wojskowej w Siwa w roku 1944. W nocy przewieziono go pociągiem sanitarnym z Pustyni Zachodniej do Tunisu, a stamtąd – statkiem szpitalnym do Włoch. W tym okresie wojny znajdowały się tam setki żołnierzy, którzy zatracili świadomość samych siebie, częściej wskutek amnezji niż obłędu. Tych, którzy nie byli pewni swej przynależności narodowej, internowano w Tyrrenii, gdzie się też znajdował szpital marynarki wojennej. Poparzony pilot stał się jeszcze jedną postacią enigmatyczną, pozbawioną znaku identyfikacyjnego, nierozpoznawalną. W więzieniu obok przetrzymywano w klatce poetę amerykańskiego, Ezrę Pounda, który chował po kieszeniach – codziennie nią jak śmigłem wymachując, niczym glejtem – eukaliptusową gałązkę, którą ułamał w ogrodzie tych, co go wydali, i wyniósł z sobą, kiedy go aresztowano. *Eukaliptus jest na pamiątkę.*

– Starajcie się mnie podejść – ranny pilot radził tym, co go przesłuchiwali – każcie mi mówić po niemiecku, co zresztą potrafię, zapytajcie mnie o Dona Bradmana. Zapytajcie o Marrmite, o wielką Gertrudę Jekyll.

Wiedział, gdzie w Europie znajduje się każde z dzieł Giotta oraz większość miejsc, gdzie znaleźć można przekonujące *trompe l'oeil.*

Szpital marynarki rozlokowano wzdłuż plaży w kabinach kąpielowych, które wynajmowali turyści na przełomie stuleci. Ranny pilot wypatrzył młodą pielęgniarkę, stroniącą od towarzystwa innych. Znał się na tym spojrzeniu pozbawionym wyrazu, wiedział, że jest ona w istocie w większym stopniu pacjentką niż pielęgniarką. Do niej właśnie się zwracał, kiedy mu było czegoś trzeba.

---

* Przekład Jakuba Wujka.

Znów go poddano przesłuchaniom. Wszystko w nim było prawdziwie brytyjskie, z wyjątkiem tego, że jego skóra była smoliście czarna, co wprawiało w zakłopotanie przepytujących go oficerów.

Kiedy go pytano, dokąd posunęły się wojska sprzymierzonych we Włoszech, odpowiadał, że wedle jego przypuszczeń zdobyły Florencję, ale zostały powstrzymane na linii miasteczek górskich, na północ od niej. Na linii Gotów.

– Wasza dywizja stacjonuje we Florencji i nie może zdobyć takich punktów oporu, jak na przykład Prato i Fiesole, ponieważ Niemcy umocnili się w pałacach i klasztorach i zawzięcie się tam bronią. To odwiecznie powtarzająca się historia – krzyżowcy popełniali ten sam błąd w walce z Saracenami. I podobnie jak im kiedyś, wam również potrzebne są ufortyfikowane miasta. Nigdy ich nie opuszczano, z wyjątkiem okresów szerzenia się cholery.

Wędrował tak myślami, wprawiając ich w dezorientację co do tego, czy jest sprzymierzeńcem, czy wrogiem; odchodzili odeń niepewni, kim właściwie jest.

A teraz, kilka miesięcy później, w Villa San Girolamo, w miasteczku na wzgórzu na północ od Florencji, w altanie pałacowej, która stała się jego sypialnią, spoczywa przypominając posąg zmarłego króla w Rawennie. Wypowiada się urywkami zdań to o wioskach położonych w oazach, to o ostatnich Medyceuszach, to o prozie Kiplinga, to o kobiecie, której wspomnienie utkwiło w nim na zawsze. A w swej księdze podręcznej, w wydaniu *Dziejów* Herodota z roku 1890, kryją się dalsze urywki – mapy, notatki pamiętnikarskie, zapiski w wielu językach, fragmenty stronic wyrwanych z innych książek. Jedyne, czego nie ma, to jego nazwisko. I ciągle brak klucza, który by pozwolił stwierdzić, kim on właściwie jest, ten bezimienny, pozbawiony jakiejkolwiek rangi wojskowej, nie przypisany do żadnego batalionu czy dywizjonu. Wszystkie zapiski w jego notesie dotyczą okresu przedwojennego, pustyni w Egipcie i Libii w latach trzydziestych; inkrustowane są uwagami o malarstwie ściennym z prehistorycznych grot, o galeriach sztuki, a także notatkami pamiętnikarskimi sporządzanymi jego drobnym charakterem pisma.

- Nie ma wcale brunetek - mówi ranny Anglik do Hany pochylającej się nad nim - wśród florentyńskich madonn. Trzyma w ręku książkę. Hana odbiera mu ją delikatnie, zdejmuje z jego uśpionego ciała i kładzie na stoliku obok. Kartki rozchylają się, spogląda na nie i odczytuje odsłaniający się zapis. Przyrzeka sobie, że nie odwróci następnej stronicy.

Maj 1936
Przeczytam ci wiersz, powiedziała żona Cliftona swym oficjalnym tonem, którego używa zawsze, aż do chwili pełnego zbliżenia. Wszyscy znajdowaliśmy się w południowym obozie, oblani światłem ogniska.

> *Idąc przez pustynię*
> *Wołałem:*
> *«Panie, zabierz mnie z tego miejsca!»*
> *I odezwał się głos: «To nie pustynia».*
> *Zawołałem: «Ale przecież –*
> *Piasek, skwar, pusty horyzont...»*
> *I odezwał się głos: «To nie pustynia»*.

Nikt się nie odezwał.
Ona powiedziała: To był Stephen Crane, on nigdy nie był na pustyni.
Był, stwierdził Madox.

Czerwiec 1936
Zdarzają się takie zdrady na wojnie, które w dziecinny sposób porównuje się ze zdradami dokonanymi w czasie pokoju. Nowy kochanek wkracza w obyczaje innej osoby. Sprawy podlegają zniszczeniu, ukazują się w nowym świetle. Dokonuje się to poprzez zdania gniewne albo delikatne, chociaż serce jest narzędziem ognia.
Historia miłosna nie dotyczy tych, którzy zatracają serca w uczuciu, ale tych, którzy przekonują się, że ten ponury współmieszkaniec, na którego się natknęli, świadczy sobą, iż ciało nikogo nie może oszukać, niczego nie może oszukać – także

---

* Przekład Andrzeja Szuby.

mądrości snu ani nawyków towarzyskiej ogłady. To pożeranie kogoś i pożeranie przeszłości.

W zielonej komnacie już niemal zapadły ciemności. Hana odwraca się i czuje, że zdrętwiał jej kark. Pochłonęły ją i owładnęły nią te niejasne odręczne zapiski w rozchylającej się przed nią księdze pokładowej, zawierającej mapy i notatki. Tkwi w niej nawet wklejony liść paproci. *Dzieje.* Nie zamyka książki, nie dotknęła jej w ogóle od chwili, kiedy ją położyła na stoliku. Wychodzi z pokoju.

Łosoś znalazł na polu położonym za północną ścianą pałacu wielką minę, odskoczył – niemal już dotykając stopami zielonego drutu rozciągniętego w sadzie – tak gwałtownie, że stracił równowagę. Odsłonił i uniósł przewód, tak by był lekko napięty, i klucząc między drzewami szukał miejsca, do którego jest przytwierdzony.

Odnalazłszy je przysiadł z wrażenia, rozłożył torbę z narzędziami. Mina była obmurowana betonem. Umieszczono najpierw materiał wybuchowy, a potem oblano go cementem, aby ukryć pod nim zapalnik i całą moc ładunku. O kilka metrów dalej znajdowało się bezlistne drzewo. Dwumiesięczna trawa zakryła przed wzrokiem betonową kopułkę.

Otworzył torbę i nożycami wystrzygł trawę dookoła. Zawiązał wokół pętelkę z linki, obwiązał ją wokół gałęzi bezlistnego drzewa i ostrożnie uniósł cementową kopułkę w górę. Dwa przewody wychodziły z kawałka betonu i wnikały w ziemię. Przysiadł ponownie, skierował wzrok ku drzewu i wpatrzył się w nie. Pośpiech nie miał już teraz znaczenia. Wyjął z torby kryształkowy odbiornik i nałożył słuchawki na głowę. Radio natychmiast wypełniło go muzyką amerykańską, nadawaną przez stację AIF. Przeciętnie na każdą piosenkę lub taniec wypadało dwie i pół minuty. Zliczając czas trwania „String of Pearls" i „C-Jam Bluesa" oraz innych melodii mógł stwierdzić, od kiedy tak sobie przesiaduje, podświadomie wsłuchując się w muzykę.

Hałas też nie miał znaczenia. Nie było żadnego tykania ani stukania, które by sygnalizowało niebezpieczeństwo wybuchu tej miny. Dźwięki muzyki pomagały mu porządkować myśli oscylujące wokół sposobu skonstruowania miny oraz osobowości tego kogoś, kto umieścił gniazdo zagrożenia pod betonową pokrywą.

Ciężar kopułki zawieszonej na linie gwarantował, że dwa druty nie zsuną się i nie zaplączą o nic, niezależnie od tego, jaki by na nie wywarto nacisk. Wstał i przystąpił do ostrożnego odsłaniania miny, usuwając niektóre trawy zębami, skórzaną pałeczką odgarniając grudki betonu. Przerywał tylko na krótkie chwile, kiedy fale radiowe obsuwały się ze skali, i odszukiwał na niej cichnącą stację, przywracając czystość brzmienia melodii. Powoli odsłonił się splot kabli. Było ich sześć, splątanych w węzeł, wszystkie pomalowane na czarno.

Zmiótł pył z płytki, na której spoczywał węzeł.

Sześć czarnych drutów. Kiedy był dzieckiem, ojciec zwijał dłoń w pięść i pokazując mu tylko kostki dłoni, kazał zgadywać, który palec jest najdłuższy. Jego mały paluszek miał dokonać wyboru, a dłoń ojca miała się otworzyć, rozkwitnąć, ujawniając pomyłkę malca. Ktoś mógłby oczywiście uznać, że kabel czerwony jest podłączony do bieguna ujemnego. Ale przeciwnik nie tylko zacementował gniazdo z zapalnikiem, lecz także całość zamalował na czarno. Różne przypuszczenia kłębiły się Łososiowi w głowie. Nożem zeskrobywał czarną farbę z kabli, odsłaniając spod niej kolor czerwony, niebieski i zielony. Czy przeciwnik pozamieniał także podłączenia? Mógłby podłączyć się do zapalnika swym własnym czarnym, łączącym kablem i sprawdzić, czy wynik będzie pozytywny, czy negatywny. I tym sposobem przekonać się, gdzie kryje się niebezpieczeństwo.

Hana szła przez hall niosąc przed sobą lustro. Chwilami zatrzymywała się zmęczona jego ciężarem, lustro odbijało mroczną starożytną różowość ścian.

Anglik chciał się przejrzeć. Zanim weszła do jego komnaty, ostrożnie skierowała odbijające się od tafli światło na siebie, nie chcąc, by promienie słońca wpadające przez okno odbiły się w lustrze i oślepiły go.

Leżał tam w swej ciemnej skórze, jedynym jasnym punktem był aparacik słuchowy i trochę blasku odbijanego przez poduszkę. Zsuwał z siebie prześcieradła zębami. No, dalej, ściągał tak daleko, jak zdołał, a Hana odsunęła prześcieradło aż do samej podstawy łóżka.

Wspięła się na krzesło ustawione przed łóżkiem i z wolna pochyliła lustro ku niemu. Stała tak nachylona, opasując rękami lustro, gdy dobiegły do niej jakieś ciche nawoływania. W pierwszej chwili nie zwróciła na nie uwagi. Do domu nieraz docierały okrzyki z głębi doliny. Kiedy przebywała tu sama z rannym Anglikiem, często niepokoiły ją megafony używane przez oddziały przeczesujące okolicę.

– Trzymaj lustro nieruchomo, moja droga – poprosił.

– Zdaje mi się, że ktoś krzyczy. Słyszysz?

Lewą ręką nastroił aparat słuchowy.

– To chłopiec. Może idź i zobacz, co się dzieje.

Odwróciła lustro do ściany i ruszyła w głąb korytarza. Zatrzymała się, aby usłyszeć kolejny okrzyk. Kiedy się rozległ, przeszła przez ogród na pole powyżej domu.

Stał z wyciągniętymi w górę rękami trzymając nad sobą coś na kształt ogromnej pajęczyny. Potrząsał głową, aby uwolnić ją od słuchawek radiowych. Kiedy do niego podbiegła, krzyknął, aby ominęła go z lewej strony, wszędzie tu pełno kabli. Zatrzymała się. Ruszyła wolnym krokiem, który stosowała już nieraz, nie odczuwając strachu. Zadarła spódnicę i posuwała się naprzód, uważnie wpatrując się pod stopy zanurzane w wysoką trawę.

Nawet kiedy do niego podeszła, nadal trzymał ręce wysoko w górze. Uwiązł w tej pozycji, unosząc w powietrzu dwa kable, których nie mógł opuścić bez narażania się na wywołanie zwarcia w całym splocie. Potrzebował trzeciej ręki do odłączenia jednego z nich, żeby się móc ponownie cofnąć ku głowicy zapalnika. Ostrożnie przekazał jej kable i opuścił ręce; krew ponownie do nich napłynęła.

– Za chwilę je od ciebie odbiorę.

– W porządku.

- Stój spokojnie, nie poruszaj się.

Otworzył plecak, by wyjąć licznik Geigera i magnes. Prze-jechał czujnikiem wzdłuż kabli, które trzymała. Wskazówka ani drgnęła. Żadnego sygnału. Nic. Cofnął się, rozmyślając, gdzie też może być ukryta pułapka.

- Przywiążę te kable do drzewa i będziesz mogła odejść.
- Nie. Potrzymam je. Nie sięgną do drzewa.
- Rzeczywiście nie sięgną.
- Łososiu, mogę je tak trzymać w górze.
- Znaleźliśmy się w impasie. Jest w tym jakiś trik. Nie mam pojęcia, gdzie go szukać. Nie wiem, jak bardzo jest przemyślny.

Pozostawił ją na miejscu, sam wrócił tam, gdzie się natknął na kabel. Uniósł go i przesuwał licznik Geigera wzdłuż całej długości drutu. Potem odszedł o jakieś dziesięć metrów, przypatrując się dwóm zwojom drutu, które trzymała w rę-kach.

- Nie wiem - wyrzekł powoli i głośno - n i e   w i e m. My-ślę, że powinniśmy przeciąć ten kabel, który trzymasz w lewej ręce, musisz się odsunąć.

Nałożył sobie słuchawki na uszy, dźwięki muzyki znów wlały się weń i napełniły jego myśli jasnością. Przepatrywał różne odgałęzienia kabla, sprawdzał wibrowanie jego zwo-jów, nagłe załamania, pokrycie farbą, które zmieniało biegun dodatni w ujemny. Hubka i krzesiwo. Przypomniał sobie psa o oczach wielkich jak spodki. I wędrował tak z muzyką w uszach wzdłuż kabli, popatrując na ręce dziewczyny, utrzy-mujące je ciągle w górze.

- Lepiej stąd odejdź.
- Potrzebujesz jeszcze jednej ręki, żeby je odłączyć, no nie?
- Mogę to przywiązać do drzewa.
- Nie, będę to tak trzymała w górze.

Wyjął jej z lewej dłoni przewód, uważnie jak żmiję. Potem drugi z prawej. Nie ruszyła się z miejsca. Nie odzywał się, musiał teraz skupić myśli najściślej, jak potrafił, jakby był tu sam. Podeszła doń i odebrała mu jeden z kabli, nie uświada-miał sobie tego ani też jej obecności. Znów powędrował myślą ku głowicy zapalnika, sprawdzając wszystkie węzłowe punkty, prześwietlając je wzrokiem, całą resztę wyobraźni wypełniała muzyka.

Podchodząc do Hany, odciął kabel zwisający z jej lewej pięści; zanim drut opadł, dał się słyszeć dźwięk, jakby ktoś coś przegryzł zębami. Patrzył na drukowany wzorek jej sukni na ramieniu, przy szyi: Mina była martwa. Odrzucił narzędzia i położył dłoń na jej ramieniu, pragnąc dotknąć czegoś ludzkiego. Powiedziała coś, czego nie mógł usłyszeć, przylgnęła doń i zdjęła mu słuchawki, cisza wtargnęła do jego uszu. Powiew i szmer. Uświadomił sobie, że nie mógł usłyszeć dźwięku przecinania drutu, po prostu go wyczuł, taki trzask, jak przy przełamywaniu króliczej kostki. Nie odsuwając się opuścił dłoń i wyjął z jej ciągle zaciśniętej pięści kilkanaście centymetrów drutu.

Patrzyła na niego pytająco, oczekując odpowiedzi na to, co powiedziała, ale on tego nie słyszał. Potrząsnęła głową i usiadła. Zaczął zbierać różne rozrzucone wokół przedmioty i wkładać je do plecaka. Spojrzała na drzewo, a potem opuściła wzrok i przypadkiem spostrzegła jego trzęsącą się dłoń, napiętą i twardą jak u epileptyka; oddychał głęboko i szybko przez dłuższą chwilę. Przykucnął.

– Słyszałeś, co mówiłam?

– Nie. Co?

– Myślałam, że umrę. Chciałam umrzeć. I myślałam, że jeśli zginę, to umrę wraz z tobą. Z kimś równie młodym jak ja. Widziałam tylu umierających w ciągu ostatniego roku. Nie czułam lęku. A z pewnością nie byłam odważna. Przemawiałam do siebie w duchu, mamy ten pałac i tę trawę, powinniśmy się razem ułożyć, ty w moich ramionach, zanim zginiemy. Chciałam dotknąć tej kostki przy twojej szyi, obojczyka, wygląda jak ukryte pod skórą skrzydełko. Chciałam wcisnąć pod nie palec. Zawsze podobało mi się ciało koloru mulistych rzek i skał albo czegoś, co się u nas nazywa brązowe oko Susan, wiesz, co to za kwiat? Czy go widziałeś? Jestem taka zmęczona, Łososiu. Chcę sobie pospać pod tym drzewem, popatrzeć na twój obojczyk i po prostu przymknąć oczy, nie myśląc o innych, znaleźć na drzewie rozgałęzienie, wspiąć się tam i ułożyć w nim do snu. Jakiż ty masz przenikliwy umysł! Wiedzieć, który przewód odciąć! Skąd to wiedziałeś? Powtarzałeś w kółko, ja nie wiem, nie wiem, ale wiedziałeś. Prawda? Nie poruszaj się, masz być moim wygodnym posłaniem, pozwól mi się ułożyć, jakbyś był dobrym dziadkiem, do którego mogę się przytulić, uwielbiam słowo „ułożyć się", to takie powolne słowo, nie możesz go przyspieszyć...

Przywarła ustami do jego koszuli. Leżał na ziemi, bez ruchu, z otwartymi oczyma, wpatrując się w gałąź. Słyszał jej głęboki oddech. Kiedy ją objął ramieniem, już spała, ale przez sen przycisnęła to ramię do siebie. Wodząc po niej wzrokiem spostrzegł, że znów trzyma w ręce kabel, musiała go podnieść z ziemi.

Najbardziej żywy był w niej oddech. Prawie nie odczuwał ciężaru jej ciała. Jak długo będzie tak leżeć, nie mogąc podjąć pracy ani się nawet poruszyć? Ale najważniejsze było ciągle to, by pozostać w bezruchu, tak jak wtedy pod posągami, w czasie tych miesięcy, kiedy posuwali się wzdłuż wybrzeża zdobywając kolejne ufortyfikowane miasteczka, które niczym się dla nich nie różniły, wszędzie te same wąskie uliczki, przekształcające się w krwawe rynsztoki, tak że śniło mu się, iż jeśli straci równowagę, runie z tych pochyłości w krwawą maź i zostanie przez nią zmyty ze skały na dno dolin. Każdego wieczora wchodził w chłodny mrok kolejnego zdobytego kościoła i znajdował sobie figurę, która stawała się jego strażnikiem. Darzył zaufaniem tylko ten rodzaj kamienia, przysuwając się doń możliwie najbliżej w ciemności, do zatroskanego anioła o doskonałych, kobiecych udach, którego zarysy i cienie wydawały się tak miękkie. Kładł głowę na podnóżku takiego wykutego w kamieniu stworzenia i zasypiał.

Nagle przeniosła nań więcej ciężaru swego ciała. I oddech jej się pogłębił, jak ton skrzypiec. Przypatrywał się jej uśpionej twarzy. Ciągle niepokoiła go ta dziewczyna, która została z nim, kiedy rozbrajał minę – jak gdyby z tego powodu był jej coś winien. Jakby go uczyniła odpowiedzialnym za nią, za to, co się z nią działo, choć wcale o tej odpowiedzialności wtedy nie myślał. Jakby to poczucie skutecznie wpłynęło na wybór sposobu rozbrojenia miny.

Odczuwał teraz, że znalazł się oto wewnątrz czegoś, być może jakiegoś malowidła, które widział gdzieś w zeszłym roku. Para pogodnych ludzi na polu. Ileż takich oglądał, leniwie śpiących, nie myślących o pracy ani o niebezpieczeństwach grożących ze strony świata. Tuż przy nim odbywały się jakieś przypominające krzątaninę myszy ruchy, wywoływane jej oddechem; brwi uniosły się jej jak w trakcie sporu, jakiś gniew wdarł się w jej sen. Odwrócił oczy, wpatrzył się poprzez gałęzie w biały obłok na niebie. Jej dłoń zacisnęła się wokół jego ręki, tak jak jego pięść worywała się w glinę na skarpie brzegowej Moro, powstrzymując obsuwanie się ciała w skłębiony nurt rzeki.

Gdyby mógł być postacią z obrazu, starałby się usnąć. Ale, jak mówi Hana, był tylko brązowością kamienia, brązowością gliniastej, spienionej rzeki. I coś mu nakazywało zachować dystans nawet wobec tak niewinnej uwagi. Skuteczne rozbrojenie miny zamykało całą historię. Mądrzy, biali, ojcowsko wyglądający ludzie ściskali sobie ręce, zyskiwali uznanie i odjeżdżali, wydobywając się ze swej samotności tylko z takiej szczególnej okazji. Ale on był profesjonalistą. I pozostawał kimś obcym, Sikhem. Jedyny ludzki, osobisty kontakt, jaki nawiązywał, to był kontakt z nieprzyjacielem, który podłożył minę i zbiegł, zacierając za sobą ślad zerwaną i ciągniętą po ziemi gałęzią.

Dlaczego nie mógł zasnąć? Dlaczego nie umiał przytulić się do dziewczyny, przestać myśleć, że wszystko jest tylko na poły rozbrojonym niewypałem? Na obrazie utworzonym przez jego wyobraźnię pole otaczające tę scenę za chwilę stanie w płomieniach. Pewnego razu wchodził za innym saperem do zaminowanego budynku. Ujrzał, jak tamten sięga po paczkę zapałek leżącą na skraju stołu i błysk rozświetla jego sylwetkę na pół sekundy, zanim do uszu dotarła eksplozja potężnej miny. Błysnęło wówczas tak jak teraz, w roku 1944. Jakżeby mógł zaufać nawet tej elastycznej lamówce rękawa sukienki dziewczyny, która obciskała jej ramię? Albo też szmerom w jej oddechu, tak głębokim, jakby się wydobywały spod głazów na dnie rzeki?

Obudziła się, kiedy motyl przefrunął z kołnierzyka sukienki na jej policzek. Otworzyła oczy, ujrzała, jak się nad nią pochyla. Zdjął motyla z jej twarzy, nie dotykając skóry, i ułożył go na trawie. Zauważyła, że już zebrał swe przybory. Odszedł o kilka kroków i stanął pod drzewem, widział, jak ona odwraca się na wznak, a potem przeciąga, wydłużając tę chwilę jak to tylko możliwe. Jest już pewnie po południu, słońce się odsunęło. Odwróciła głowę i spojrzała na niego.

– Miałeś mnie przytulać.

– Przytulałem. Aż się odsunęłaś.

– Jak długo mnie przytulałeś?

– Dopóki się nie odsunęłaś. Dopóki się nie poruszyłaś.

– I nie zostałam wykorzystana, prawda? – I dodaje: – Oczywiście żartuję – bo widzi, jak on się zapłonił.

– Chcesz, żebyśmy już poszli do domu?

– Tak, głodny jestem.

Podnosi się z trudem, oślepiona słońcem, czuje zmęczenie w nogach. Ciągle nie wie, jak długo tu przebywali. Nie umie zapomnieć, oderwać się myślą od głębi swego snu, od szczególnej lekkości tego ciężaru spoczywającego jej na sercu.

Przyjęcie w pokoju rannego Anglika zaczęło się, kiedy Cara-vaggio ściągnął skądś gramofon.

– Nauczę cię tańczyć, Hana. Nie tego, co znają twoi młodzi przyjaciele. Kręciłem się w takt różnych melodii. Ale ta pieśń, „How Long Has This Been Going On", jest jedną z najpiękniej-szych, ponieważ melodia zapowiadająca jest czystsza od pieśni, którą zapowiada. I tylko wielki jazzman jest w stanie to uznać. Możemy urządzić przyjęcie na tarasie, co nam pozwoli zaprosić na nie psa, albo też możemy wprosić się do Anglika i urządzić je w jego sypialni na górze. Twój niepijący przyjaciel zdobył wczo-raj kilka butelek wina w San Domenico. I zorganizowaliśmy muzykę. Podaj mi ramię. Nie. Najpierw musimy rozetrzeć tro-chę kredy i posypać podłogę, i poćwiczyć. Trzy kroki – raz-dwa-trzy – teraz podaj mi ramię. Co się dziś z tobą dzieje?

– On rozbroił wielką minę, bardzo skomplikowaną. Niech ci opowie.

Saper wzruszył ramionami, nie ze skromności, ale jakby to było zbyt trudne do wyjaśnienia. Wieczór zapadał szybko, mrok wypełnił dolinę, wspiął się na wzgórze i znów zdani zostali na światło latarni.

Zebrali się w korytarzu, przed wejściem do sypialni ran-nego Anglika. Caravaggio niósł gramofon, w jednej ręce trzymał jego ramię z igłą.

– Zanim zaczniesz swoje historie – zwrócił się do nieru-chomej postaci na łóżku – zaprezentuję ci „My Romance".

– Skomponował to w 1935 roku Lorenz Hart, jeśli dobrze pamiętam – wyszeptał Anglik.

101

Łosoś przysiadł na oknie, a ona powiedziała, że chciałaby zatańczyć z saperem.

– Ale dopiero jak cię nauczę, mój robaczku.

Spojrzała na Caravaggia zdziwiona, to ojciec ją tak pieszczotliwie nazywał. Przytulił ją mocno do piersi, ponownie nazwał robaczkiem i rozpoczął lekcję tańca.

Włożyła na siebie sukienkę czystą, ale nie uprasowaną. Ilekroć odwracali się w stronę sapera, widziała, jak nuci pod nosem podążając w ślad za melodią. Gdyby mieli elektryczność, mieliby też i radio, i mogliby wysłuchać wiadomości z frontu. Ale był tylko kryształkowy odbiornik należący do Łososia, pozostawiony w namiocie. Ranny Anglik rozprawiał o nieszczęśliwym życiu Lorenza Harta. Niektóre z jego najlepszych pieśni do „Manhattanu" pozmieniano, jak utrzymywał. Przypomniał sobie jedną z nich:

> We'll bathe at Brighton;
> The fish we'll frighten
> When we're in.
> Your bathing suit so thin
> Will make the shellfish grin
> Fin to fin*.

– Co za wspaniały tekst, tak silnie erotyczny. Ale Richard Rodgers, jak się przypuszcza, chciał czegoś bardziej powściągliwego.

– Musisz uprzedzać moje kroki, rozumiesz?

– A dlaczego ty nie uprzedzasz moich?

– Będę uprzedzał, kiedy już będziesz wiedziała, jak się poruszać. Teraz tylko ja to wiem.

– Myślę, że Łosoś też wie.

– Może i wie, ale nie umie.

– Napiłbym się wina – powiedział ranny Anglik.

Saper chlusnął przez okno wodę ze szklanki, napełnił ją winem i podał Anglikowi.

---

* Będziemy zażywali kąpieli w Brighton; / ryba się przestraszy, / kiedy wejdziemy do wody. / Twój kostium kąpielowy, tak skąpy, / rozdziawi małżowi skorupkę / od ucha do ucha.

– To mój pierwszy drink od roku.

Nagle rozległa się detonacja, saper podbiegł do okna i wyjrzał w ciemność. Wszyscy zamarli. To mogła być mina. Odwrócił się do uczestników przyjęcia i powiedział:

– Wszystko w porządku, to nie była mina. Wydaje mi się, że to się stało w strefie już oczyszczonej.

– Zatrzymaj gramofon, Łososiu. Teraz wam puszczę „How Long Has This Been Going On" napisane przez – zrobił pauzę dla rannego Anglika, skonfundowanego, potrząsającego głową, powoli przełykającego haust wina.

– Ten alkohol pewnie mnie zabije.

– Nic cię nie zabije, przyjacielu. Jesteś przecież bryłą czystego węgla.

– Caravaggio!

– Przez George'a i Irę Gershwinów. Posłuchajcie.

I on, i Hana wsłuchiwali się w smutek saksofonu. Miał rację. Fraza była tak powolna, tak łagodnie się rozsnuwała, że wydawało się, iż muzyk nie chce wcale wyjść z małego przedsionka introdukcji w obszar pieśni, że chce pozostać tam, przed progiem, gdzie historia jeszcze się nie rozpoczęła, jakby się zakochał w otwierającej drzwi pokojówce. Anglik wymamrotał, że wprowadzenia do takich pieśni nazywano „refrenami".

Przyciskała policzek do ramienia Caravaggia. Wyczuwała poprzez sukienkę dotyk tych okropnych łap na plecach; przesunęli się w wąską przestrzeń między łóżkiem a drzwiami, między łóżkiem a niszą okienną, w której siedział Łosoś. Za każdym obrotem głowy widziała jego twarz. Uniesione kolana i łokcie wsparte na nich. Albo wyglądał przez okno w ciemność.

– Czy ktoś z was zna taniec nazwany „Uścisk Bosforu"? – spytał Anglik.

– Nie.

Łosoś spoglądał na wyolbrzymione cienie snujące się po suficie, nad malowanymi ścianami. Podniósł się, podszedł do rannego Anglika, nalał mu wina do szklanki i trącił nią o butelkę, jakby wznosząc toast. Zachodni wiatr wtargnął do pokoju. Saper odwrócił się nagle, spięty. Wyczuł przelotny zapach kordytu, jakiś jego ślad w powietrzu, wyskoczył z pokoju żywo gestykulując, pozostawiwszy Hanę w objęciach Caravaggia.

Biegł korytarzem; nie miał przy sobie żadnego światła. Chwycił po drodze plecak, wybiegł przed dom, zbiegł po trzydziestu sześciu stopniach obok kaplicy na drogę, pokonując zmęczenie ciała.

Czy to był saper, czy jakiś cywil? Zapach kwiatów i ziół wzdłuż muru; po drugiej stronie zaczynał się już żywopłot. Wypadek albo błędny wybór. Saperzy przebywali niemal wyłącznie we własnym gronie. Stanowili grupę zamkniętą, na ile to tylko możliwe, podobnie jak ludzie pracujący przy klejnotach albo w kamieniu; mieli w sobie hart ducha i jasność myśli, decyzje przez nich podejmowane wspomagały wszystkich działających w tej samej branży. Łosoś stwierdził istnienie tej siły u innych, ale nie u siebie samego, choć wiedział, że inni ją w nim dostrzegają. Saperzy nigdy się ze sobą nie zaprzyjaźniali. W rozmowach wymieniali tylko informacje o nowych trikach, o obyczajach wroga. Dobiegłszy do ratusza w miasteczku, gdzie kwaterowali, zobaczy trzy twarze i od razu zrozumie, że czwartego sapera już nie ma. Albo będzie ich czterech, a gdzieś na polu leżeć będzie ciało starca czy też dziewczyny.

Nauczył się odczytywać diagramy rozkazów, kiedy wstąpił do wojska, niebieskie wydruki, które stawały się coraz bardziej skomplikowane, przypominały olbrzymie supły albo notacje muzyczne. Stwierdził, że jest obdarzony szczególną zdolnością trójwymiarowego widzenia rzeczy, widzenia, które pozwala mu patrzeć na przedmioty lub informacje i transponować je w inny plan, ujawniając wszystkie zawarte w nich zagrożenia. Z natury był ostrożny i opanowany, ale potrafił wyobrazić sobie najgorsze zdarzenia, wypadek w pokoju – śliwka na stole, dziecko podchodzi i połyka zatrutą pułapkę, mężczyzna wchodzi do ciemnego pokoju i zanim zdoła położyć się obok żony, strąca naftową lampę ze stolika. Każde pomieszczenie wypełnione jest taką choreografią. Przenikliwe spojrzenie pozwala dostrzec linię namalowaną pod powierzchnią obrazu, przewidzieć, jak się rozwinie niewidzialna intryga. Odrzucał z irytacją powieści grozy, zbyt łatwo rozwikływał ich sekrety. Znacznie lepiej czuł się w towarzystwie ludzi owładniętych abstrakcyjnym szaleństwem samouctwa, takich jak jego mentor, lord Suffolk, albo ten ranny Anglik. Nie wierzył książkom. Ostatnimi dniami Hana widywała go przesiadującego przy rannym Angliku, wydawał jej się odwrotnością Kima. Młody uczeń był teraz Hindusem, mądry nauczyciel – Anglikiem. Ale to Hana zostawała na noc przy starszym mężczyźnie, wiodła go przez wzgórza ku świętej rzece. Nawet tę książkę czytali wspólnie. Zwalniający głos Hany, kiedy wiatr targał płomykiem świecy, a kartka stawała się przez chwilę ciemna:

Przykucnął w rogu wypełnionej rozgwarem poczekalni, wolny od wszelkiej innej myśli; ręce złożone na podołku, uczniowie wpatrzeni w zeszyty. W ciągu minuty – i jeszcze przez pół sekundy – odczuł, że zbliża się do rozwiązania skomplikowanej zagadki...*

W ciągu tych długich nocy czytania i słuchania w jakiś sposób przygotowywali się, jak przypuszczała, na przybycie tego młodego żołnierza, tego dorastającego chłopca, który do nich dołączył. Ale to Hana była młodym chłopcem z tej powieści. A jeśli Łosoś miał być w niej kimś, to na pewno oficerem Creightonem.

Książka, plan zwojów, mechanizm zapalnika, przestrzeń dla czworga ludzi w opuszczonym pałacu, oświetlanym przez świeczkę, a od czasu do czasu przez błyskawicę, niekiedy zaś przez błysk eksplozji. Góry i wzgórza, i Florencja oślepła bez elektryczności. Podróże przy świeczce nie dalej niż o pięćdziesiąt metrów. Nie znajdowało się w tym zasięgu nic, co by przynależało do zewnętrznego świata. Tego wieczora w komnacie rannego Anglika uczcili chwilą tańca swe małe przygody – Hana drzemkę, Caravaggio „znaleziony" gramofon, a Łosoś swe zakłopotanie, choć już zdawał się zapominać o takich chwilach. Tacy jak on czują się niezręcznie podczas uroczystości i zwycięstw.

---

* Przekład Józefa Birkenmajera.

Poza obrębem pięćdziesięciu metrów nie znajdowało się już nic, co ich reprezentowało wobec świata, żaden dźwięk ani obraz nie dawał dolinie świadectwa o nich, o tańczących po ścianach cieniach Hany i Caravaggia, o Łososiu wygodnie rozsiadłym w okiennej niszy ani o Angliku popijającym wino i odczuwającym, jak nasyca ono odwykłe od alkoholu ciało i jak szybko go upija, jak głos mu się upodabnia do głosu pustynnego lisa albo do gwizdu angielskiego drozda leśnego, którego, jak sam mówił, spotyka się tylko w Essex, bo trzyma się on okolic, gdzie rośnie lawenda i piołun. Wszelkie namiętności tego rannego Anglika skupiły się w jego umyśle – pomyślał saper siedzący w kamiennej niszy. A potem nagle odwrócił głowę dowiadując się wszystkiego z dźwięku, który go dobiegł, od razu pewien wszystkiego. Spojrzał wtedy na nich i po raz pierwszy w życiu skłamał. „Wszystko w porządku, to nie była mina. Wydaje mi się, że to stało się w strefe już oczyszczonej" – przygotowany na zapach kordytu, który doń wkrótce dotrze.

Teraz, po kilku godzinach, Łosoś znów siedzi w okiennej niszy. Gdyby przeszedł te siedem metrów przez pokój Anglika i dotknął jej, byłby uzdrowiony. Tak mało jest światła w komnacie, tylko świeczka na stole, przy którym usiadła, nic tej nocy nie czytając; pomyślał sobie, że może jest lekko pijana.

Powrócił z miejsca, gdzie wybuchła mina, by znaleźć Caravaggia śpiącego na sofie z psem na rękach. Zwierzę patrzyło nań, kiedy się zatrzymał zamykając drzwi, zwracało się w jego stronę na tyle tylko, na ile to było konieczne, by dowieść, że nie śpi i czuwa. Spoza jego karku chrapanie Caravaggia.

Zdjął buty, związał je sznurowadłami i zarzucił sobie na ramię wchodząc na schody. Zaczęło padać, dlatego potrzebował brezentu na namiot. Z hallu widział światełko ciągle palące się w pokoju rannego Anglika.

Siedziała na krześle z głową odchyloną do tyłu, łokciem wsparta o stół, na którym niska świeczka rozsiewała światło. Opuścił buty na podłogę i wszedł do pokoju, w którym przed trzema godzinami odbywało się przyjęcie. Wyczuwał w powietrzu zapach alkoholu. Położyła palec na ustach, kiedy wchodził, a potem wskazała rannego. Nie mógł usłyszeć cichych kroków Łososia. Saper znów usiadł w okiennej niszy. Gdyby przeszedł przez pokój, byłby uzdrowiony. Ale dzieliła ich od siebie zdradliwa i długa podróż. Podróż dookoła całego świata. Anglik zaś budził się przy każdym odgłosie, aparat słuchowy nastawiał na pełną moc, kiedy zasypiał, czuł się wtedy pewny tego, że zachowuje świadomość. Oczy dziewczyny błądziły dokoła i uspokoiły się, kiedy wypatrzyły Łososia w prostokącie okna.

Odnalazł miejsce, gdzie nastąpiła śmierć, i to, co pozostało po wybuchu, i pochowali zastępcę dowódcy, Hardy'ego. A potem rozmyślał o dziewczynie, nagle zatrwożony o nią, wzburzony tym, że się wdała w tę sprawę dziś po południu. Mogła przez przypadek stracić życie. Wpatrywała się w niego. Ostatnim komunikatem od niej był palec położony na ustach. Pochylił głowę i przywarł policzkiem do obojczyka.

Wracał przez wioskę, deszcz padał na drzewa przy rynku, nie strzyżone od początku wojny, minął dziwną rzeźbę przedstawiającą dwóch mężczyzn siedzących na koniu i ściskających sobie ręce. A teraz jest tu, świeca migoce, omraczając jej spojrzenie, tak że Łosoś nie umie odgadnąć, jakie ją wypełniają myśli. Czy to mądrość, czy smutek, czy ciekawość.

Gdyby czytała lub zajmowała się Anglikiem, skinąłby pewnie głową i odszedł, ale teraz przypatruje się Hanie jak komuś młodemu i samotnemu. Tej nocy, oglądając skutki wybuchu, zaczął odczuwać jej obecność w czasie owego popołudnia, kiedy rozbroił minę. Powinien był nakazać, by się oddaliła, albo też ona powinna przebywać z nim zawsze, ilekroć podchodzi do zapalnika. Powinien nosić ją w sobie. Przy pracy wypełniała go czystość muzyki, świat ludzki zanikał. Teraz ma ją wewnątrz siebie, czy też na swym ramieniu, ułożoną w taki sposób, jaki zobaczył, kiedy pewien oficer wynosił koźlę z tunelu, który miał zostać zatopiony.

Nie.

To nieprawda. Pragnął ramienia Hany, pragnął położyć na nim dłoń, tak jak to uczynił wtedy, w słońcu, kiedy zasnęła, a jego ręka spoczywała w zagłębieniu jej barku, niezręcznie, jak kolba w dołku strzeleckim. W wyimaginowanym pejzażu malarskim. Nie pragnął dla siebie pocieszenia, ale pragnął nim otoczyć dziewczynę, pragnął wywieść ją z tej komnaty. Odrzucał obawę przed własną słabością, przy niej nie odnajdywał tej słabości, z którą miałby się zmierzyć. Żadne z nich nie chciało odkrywać takiej możliwości przed drugim. Hana siedziała uspokojona. Patrzyła nań, a świeca rozjaśniała i zaciemniała na przemian jej wzrok. Nie zdawał sobie sprawy z tego, że jest dla niej tylko częścią ciemności.

Przedtem, kiedy spostrzegła, że opuścił niszę okienną, rozzłościła się. Wiedziała, że chroni ich przed minami jak dzieci. Przylgnęła mocniej do Caravaggia. To była zniewaga. Narastające ożywienie wywołane tym wieczorem nie pozwoliło jej czytać. Caravaggio poszedł już do łóżka, sięgnąwszy uprzednio po zastrzyk do jej medycznego nesesera. Ranny Anglik dźgał kościstym palcem powietrze i pocałował ją w policzek, kiedy się nad nim pochyliła.

Zgasiła świecę, pozostawiając tylko małe nocne światełko na stoliku przy łóżku, i usiadła przy nim. Ciało Anglika leżało na wprost niej, uciszone po pijackich monologach. *Czasem będę koniem, czasem psem. Wieprzem, bezgłowym niedźwiedziem. A czasem ogniem.* Słyszała skapywanie wosku na metalową podstawkę świecy. Saper wyruszył na drugą stronę miasteczka, na wzgórze, gdzie się zdarzył wybuch, i jego niepotrzebne milczenie wciąż ją drażniło.

Nie mogła czytać. Siedziała w pokoju obok tego mężczyzny wiecznie umierającego, wciąż czuła ból w krzyżu od stłuczenia, gdy tańcząc z Caravaggiem przypadkiem wpadli na ścianę.

Jeśli teraz do niej podejdzie, powita go zdziwionym wzrokiem, potraktuje takim samym jak zawsze milczeniem. Niech zgaduje, to jego ruch. Bywała już podrywana przez żołnierzy.

On tymczasem staje pośrodku pokoju, rękę zanurza w plecaku, który ściągnął z pleców. Odwraca się i podchodzi do łóżka. W chwili gdy ranny Anglik kończy jeden ze swych długich wdechów, odcina kabel jego aparatu słuchowego nożyczkami i wkłada go do plecaka. Odwraca się do niej i uśmiecha.

– Podłączę go z powrotem rano.

Kładzie lewą rękę na jej ramieniu.

– Dawid Caravaggio – cóż za absurdalne nazwisko dla ciebie.

– Ale przynajmniej mam nazwisko.

– Tak.

Caravaggio siedzi na krześle Hany. Popołudniowe słońce zalewa pokój, rozświetlając pyłki wiszące w powietrzu. Ciemna, wąska twarz Anglika o wydatnym nosie przypomina sępa zawiniętego w prześcieradła. Sępa w trumnie, myśli Caravaggio. Anglik zwraca ku niemu głowę.

– Jest taki obraz Caravaggia, powstały już pod koniec jego życia. *Dawid z głową Goliata.* Młody wojownik w wyciągniętej na całą długość ręce trzyma głowę Goliata, okaleczoną i starą. Ale nie na tym zasadza się prawdziwy smutek bijący z tego obrazu. Ustalono ponad wszelką wątpliwość, że twarz Dawida jest twarzą młodego Caravaggia, a głowa Goliata – jego głową, z czasu kiedy się postarzał, kiedy malował ten obraz. Młodość osądzająca wiek dojrzały z odległości wyciągniętej ręki. Osąd własnej postawy moralnej. Kiedy patrzę na Łososia stojącego u nóg mego łóżka, myślę, że on jest moim Dawidem.

Caravaggio siedzi milcząc, myśli rozproszyły mu się pomiędzy wirującymi w słońcu pyłkami. Wojna zburzyła jego równowagę wewnętrzną i nie umie już powrócić do świata innego niż własne wnętrze, przywdziewając te fałszywe skrzydła, które oferuje morfina. Jest człowiekiem w średnim wieku, który nie nawykł do życia rodzinnego. Zawsze unikał stanu permanentnej intymności. Aż do tej wojny bardziej był kochankiem niż mężem. Był człowiekiem, który odchodzi w taki sposób, jak kochankowie pozostawiający za sobą chaos, jak złodzieje opuszczający okradziony dom.

Patrzy na mężczyznę leżącego w łóżku. Chciałby wiedzieć, kim jest ten Anglik znaleziony na pustyni, chciałby go rozszyfrować dla dobra Hany. Albo też wynaleźć dlań skórę, która by go zamaskowała, tak jak zakrzepły kwas taninowy pokrywa jego oparzeliny.

Kiedy w pierwszym okresie wojny znalazł się w Kairze, uczono go wykrywania podwójnych agentów oraz zjaw, które trzeba było zmaterializować. Postawiono mu zadanie wyśledzenia mitycznego agenta o kryptonimie „Cheese". Całymi tygodniami zbierał o nim wiadomości, odtwarzał cechy jego charakteru – takie jak chciwość i słaba głowa: gdy był pod wpływem alkoholu, można mu było podsuwać fałszywe informacje przeznaczone dla przeciwnika. Podobnie jak inni pracował nad tym, by zaludnić pustynię wyimaginowanymi plutonami wojska. Przeżył w latach wojny taki czas, w którym wszystko, co podawano do wiadomości ludziom wokół niego, było kłamstwem. Czuł się jak człowiek zamknięty w zaciemnionym pokoju i naśladujący ptasi świergot.

Ale tu oto natknął się na właśnie zrzucane skóry. Nie mogły przecież imitować niczego innego prócz samych siebie. Nie było przed tym innej obrony, jak tylko szukać prawdy u innych.

Ściąga z półki bibliotecznej *Kima* i oparta o fortepian zaczyna wpisywać na ostatnią, nie zadrukowaną stronicę:

Mówi, że armata – Zam-Zammah – stoi nadal przed muzeum w Lahore. Były właściwie dwie armaty, odlane z metalowych kubków i misek zebranych z każdego indyjskiego domu w mieście – jako jizya, czyli danina. Stopiono je i wyprodukowano z nich armaty. Używano ich w wielu bitwach przeciw Sikhom w ciągu osiemnastego i dziewiętnastego stulecia. Jedna z armat zaginęła w czasie przeprawy bitewnej przez rzekę Chenab –.

Zamyka książkę, wspina się na krzesło i wstawia ją na najwyższą półkę, aby stała się z dołu niewidoczna.

Wchodzi do pokrytego malowidłami pokoju z nową książką w ręku i oznajmia jej tytuł.

– Nie, Hana, teraz nie chcę tej książki.

Patrzy na niego. Myśli, że ma piękne oczy, nawet w tym stanie. Wszystko się w nich rozgrywa, w tym szarym spojrzeniu wyłaniającym się z wewnętrznego mroku. Jest jakaś treść w tych licznych spojrzeniach, jakimi ją ogarnia przez chwilę i jakie się z niej po chwili zsuwają, jak blask latarni morskiej.

– Nie chcę tej książki. Daj mi Herodota.

Wsuwa mu cienki, poplamiony tomik do ręki.

– Widziałem kiedyś wydanie *Dziejów* z rzeźbą portretową na okładce. Jakaś statua odnaleziona w którymś z francuskich muzeów. Ale nigdy sobie nie wyobrażałem Herodota w taki sposób. Wyobrażałem go sobie raczej jako jednego

111

z tych milkliwych ludzi pustyni, wędrującego od oazy do oazy, zbierającego legendy, tak jak się wymienia nasiona roślin, przyjmującego wszystko bez podejrzliwości i układającego z tego wizję. Mówi Herodot: „Moje dzieje zbierają uzupełnienia do głównego wywodu"*. To, co u niego znajduję, są to ślepe zaułki na szlaku historii – jak ludzie zdradzają się nawzajem w imię swych narodów, jak się zakochują... Powiedziałaś, że ile masz lat?

– Dwadzieścia.

– Byłem dużo starszy; jak się zakochałem.

Hana pyta po chwili:

– Kim ona była?

Ale jego oczy znów są daleko.

* Przekład Seweryna Hammera.

– Ptaki wolą drzewa o uschniętych gałęziach – powiedział Caravaggio – mają stamtąd otwarty widok. Mogą odlecieć w dowolnym kierunku.

– Jeśli masz na myśli mnie – odpowiedziała Hana – to nie jestem ptakiem. Prawdziwym ptakiem jest ten mężczyzna na piętrze.

Łosoś próbował wyobrazić ją sobie jako ptaka.

– Powiedz, czy można pokochać kogoś, kto nie jest równie bystry jak ty? – Caravaggio pod wpływem podniecającego działania morfiny pragnął zmienić swą argumentację. – Ta sprawa intrygowała mnie przez większość mego życia seksualnego, które zaczęło się późno, co muszę wyznać temu doborowemu towarzystwu. Podobnie jak seksualnej rozkoszy rozmowy zaznałem dopiero po ożenku. Nigdy nie myślałem, że słowa mają walor erotyczny. Czasami naprawdę wolę rozmawiać niż pierdolić. Zdania. Bukiet tego, bukiet tamtego i znów bukiet tego. Kłopot ze słowami leży w tym, że naprawdę możesz się nimi wgadać w ślepy zaułek. A nie możesz się w ślepy zaułek wpierdolić.

– Taka tam męska gadka – odburknęła Hana.

– Ja się nigdy nie wgadałem – ciągnął Caravaggio – może się to tobie przydarzyło, Łososiu, jak trafiłeś do Bombaju prosto z tych tam gór, albo jak przyjechałeś do Anglii na szkolenie. Czy ktoś z was wpierdolił się w ślepy zaułek? Ile masz lat, Łososiu?

– Dwadzieścia sześć.

– Jesteś starszy ode mnie.

– Tak, jesteś starszy od Hany. Czy mógłbyś się w niej zakochać, gdyby nie była bystrzejsza od ciebie? To znaczy,

113

może i nie jest bardziej bystra. Ale czyż nie jest ważne dla ciebie to, że m y ś l i s z, że ona jest zręczniejsza w miłości? Zastanów się. Może ona jest opętana Anglikiem, bo on więcej wie. Poruszamy się po rozległym obszarze, kiedy z nim rozmawiamy. Nawet nie wiemy, czy on jest Anglikiem. Pewnie nie jest. Widzisz, myślę, że łatwiej zakochać się w n i m niż w t o b i e. Dlaczego tak jest? Ponieważ chcemy z n a ć sprawy, chcemy wiedzieć, jak się one mają. Gaduły nas uwodzą, słowa wpędzają nas w ślepy zaułek. Chcemy wiedzieć więcej niż wszystko, co rośnie i się zmienia. Nowy wspaniały świat.

– Nie zgadzam się z tym – zareplikowała Hana.

– Ja też nie. Pozwól, że ci opowiem o ludziach w moim wieku. Najgorsze jest przekonanie, jakie żywią inni, że nasz charakter stał się już dojrzały. Kłopot z ludźmi w średnim wieku polega na tym, że inni zakładają, iż jesteśmy już w pełni ukształtowani. J u ż.

Caravaggio uniósł ręce na wysokość twarzy Hany i Łososia. Wstała, obeszła go z tyłu i objęła za szyję.

– Nie rób tak, Dawidzie, dobrze?

Oplotła delikatnie jego ręce swoimi.

– Już i tak mamy jednego wściekłego gadułę na piętrze.

– Spójrzcie na nas samych – siedzimy tu sobie jak jacyś śmierdzący bogacze w swych śmierdzących pałacach położonych na śmierdzących wzgórzach, kiedy w mieście robi się zbyt upalnie. Jest dziewiąta rano – starszy pan na piętrze śpi. Hana jest nim opętana. Ja jestem opętany rozsądkiem Hany, jestem opętany swą „równowagą", a Łosoś pewnie któregoś dnia wyleci w powietrze. Dlaczego? W imię czego? Ma dwadzieścia sześć lat. Armia brytyjska szkoli go w zręczności, Amerykanie uczą go jeszcze większej zręczności, drużyny saperskie wysłuchują instruktażowych wykładów, dostają odznaczenia i są wysyłane w te góry. Jesteś wykorzystywany, *boyo*, jak mówią Walijczycy. Ja tu dłużej nie zostaję. Chcę cię zabrać do domu. O całe piekło stąd.

– Daj spokój, Dawidzie. On przeżyje.

– A ten saper, co zginął zeszłej nocy. Jak się nazywał?

Łosoś milczy.

– Jak się nazywał?

– Sam Hardy. – Łosoś podszedł do okna i wyjrzał, wyłączając się z rozmowy.

– Nasz kłopot polega na tym, że znaleźliśmy się tam, gdzie nas być nie powinno. Co my robimy w Afryce, we Włoszech? Co właściwie, na litość boską, robi tu Łosoś rozbrajający miny w ogrodach? Co robi na wojnie toczonej przez Anglików? Rolnik na froncie zachodnim nie może opiłować z drzewa zbędnych gałęzi, żeby sobie nie wyszczerbić piły. Dlaczego? Bo tyle tam tkwi odłamków z p o p r z e d n i e j wojny. Nawet drzewa chorują od zarazy, którą rozsiewamy. Wojsko cię indoktrynuje, pozostawia cię tutaj i spierdala dalej, ściągając kłopoty na kogoś innego swym atramentowym bełkotem parlez-vous. Wszyscyśmy powinni stąd zjeżdżać.

– Nie możemy zostawić Anglika.

– Anglika zostawiono już całe miesiące temu, Hana, jest ciągle wśród Beduinów albo w jakimś angielskim ogrodzie pełnym floksów i innego gówna. Pewnie nie umie nawet zapamiętać kobiety, która się koło niego krząta, próbuje go zagadywać. On w ogóle nie wie, gdzie jest.

Pewnie myślisz, że się wściekam, co? Bo się zakochałaś. No nie? Zazdrosny wujek. Niepokoję się o ciebie. Chętnie bym zabił Anglika, bo tylko to by cię ocaliło, wyrwało stąd. A zaczynam go lubić. Opuść swój posterunek. Jak taki Łosoś może cię kochać, skoro nie jesteś dość sprytna, by sprawić, żeby przestał narażać życie?

– Może. Ponieważ on wierzy w cywilizowany świat. Ponieważ jest człowiekiem cywilizowanym.

– Błąd fundamentalny. Jedynie słusznym postanowieniem byłoby wsiąść do pociągu, wyjechać i rodzić dzieci. Może pójdziemy na górę i spytamy tego ptaszka, Anglika, co o tym myśli?

Dlaczego nie jesteś sprytniejsza? Tylko bogacze nie muszą się starać o to, by być sprytni. Są pogodzeni z losem. Przed laty już zdobyli przywileje. Muszą tylko chronić swój stan posiadania. Nie ma gorszych średniaków niż bogacze. Wierz mi. Ale oni muszą przestrzegać zasad tego gównianego, cywilizowanego świata. Oni wypowiadają wojny, bronią honoru i nie mogą zwiewać. Ale wy dwoje? My troje? Jesteśmy wolni. Ilu już saperów zginęło? Jakim cudem ty jeszcze żyjesz? Daj sobie wreszcie spokój z tą swoją odpowiedzialnością. Szczęście ma to do siebie, że umyka.

Hana nalała sobie mleka do filiżanki. Kiedy skończyła, uniosła dziobek dzbanka nad ręką Łososia i wylała mu mleko na brunatną dłoń, nadgarstek, aż po łokieć. Nawet nie drgnął.

Po zachodniej stronie pałacu długi, wąski ogród rozciąga się na dwóch poziomach. Niżej leży ogród uporządkowany, wyżej – zarośnięty, mroczny, kamienne stopnie i rzeźby niemal giną pod zielonym nalotem. Tu właśnie saper rozbił namiot. Fale deszczu i wilgoci dochodzą tu od strony doliny, z drugiej strony ulewa kropel spada z gałęzi cyprysów i jodeł na ten do połowy tylko oczyszczony skrawek ogrodu poniżej wzgórza. Tylko rozpalając ogniska można osuszyć ten wiecznie zacieniony i wilgotny górny ogród. Resztki desek, skrzynek po pociskach, odłamane gałęzie, zeschłe zielsko wyrywane przez Hanę popołudniami – wszystko to tutaj znoszą i palą w porze poprzedzającej zmierzch. Ogień wydziela dym, woń spalanych roślin przedziera się przez krzaki i drzewa, wpada na taras przed pałacem. Dociera do okna rannego Anglika, który słyszy splątane głosy, a czasem śmiechy dobiegające z zasnutego dymem ogrodu. Rozkłada wonie na czynniki składowe, odgadując, jaki rodzaj roślin jest właśnie spalany. Rozmaryn – myśli – wilczomlecz, piołun, coś tam musi być jeszcze, bezwonnego, może psi fiołek albo dziki słonecznik, dobrze się rozwijający na słabo zakwaszonej glebie tego wzgórza.

Ranny Anglik doradza Hanie, co ma sadzić.

– Poproś swego włoskiego przyjaciela, żeby ci pomógł wybierać nasiona, wydaje się w tym dobry. Przydałyby ci się sadzonki śliwy. A także goździki – jeśli chcesz podać łacińską nazwę swemu łacińskiemu przyjacielowi, to brzmi ona *Silene virginica*. Niezły też byłby cząber. Jeśli lubisz zięby, zasadź leszczynę i wiśnie.

Ona wszystko zapisuje. A potem wkłada pióro do szufladki małego stolika, gdzie chowa też książkę, którą mu czyta, oraz dwie świeczki i pudełko zapałek. Nie ma w tym pokoju żadnych środków medycznych. Trzyma je w innych pomieszczeniach. Nie chce, by Caravaggio niepokoił Anglika, gdyby się rozglądał za morfiną. Wkłada do kieszeni sukni kartkę z nazwami roślin, żeby ją doręczyć Caravaggiowi. Teraz, kiedy jej fizyczne zaangażowanie sięgnęło szczytu, czuje się niezręcznie w towarzystwie trzech mężczyzn. Jeśli to jest fizyczne zaangażowanie. Jeśli to wszystko ma cokolwiek wspólnego z miłością do Łososia. Lubi przytulać twarz do jego ramienia, tej ciemnej, brązowej rzeki, lubi budzić się wtulona w nie, tuż przy pulsującej, niewidocznej żyle pod jego skórą. Żyle, którą odnalazłaby, kiedy by umierał, i wstrzyknęła w nią słone ukojenie.

O drugiej lub trzeciej w nocy, kiedy pozostawia Anglika samego, schodzi przez ogród ku sztormowej lampie sapera, zawieszonej na ramieniu świętego Krzysztofa. Absolutna ciemność między nią a lampą, ale ona zna każdą roślinę i każdy krzak na swej drodze, położenie dogasającego ogniska pełgającego różowymi płomykami; omija je bokiem. Czasami wybiera z ogniska jakąś żarzącą się gałązkę i rozdmuchuje płomyk, a czasami wślizguje się przez uchylone poły namiotu i układa obok niego, w jego ramionach, których pożąda, jej język zamiast tamponu, jej zęby zamiast iglicy zapalnika, jej usta zamiast maseczki nasyconej kodeiną, aby go uśpić, aby spowolnić obroty jego nieprzerwanie pracującego umysłu i osnuć je sennością. Ściąga z siebie sukienkę i układa na tenisówkach. Wie, że według niego świat dokoła płynie zgodnie z paroma podstawowymi zasadami – usuwasz trotyl za pomocą pary, wypłukujesz go... – wszystko to tkwi w jego umyśle, kiedy ona zasypia przy nim jak cnotliwa siostra.

Okrywa ich namiot i ciemny las.

Posunęli się tylko o krok poza te pocieszenia, jakich udzielała innym w szpitalach polowych w Ortonie i Monterchi. Jej ciało, by się ostatni raz rozgrzać, jej kojący szept, jej zastrzyk, by móc zasnąć. Ale ciało sapera nie pozwala w siebie wniknąć niczemu, co by miało pochodzić z zewnętrznego świata. Ten zakochany chłopiec nie je posiłków, które ona przygotowuje, nie potrzebuje – jak Caravaggio – narkotyku, który by mu mogła wstrzyknąć w ramię, ani tych maści wytworzonych na pustyni, którymi naciera Anglika, maści i okładów przypominających mu sposób, w jaki go leczyli Beduini. Potrzebuje tylko ukojenia snem.

Rozmieszcza wokół siebie ozdoby. Kilka liści, które mu przyniosła, ogarek, poza tym w namiocie jest jeszcze kryształkowy odbiornik i plecak pełen przyborów saperskich. Z walk, w jakich brał udział, wyniósł pewien rodzaj opanowania, które, nawet jeśli udawane, wnosi w jego życie jakiś porządek. Przestrzega dokładności, kiedy śledzi lot jastrzębia nad doliną przez snajperską lunetę na karabinie, kiedy rozbraja minę i nawet na moment nie odrywa od niej oczu, a także gdy unosi termos, z którego nalewa sobie do kubka i wypija, wcale nań nie patrząc.

Reszta nie ma dlań znaczenia, myśli sobie Hana, jego oczy są nastawione wyłącznie na wyszukiwanie niebezpieczeństw, uszy wsłuchane w to, co się dzieje w Helsinkach czy też w Berlinie i co dociera doń na krótkich falach. Nawet kiedy jest czułym kochankiem, a jej lewe ramię obejmuje go tuż powyżej *kara*, kiedy napinają się mięśnie jego przedramienia, wyczuwa niewidzialne wtedy dla niej naprężenie, które opada dopiero, gdy jego głowa osuwa się z ciężkim westchnieniem w zagłębienie jej szyi. Wszystko poza niebezpieczeństwem ma znaczenie uboczne. Nauczyła go wydawać ten cichy jęk, pożądała go odeń, ponieważ tylko w tym momencie wyłączał się wewnętrznie z walki, jakby w końcu godził się na pogrążenie całego otoczenia w ciemności i wyrażał swą rozkosz ludzkim głosem.

Nie wiemy, jak bardzo ona kocha jego, a on ją. Ani w jakiej mierze ta miłość jest grą tajemnic. Im bardziej się do siebie zbliżają, tym większa staje się przestrzeń między nimi w ciągu dnia. Ona ceni sobie dystans, na jaki on się od niej trzyma, uważa, że oboje mają prawo do własnej przestrzeni. Każdemu z nich daje to wewnętrzną siłę, rodzaj milczącego porozumienia, odczuwanego, kiedy on przechodzi w milczeniu pod jej oknem, przemierzając kilometr dzielący jego kwaterę od miejsca pobytu innych saperów. Podaje jej do rąk talerz albo coś do zjedzenia. Ona kładzie mu na brązowej piersi liść. Albo też pracują wraz z Caravaggiem przy naprawie nadkruszonego muru. Saper śpiewa swoje zachodnie piosenki, które podobają się Caravaggiowi, choć się tego zapiera.

– *Pennsylvania six-five-oh-oh-oh* – zachłystuje się młody żołnierz.

Uczy się rozpoznawać wszystkie odcienie jego śniadej skóry. Odróżniać kolor jego przedramienia od koloru karku. Kolor jego dłoni, policzka, skóry na czole pod turbanem. Ciemną barwę palców oddzielających kable czerwone od czarnych lub też sięgających po kromkę chleba leżącą na rozpłaszczonej łusce pocisku, której wciąż używa jako talerzyka. Potem on wstaje. Jego samowystarczalność wydaje im się szorstka, mimo iż on sam bez wątpienia uważa ją za szczególną uprzejmość.

Uwielbia mokre barwy, jakimi mienią się jego plecy podczas kąpieli. I policzek pokryty potem, który ścierają jej palce, kiedy on jest na niej, i ciemne, mocne ramiona w mroku namiotu, a także raz w jej pokoju, kiedy światła z miasteczka w dolinie, nareszcie zwolnionego z obowiązku zaciemnienia, wdzierały się przez okno jak odblask brzasku i rozjaśniały jego ciało.

Później uświadomi sobie, że on nigdy nie dopuszczał do tego, by czuć się wobec niej w jakimkolwiek stopniu dłużny, ani też by ona czuła się dłużna wobec niego. Znajdzie ten wyraz w jakiejś powieści, odłoży książkę i sięgnie po słownik. D ł u ż n y. C z u ć s i ę z o b o w i ą z a n y m. Wie, że on nigdy by się na coś takiego nie zgodził. Jeśli przemierza dwieście metrów pogrążonego w ciemnościach ogrodu, aby dostać się do jego namiotu, to jest to jej wybór, i może się zdarzyć, że zastanie go śpiącego, nie z braku miłości, lecz z potrzeby uspokojenia myśli przed jutrzejszym pojedynkiem ze zdradliwymi minami.

Uważa ją za godną podziwu. Budzi się i patrzy na nią w świetle lampy. Najbardziej podoba mu się jej dzielne spojrzenie. Ale też jej głos, jak wieczorami spiera się z Caravaggiem, prostując wygadywane przezeń głupstwa. A także sposób, w jaki układa się przy nim jak święta.

Rozmawiają, delikatne zaśpiewy jego głosu w zapachu płótna namiotu, który należał doń przez całą kampanię włoską i którego ona dotyka lekko palcami, jakby był częścią jego ciała, skrzydłem koloru khaki, jakie nocą rozpościera nad sobą. Oto jego świat. Ona w takie noce czuje się wyrwana z Kanady. On ją pyta, czemu nie może zasnąć. Ona leży miotana irytacją na jego samowystarczalność, jego zdolność do tak łatwego odwracania się od świata. Brakuje jej dźwięku deszczu bębniącego o blaszany dach, przy którym mogłaby zasnąć, brakuje uśpionych drzew i dachów, wśród których wzrastała we wschodniej dzielnicy Toronto, a potem przebywała przez kilka lat z Patrykiem i Klarą nad rzeką Skootamatta i Zatoką Świętego Jerzego. Nie zdołała znaleźć uśpionego drzewa w gęstwinie tego ogrodu.

– Pocałuj mnie. To właśnie usta kocham w tobie najbardziej. I zęby.

A później, kiedy głowa opadła mu na bok, w stronę powietrza wpadającego przez uchyloną połę namiotu, szepce, ale tylko ona słyszy swój szept:

– Powinniśmy może wypytać Caravaggia. Ojciec mi kiedyś powiedział, że Caravaggio jest mężczyzną wiecznie zakochanym. Nie tyle kochającym, ile owładniętym zakochaniem. Zawsze wprawianym w zakłopotanie. Zawsze szczęśliwym. Łososiu? Czy mnie słyszysz? To tak właśnie jest, jak się jest z tobą.

Najbardziej ze wszystkiego pragnęła, żeby mogli sobie popływać w rzece. W pływaniu tkwi jakiś rytuał, który uważała za podobny temu, jaki obowiązuje w sali tanecznej. Ale on miał inne wyobrażenie o rzekach, brodził po Moro w milczeniu rozciągając zwoje kabli przytwierdzonych do mostu Baileya, pontony znikały za nim w wodzie jak spłoszone zwierzęta, a niebo rozbłysło nagle ogniem artyleryjskim i może ktoś utonął, w połowie szerokości rzeki. Saperzy ciągle chwytali umykające pontony i przytwierdzali je do dna, muł i powierzchnia wody, i twarze opromienione fosforycznym blaskiem rakiet świetlnych na niebie ponad nimi.

Przez całą noc, płacząc i krzycząc, powstrzymywali się nawzajem przed obłędem. Mundury nasiąknięte zimową rzeką, most ponad ich głowami przekształcający się powoli w drogę jezdną. A w dwa dni później kolejna rzeka. Każda, do której docierali, pozbawiona już była mostów, bezimienna, tak jak niebo było bezgwiezdne, a domy pozbawione drzwi. Oddziały saperskie rozpinały liny między brzegami, dźwigając na plecach kable, wbijały w dno pręty, naoliwione dla uciszenia szczęku metalu, a potem wojsko maszerowało przez most, zbudowany z prefabrykowanych elementów i utrzymywany na powierzchni wody przez krzątających się na niej wciąż saperów.

Często ostrzał przyłapywał ich pośrodku rzeki, między gliniastymi brzegami, przytwierdzających stalowe liny do skalistego dna. Nic ich wtedy nie chroniło, cienka jak jedwab brązowa rzeka przeciw metalowi, który rozrywał ją na strzępy. Odwrócił się od niej. Znał sposób na szybkie chronienie się w sen przed kimś, kto miał własne rzeki i był oszalały na ich punkcie.

Tak, Caravaggio mógłby ją pouczyć, jak zatonąć w miłości. Nawet w rozważnej miłości.

– Lososiu, chciałabym cię wziąć z sobą nad rzekę Skootamatta – powiedziała. – I chciałabym ci pokazać jezioro Smoke. Kobieta, którą kochał mój ojciec, mieszka nad jeziorami, canoe prowadzi pewniej niż samochód. Tęsknię za piorunami, które przerywają dopływy prądu. Chciałabym, żebyś poznał Klarę, pływającą canoe; to ostatni członek mojej rodziny. Nie mam już nikogo więcej. Ojciec opuścił ją dla wojny.

Idzie do jego namiotu, nie stawiając ani jednego błędnego kroku, nie poddając się żadnym wahaniom. Drzewa przepuszczają światło księżyca przez sito swych liści, jakby spacerowała w migotliwym świetle sali tanecznej. Wchodzi do namiotu, przykłada ucho do jego uśpionego policzka i wsłuchuje się w bicie jego serca, w taki sposób, w jaki on wsłuchuje się w mechanizm zegarowy miny. Druga nad ranem. Wszyscy oprócz niej śpią.

IV

W południowej dzielnicy Kairu
1930–1938

Po Herodocie ludzie Zachodu przez całe stulecia przejawiali znikome zainteresowanie pustynią. Od 425 roku przed narodzeniem Chrystusa do początku dwudziestego wieku odwracali od niej oczy. Milczeli na jej temat. Stulecie dziewiętnaste było wiekiem odkrywców rzek. A potem, w latach dwudziestych przychodzi miłe postscriptum do historii tego zakątka ziemi w postaci prywatnych ekspedycji owocujących sprawozdawczymi odczytami organizowanymi przez londyńskie Geographical Society w Kensington Gore. Odczyty te wygłaszają spaleni słońcem, zmęczeni ludzie, którzy, podobnie jak żeglarze Conradowscy, nie czują się pewnie wśród etykiety taksówkowej czy niewybrednych dowcipów konduktorów w autobusach.

Na zebrania Society dojeżdżają podmiejskimi pociągami do Knightsbridge, gdzie często się gubią, bilety im się gdzieś zawieruszają, polegać mogą tylko na swoich starych mapach i notatkach do odczytu – spisanych w bolesnym trudzie – którymi wypełnione są ich plecaki, stanowiące jakby część ich ciała. Ci ludzie różnych narodowości wędrują tak o tej wczesnej godzinie wieczornej, o szóstej, w godzinie osamotnienia. Bo to jest pora anonimowości, większość mieszkańców miasta spieszy do domów. Odkrywcy docierają do Kensington Gore przedwcześnie, przegryzają coś w Lyons Corner House albo przy wejściu do Geographical Society, gdzie przysiadają w hallu na piętrze obok wielkiego maoryskiego canoe, przeglądając gorączkowo notatki. O ósmej zaczyna się zebranie.

Odczyty odbywają się co tydzień. Ktoś wygłasza wprowadzenie, a ktoś inny podziękowanie. Mówca zamykający dyskusję zwykle ustosunkowuje się do wywodów referenta, ocenia je z dużą surowością, jest rzeczowy i krytyczny, ale nigdy nie jest impertynencki.

Wszyscy zakładają, iż prelegenci trzymają się faktów, nawet obsesyjne hipotezy przedstawia się tutaj z pewną powściągliwością.

Moja wyprawa przez Pustynię Libijską z Sokum na wybrzeżu Morza Śródziemnego do Eli Obeid w Sudanie wiodła jednym z tych niewielu szlaków na ziemi, które prezentują bogatą rozmaitość interesujących problemów geograficznych...

Nigdy nie wspomina się w tych obitych dębową boazerią salach o całych latach przygotowań, studiów i gromadzenia funduszy. Zeszłotygodniowy mówca opowiadał o zaginięciu trzydziestu ludzi wśród lodów Antarktyki. Z taką samą powściągliwością przedstawia się losy ludzi, którzy przepadli gdzieś w pustynnym upale lub zaginęli w czasie burzy. Wszelkie kwestie ludzkie i finansowe odłącza się od tego, co jest przedmiotem dyskusji – a jest nim powierzchnia ziemi oraz „interesujące problemy geograficzne".

Czy inne rejony depresji w tym regionie, oprócz szeroko dyskutowanego Wadi Rayan, mogłyby być spożytkowane w wyniku irygacji i drenowania delty Nilu? Czy źródła wód artezyjskich w oazach stopniowo wysychają? Gdzie należy poszukiwać tajemniczej «Zerzury»? Czy są jeszcze inne zagubione oazy do odkrycia? Gdzie się znajdują żółwiowe bagna Ptolemeusza?

Pytania te postawił w roku 1927 John Bell, dyrektor Biura Badań Pustyni w Egipcie. W latach trzydziestych stawiano kwestie z jeszcze większą powściągliwością. *Chciałbym dodać kilka uwag do pewnych spraw poruszanych w interesującej dyskusji o «Prehistorycznej geografii oazy Kharga».* W połowie lat trzydziestych zapomnianą oazę Zerzura odkrył – wraz z towarzyszami wyprawy – Ladislaus de Almásy.

W roku 1939 dekada wielkich odkryć na Pustyni Libijskiej dobiegła końca, a ten pustynny i cichy zakątek ziemi stał się teatrem działań wojennych.

W swej zadrzewionej sypialni ranny przebiega myślą rozległe przestrzenie. Myśli o sposobie, w jaki zmarły król Rawenny, którego marmurowy postument wydaje się niemal żywy, unosi głowę z kamiennej poduszki, tak by móc spoglądać ponad swymi stopami. Sięga myślą dalej, do chwil wyczekiwania na deszcz w Afryce. I do życia, jakie wiedli w Kairze. Do ich pracy i dni.

Hana siedzi przy łóżku i jak giermek towarzyszy mu w tych podróżach.

W roku 1930 zaczęliśmy sporządzać mapy większej części wyżyny Gilf Kebir, poszukując zagubionej oazy zwanej Zerzura. Miasto Akacji.

Byliśmy Europejczykami pustynnymi. W roku 1917 John Beil oglądał Gilf. Potem dotarł tam Kemal el Din. A potem Bagnold, który wytyczył szlak na południe, do Morza Piaskowego. Madox, Walpole z Biura Badań Pustyni, Jego Ekscelencja Wasfi Bej, fotograf Casparius, geolog doktor Kadar i Bermann. A Gilf Kebir – wielki płaskowyż na Pustyni Libijskiej, równy obszarem Szwajcarii, jak zwykł mawiać Madox – obniżający się stopniowo ku północy, uskokami opadającymi na wschód i zachód, był głównym terenem naszych poszukiwań. Wyrastał na pustyni o sześćset kilometrów na zachód od Nilu.

W przekonaniu Egipcjan nie było już wody na zachód od osiedli w oazach. Świat się tam kończył. Interior był bezwodny. Ale w piaszczystym pustkowiu zawsze napotykasz ślady zagubionej historii. Wędrowały tamtędy plemiona Tebu i Senussi, starannie chroniąc swe studnie. Krążyły wieści o żyznych gruntach ukrytych we wnętrzu pustyni. Pisarze arabscy z trzynastego wieku wspominali o Zerzurze. „Oaza ptasząt". „Miasto Akacji".

W *Księdze ukrytych skarbów, Kitab al Kanuz*, Zerzura przedstawiona jest jako miasto białe, „białe jak gołębica".

Popatrz na mapę Pustyni Libijskiej, a znajdziesz na niej nazwisko Kemal el Din, który w 1925 roku niemal samotnie poprowadził pierwszą wielką nowoczesną ekspedycję. Bagnold w latach 1930–1932. Almásy i Madox w latach 1931–1937. Na północ od Zwrotnika Raka.

Byliśmy dla siebie małym światem, wspólnotą utworzoną między wojnami; sporządzaliśmy mapy i odkrywaliśmy na nowo miejsca zapomniane przez ludzi. Zbieraliśmy się w Dakhla albo Kufra, jakby to były bary czy kawiarnie. Bagnold nazywał nas oazowym towarzystwem. Byliśmy zżyci, znaliśmy nawzajem nasze mocne i słabe strony. Bagnoldowi wybaczaliśmy wszystko ze względu na sposób, w jaki pisał o diunach. *Wyżłobienia i pofałdowania piasku przypominają wklęsłości w podniebieniu psiego pyska.* Taki był naprawdę Bagnold, człowiek gotów zanurzyć badawczą dłoń w psiej paszczy.

1930. Pierwsza nasza podróż, wędrujemy na południe przez pustynię Jaghbub, przez tereny plemion Zwaya i Majabra. Siedmiodniowa wyprawa do El Taj. Madox i Bermann, jeszcze czterech innych. Kilka wielbłądów, koń i pies. Kiedy wyruszaliśmy, powtórzono nam starą maksymę: „Rozpoczynać podróż przy burzy piaskowej to dobry znak".

Pierwszej nocy rozbiliśmy obóz przebywszy trzydzieści kilometrów na południe. Następnego dnia obudziliśmy się o piątej rano i wyszliśmy z namiotów. Było zbyt zimno, żeby spać. Podeszliśmy do ognisk i usiedliśmy przy nich, na skraju najgłębszych ciemności. Ponad nami gwiazdy. Słońce miało wzejść za dwie godziny. Podawaliśmy sobie z rąk do rąk filiżanki z gorącą herbatą. Nakarmiono na wpół śpiące wielbłądy; żuły daktyle połykając je wraz z pestkami. Zjedliśmy śniadanie i wypiliśmy znów po trzy filiżanki herbaty.

Po kilku godzinach znaleźliśmy się w burzy piaskowej, przyszła nie wiadomo skąd i przesłoniła jasność poranka. Porywy wiatru, które nas zrazu odświeżały, nabrały siły. Przypatrywaliśmy się powierzchni piasku, która zaczęła się zmieniać.

– Pokaż mi książkę... o tu. To jest Hassaneina Beja wspaniały opis takiej burzy.

„Wygląda to tak, jakby pod powierzchnią piasku znajdowały się parowe pompy z tysiącami otworów, przez które wytryskują drobinki pary. Piasek kłębi się małymi strużkami i wirami. Ruch ten wzmaga się w miarę nasilania się wiatru. Cała powierzchnia pustyni wydaje się unosić, jakby pod ciśnieniem jakiejś ukrytej siły. Wzlatujące kamyki godzą w golenie, kolana, uda. Drobiny piasku wbijają się w ciało, docierają do twarzy, unoszą się ponad głową. Niebo jest zasłonięte, wzrok sięga tylko do najbliższych przedmiotów, wszechświat się wypełnia".

Musieliśmy się posuwać nadal. Jeśli się zatrzymasz, piasek pokryje cię, jak wszystko dokoła, co nieruchome, i zasypie. Burza może trwać i pięć godzin. Nawet kiedy już później podróżowaliśmy ciężarówkami, musieliśmy jechać naprzód bez żadnej widoczności. Najgorsze zagrożenia przychodzą nocą. Kiedyś, na północ od Kufra, o trzeciej nad ranem zostaliśmy zaskoczeni przez burzę. Porywy wiatru zrywały z masztów płachty namiotów, zawinięci w nie wtaczaliśmy się w piasek, tak jak tonąca łódź zanurza się w wodę, zagłębiając się weń, dusząc, aż wyratował nas poganiacz wielbłądów.

W ciągu dziewięciu dni przebrnęliśmy przez trzy burze piaskowe. Nie zdołaliśmy odnaleźć kilku osiedli pustynnych, w których zamierzaliśmy uzupełnić zaopatrzenie. Koń gdzieś zaginął. Padły trzy wielbłądy. Przez dwa ostatnie dni nie mieliśmy już żywności, pozostała nam tylko herbata. Ostatnią więzią z zewnętrznym światem było pobrzękiwanie puszki ze smolistoczarną herbatą oraz odgłos łyżeczki w filiżance, który wypełniał nadranne ciemności. Po trzeciej takiej nocy przestaliśmy się odzywać. Jedyne, co się liczyło, to ognisko i odrobina brązowego płynu.

Tylko szczęśliwy przypadek sprawił, że natrafiliśmy na pustynną osadę El Taj. Przeszedłem przez suk – aleją dzwoniących zegarów, uliczką barometrów, wzdłuż straganów z nabojami do strzelb, włoskim sosem pomidorowym i innymi konserwami z Benghazi, egipskimi perkalikami, ozdobami z muszli ostryg, koło ulicznych dentystów i sprzedawców książek. Nadal zachowywaliśmy milczenie, każdy z nas wyruszył do miasteczka na własną rękę. Przejmowaliśmy ten nowy świat powoli, jakbyśmy ocaleli z potopu. Na głównym placu El Taj zasiedliśmy do jagnięcia z ryżem, ciastek *badawi*, popijaliśmy mlekiem z bitym kremem migdałowym. I to wszystko po wytrwałym oczekiwaniu na trzy ceremonialne filiżanki bursztynowej herbaty doprawionej miętą.

Gdzieś w roku 1931 przyłączyłem się do karawany Beduinów i powiedziano mi, że jest tam jeszcze jeden z nas. Fenelon-Barnes, jak się okazało. Poszedłem do jego namiotu. Nie było go, wyruszył na własną jednodniową wyprawę, skatalogować skamieniałe drzewa. Obejrzałem sobie jego namiot, rozłożone w nim arkusze map, fotografie rodziny, które zawsze woził z sobą, i tak dalej. Kiedy wychodziłem, spostrzegłem lusterko zawieszone wysoko na skórzanej ścianie, a patrząc na nie zobaczyłem odbicie łóżka. Coś na nim leżało, zwinięte pod kocem, może pies? Odchyliłem dżelabę i ujrzałem małą dziewczynkę arabską, związaną i pogrążoną we śnie.

Około 1932 roku Bagnold miał już tych poszukiwań dość, a reszta z nas rozproszyła się. W poszukiwaniu zagubionej armii Kambyzesa. W poszukiwaniu Zerzury. Lata 1932, 1933 i 1934. Nie widywaliśmy się po kilka miesięcy. Tylko Beduini i my, krążący po Szlaku Czterdziestodniowym. Odnajdowaliśmy szczepy pustynne, najpiękniejszych ludzi, jakich w życiu widziałem. Byli wśród nas Niemiec, Anglik, Węgier, Afrykanin – żadne z tych określeń nic dla nas nie znaczyło. Stopniowo wyzbywaliśmy się narodowej tożsamości. Doszedłem do tego, że znienawidziłem pojęcie narodowości. Zostaliśmy zdeformowani przez państwa narodowe. Madox zginął ze względu na narodowość.

Pustynia nie da się podbić ani zawłaszczyć – jest to olbrzymia płachta miotana wichrami, nigdy nie przytwierdzona do podłoża żadnym kamieniem, opatrywana setkami imion na długo, zanim powstało Canterbury, zanim bitwy i traktaty pokawałkowały Europę i Wschód. Karawany, te zadziwiające wędrowne kultury, nie pozostawiają po sobie nic, nawet żarzącego się ogniska. My wszyscy, nawet ci z europejskimi domami i dziećmi, tam, w oddali, chcieliśmy zrzucić z siebie narodową skórę. To było miejsce, gdzie się wierzy. Roztopiliśmy się w krajobrazie. Ogień i piasek. Opuściliśmy oazową przystań. Miejsca, w których dotykaliśmy wody... Ain, Bir, Wadi, Foggara, Khottara, Shaduf. Nie chciałem przeciwstawiać swego nazwiska tym pięknym imionom. Zmyć z siebie nazwisko! Zmyć narodowość! Tego właśnie nauczyła mnie pustynia.

Ale ciągle nie brakło takich, którzy by chcieli pozostawić po sobie znak. W wyschłym łożysku rzeki, na kamienistym pagórku.

Takie małe próżnostki na połaci ziemi rozciągającej się na północny zachód od Sudanu, na południe od Cyrenajki. Fenelon-Barnes pragnął nazwać swoim nazwiskiem skamieniałe drzewa, które odkrył. Chciał nawet uszczęśliwić nim pewne plemię – przez cały rok prowadził w tej sprawie negocjacje. A potem przebił go Bauchan, nazywając własnym nazwiskiem pewien typ diuny piaskowej. Ja natomiast chciałem zatrzeć swoje nazwisko i miejsce, skąd pochodzę. Kiedy wybuchła wojna, po dziesięciu latach na pustyni było mi łatwo przekraczać owe granice, nie przynależeć do nikogo, do żadnego narodu.

Rok 1933 albo 1934, już nie pamiętam. Madox, Casparius, Bermann, ja i dwaj sudańscy przewodnicy wielbłądów oraz kucharz. Teraz podróżujemy fordami typu A, obudowanymi, i używamy wielkich kolistych balonów zwanych oponami pneumatycznymi. Dobrze się spisują na piasku, ale ryzykowne jest jeżdżenie po gruntach kamienistych i skalnych rumowiskach.

22 marca wyruszamy z Khargi. Bermann i ja rozważamy hipotezę Williamsona, że to trzy *wadi* opisane przezeń w 1838 roku złożyły się na pojęcie Zerzury.

Na południowy zachód od Gilf Kebir wznoszą się trzy wyodrębnione masywy granitowe wyrastające z równiny – Gebel Arkanu, Gebel Uweinat i Gebel Kissu. Oddalone od siebie o dwadzieścia kilometrów. Dobra woda w niektórych wąwozach, ale w studniach w Gebel Arkanu jest gorzka, nie nadaje się do picia, chyba że w nagłej potrzebie. Williamson twierdził, że trzy *wadi* utworzyły Zerzurę, ale nigdy ich nie zlokalizował i uznano to za wytwór fantazji. Ale nawet jedna oaza deszczowa wśród tych pokrytych kraterami wzgórz dostarczyłaby wytłumaczenia, w jaki sposób Kambyzes i jego wojska zdołali przebyć tę pustynię, jak się odbywały przemarsze Sanusiego w czasie Wielkiej Wojny, kiedy to olbrzymi czarni najeźdźcy przemierzali pustynię, na której rzekomo nie było wody ani pastwisk. Ten świat był ucywilizowany od stuleci, przecinały go tysiące ścieżek i dróg.

W Abu Ballas znaleźliśmy dzbany o kształtach klasycznych greckich amfor. O takich dzbanach wspomina Herodot.

Bermann i ja rozmawiamy z tajemniczym, podobnym do węża starym człowiekiem w fortecy El Jof – w zbudowanej z kamienia sali, która niegdyś była biblioteką wielkiego szejka Sanusiego. Starzec należał do plemienia Tebu, jest przewodnikiem karawan, mówi po arabsku z obcym akcentem. „Jakby popiskiwał nietoperz" – powie potem Bermann cytując Herodota. Rozmawiamy z nim przez cały dzień i całą noc, a on nic nie wyjawia. Doktryna religijna Sanusiego, jej założenia wciąż skrywane są przed obcymi wraz z zawartymi w nich tajemnicami pustyni.

5 maja wspinam się na próg skalny i zbliżam do płaskowyżu Uweinat od nie znanej mi dotąd strony. I znajduję się w szerokim *wadi* porośniętym drzewami akacjowymi.

Był taki czas, kiedy ludzie sporządzający mapy nazywali nowo odkryte miejsca imionami kochanek, a nie własnymi. Ta dziewczyna dostrzeżona podczas dokonywania ablucji w czasie postoju karawany, osłaniająca się muślinem trzymanym w wyciągniętej ręce – dziewczyna o ramionach białych jak gołębica, co natchnęło starego arabskiego poetę do nazwania oazy jej imieniem. Skórzany bukłak rozpryskuje nad nią wodę, ona owija się szatą, a uczony w piśmie starzec odwraca od niej wzrok i przystępuje do opisu Zerzury.

Tak więc człowiek na pustyni może zanurzyć się w imieniu jak w odkrytym źródle i w jego cienistym chłodzie może go ogarnąć pokusa, by nigdy już nie opuścić tego schronienia. Wielkim moim pragnieniem było pozostać tam, wśród akacji. Wędrowałem nie przez taką okolicę, do której nikt nigdy nie dotarł, lecz przez taką, którą w ciągu stuleci gwałtownie i na krótko zapełniały różne ludy – armie czternastowieczne, karawany Tebu, najeźdźcy Sanusiego w roku 1915. A między tymi zasiedleniami nie było tu nikogo. Kiedy deszcze zanikały, akacje obumierały, *wadi* wysychały... Aż nagle wody pojawiały się ponownie po setkach lat. Sporadyczne powroty i zanikania, tak jak się dzieje z legendami i podaniami w toku dziejów.

Wody na pustyni, umiłowane jak imiona kochanków, utrzymujesz w złączonych dłoniach, niesiesz ich błękit do gardła. Wypijasz. Kobieta w Kairze wysuwa się z łóżka, przeciąga na całą długość swego białego ciała i wychyla się z okna na deszcz, by chłonąć go swą nagością.

Hana pochyla się do przodu, podążając za tokiem jego opowieści, przypatrując mu się bez słowa. Kim ona jest, ta kobieta?

Krańce ziemi nigdy nie są tymi punktami na mapie, na które pada wzrok kolonistów chcących poszerzyć swą strefę wpływów. Po jednej stronie słudzy, niewolnicy i układy władzy oraz korespondencja z Geographical Society. A po drugiej pierwszy krok białego człowieka poza wielką rzekę, jego pierwsze spojrzenie na górę, która tu była od zawsze. Kiedy jesteśmy młodzi, nie spoglądamy w lustro. Wpatrujemy się w nie, kiedy się już zestarzejemy, zatroskani o nasze imię, o naszą legendę, o to, co nasze życie będzie znaczyło dla przyszłości. Pysznimy się nazwiskami, które nosimy, zabiegamy o pierwszeństwo naszych odkryć, przewagę naszych armii, wyłączność naszego handlu. Dopiero postarzały Narcyz pożąda swego bałwochwalczego wizerunku.

A jednak ciekawi nas, co nasze życie może znaczyć dla przyszłości. Wmyślamy się w przeszłość. Byliśmy młodzi. Widzieliśmy, że potęga i bogactwo przemijają. Wszyscy sypialiśmy z Herodotem pod poduszką. *Wszak wiele z tych miast, co były w dawnych czasach wielkie, stało się małymi, a te, które w moich czasach są wielkie, były niegdyś małe. Wiedząc, że szczęście ludzkie nigdy nie jest trwałe, wspomnę na równi o jednych i drugich*[*].

W roku 1936 młody człowiek nazwiskiem Geoffrey Clifton spotkał w Oksfordzie przyjaciela, który mu wspomniał o tym, czym się zajmujemy. Człowiek ten skontaktował się ze mną, następnego dnia wziął ślub, a w dwa tygodnie później przyleciał wraz z żoną do Kairu.

Para ta wkroczyła w nasze życie – w krąg nas czterech, księcia Kemala el Dina, Bella, Almásy'ego i Madoxa. Nazwą, która nam nie schodziła z ust, był Gilf Kebir. Gdzieś tam w Gilfie mieściła się Zerzura, która pojawia się w piśmiennictwie arabskim od trzynastego wieku poczynając. Jeśli sięgasz aż tak daleko w przeszłość, potrzebny ci jest samolot, a młody Clifton był bogaty, umiał latać i był posiadaczem aeroplanu.

Clifton dołączył do nas w El Jof, na północ od Uweinatu.

---

* Przekład Seweryna Hammera.

Siedział w swej dwuosobowej maszynie, a my podchodziliśmy doń od strony naszej bazy obozowej. Uniósł się znad pulpitu sterowniczego i pociągnął łyk z flaszki. Jego młoda żona siedziała obok.

– Nadaję temu miejscu nazwę Bir Messaha Country Club – oznajmił.

Zauważyłem, że życzliwa niepewność prześliznęła się przez twarz jego żony; jej lwia czupryna, kiedy zdjęła skórzany hełm.

Oboje byli młodzi, patrzyliśmy na nich jak na własne dzieci. Wyskoczyli z samolotu i uścisnęliśmy sobie dłonie.

Było to w roku 1936, na początku naszej historii...

Zeskoczyli na ziemię ze skrzydeł motha. Clifton podszedł do nas trzymając w ręku flaszkę i wszyscy napiliśmy się ciepłego alkoholu. Był rozmiłowany w ceremoniach. Nazwał swą awionetkę „Rupert Bear". Nie sądzę, by kochał pustynię, ale darzył ją podziwem, który brał się z respektu wobec naszych ostrych rygorów zachowania na niej; chciał im się podporządkować – jak student nowicjusz przestrzegający ciszy w bibliotece. Nie przypuszczaliśmy, że weźmie z sobą żonę, ale jak sądzę, przyjęliśmy to w sposób uprzejmy. Stała teraz wśród nas, a piasek wdzierał się jej we włosy.

Kim byliśmy dla tej młodej pary? Jeden z nas napisał kilka książek o formowaniu się diun, o pojawianiu się i znikaniu oaz, o zaginionych kulturach pustynnych. Wydawaliśmy się zainteresowani jedynie rzeczami, których nie można sprzedać ani kupić, nie dbaliśmy o zewnętrzny świat. Dyskutowaliśmy o szerokości geograficznej albo o wydarzeniach sprzed siedmiuset lat. O teorematach odkryć. O tym, że Abd el Melik Ibrahim el Zwaya, który mieszkał w oazie Zuck i wypasał wielbłądy, był pierwszym człowiekiem zdolnym pojąć istotę fotografii.

Cliftonowie przeżywali ostatnie dni swego miodowego miesiąca. Pozostawiłem ich w towarzystwie mych kompanów i udałem się na spotkanie z pewnym człowiekiem w Kufra. Spędzałem z nim wiele dni, sprawdzając pewne hipotezy, które utrzymywałem w tajemnicy przed resztą ekspedycji. Wróciłem do bazy w El Jof w trzy dni później.

Staliśmy wokół naszego pustynnego ogniska. Cliftonowie, Madox, Bell i ja. Jeśli się ktoś odsunął o kilka centymetrów, niknął w ciemności. Katharine Clifton zaczęła coś recytować, moja głowa cofnęła się poza krąg światła rzucany przez płonącą gałąź. Miała twarz o klasycznej urodzie. Jej rodzice znani byli dobrze w świecie prawniczym. Należałem do ludzi, którzy nie zachwycają się poezją – póki nie usłyszałem, jak ją nam ta kobieta recytowała. I na pustynię przywołała swe dni uniwersyteckie, pomiędzy nas tam, aby opisać gwiazdy w taki sam sposób, w jaki Adam czule pouczał kobietę, używając pełnych gracji metafor:

...Tak one, choć ich nie widzimy w nocy,
Nie lśnią daremnie, a nie sądź, że gdyby
Ludzi nie było, niebiosom nie trzeba
Byłoby widzów, Bóg chce, by go wielbić,
Miliony stworzeń duchowych po ziemi
Krążą, lecz dla nas są niedostrzegalne
Tak kiedy śpimy, jak po przebudzeniu,
A nieustannie wielbią jego dzieła,
W nocy i we dnie zarówno*.

Tego wieczora zakochałem się w jej głosie. Tylko w głosie. Nie chciałem słuchać niczego innego. Wstałem i odszedłem dalej.

Była wierzbą. Jak też by wyglądała zimą, będąc już w moim wieku? Ciągle i zawsze widzę ją oczyma Adama. Plątanina jej rąk i nóg, kiedy się zsuwa po skrzydle samolotu, kiedy się pochyla pośród nas, by podsycić ogień, jej wycelowany we mnie łokieć, kiedy pije z manierki.

W kilka dni później tańczyła ze mną, kiedyśmy poszli całą grupą na tańce w Kairze. Nawet lekko wstawiona, twarz zachowywała niewzruszoną. I jeszcze teraz myślę, że w naj-

---

* John Milton, *Raj utracony*, przekład Macieja Słomczyńskiego.

większym stopniu odsłaniała ją ta właśnie twarz z chwili, kiedy oboje byliśmy podpici, nie zaś twarz z tego czasu, kiedy byliśmy kochankami.

Przez wszystkie te lata starałem się dociec, co się kryło w spojrzeniu, którym mnie darzyła. Wydawało się, że pogarda. Tak mi się zdawało. Teraz myślę, że mnie nim badała. Była niewinna, zadziwiona czymś we mnie. Zachowywałem się tak, jak zwykłem się zachowywać w barach, ale tym razem znalazłem się w nieodpowiednim towarzystwie. Jestem człowiekiem, który wyróżnia się swym sposobem bycia. I nie brałem pod uwagę, że ona jest młodsza ode mnie. S t u d i o w a ł a mnie. Po prostu. A ja czyhałem na jakiś nie kontrolowany grymas na jej posągowej twarzy, na coś, co by ją odsłoniło.

Podaj mi mapę, a odtworzę ci miasto. Podaj mi ołówek, a narysuję ci pokój w południowej dzielnicy Kairu, mapy pustyni rozwieszone na ścianach. Zawsze była pomiędzy nami pustynia. Otwierałem oczy i spoglądałem na mapę dawnych osiedli rozmieszczonych wzdłuż wybrzeża Morza Śródziemnego – Gazala, Tobruk, Mersa Matruh i na południe, na odręcznie dorysowane *wadi* oraz na żółte plamy przedstawiające okolice, w które się wdzieraliśmy, by się w nich tracić. *Moim zadaniem będzie krótkie opisanie kilku ekspedycji, wdzierających się w Gilf Kebir. Doktor Bermann przeniesie nas później na pustynię, jaka istniała przed tysiącami lat...*

W taki oto sposób Madox przemawiał do geografów w Kensington Gore. Ale nie znajdziesz wzmianki o cudzołóstwie w protokołach Geographical Society. Nasz pokój nigdy się nie pojawia w szczegółowych sprawozdaniach, które odnotowują każdy pagórek na naszej drodze i każde zdarzenie z naszej historii.

Na ulicy, gdzie sprzedają sprowadzone ze świata papugi, jeden rewir wydzielono dla ptaków gadających. Ptaki szczekają i gwiżdżą w rozgwarze, na zasłanej piórami alejce. Wie-

działem, które to plemię wędrujące jedwabnym lub wielbłądzim szlakiem przeniosło je w maleńkich palankinach przez
pustynię. Czterdziestodniowa wędrówka, od kiedy niewolnicy
schwytali ptaki i zasadzili je jak kwiaty w podzwrotnikowych
ogrodach, a później wsadzili do bambusowych klatek i spu-
ścili na wody rzeki, którą jest handel. Pojawiały się jak panny
młode ze średniowiecznych romansów.

Stanęliśmy pośród nich. Pokazywałem jej miasto, jakiego
nie znała.

Dotknęła mej ręki przy nadgarstku.

– Gdybym ci poświęciła życie, odrzuciłbyś mnie, prawda?

Nic jej nie odpowiedziałem.

V

Katharine

Kiedy po raz pierwszy jej się przyśnił, obudziła się obok męża z krzykiem. Przerażonym wzrokiem wodziła po prześcieradle, siedząc z otwartymi ustami. Mąż położył jej rękę na plecach.

– Sen mara. Nie przejmuj się.

– Tak.

– Podać ci łyk wody?

– Tak.

Siedziała bez ruchu. Nie mogła położyć się z powrotem, powrócić na to terytorium, na którym oboje przebywali.

Sen rozgrywał się w tym pokoju – jego ręka na jej szyi (czuła ją teraz), jego złość zwrócona ku niej, złość, którą odczuwała już od pierwszych chwil ich znajomości. Nie, nie złość, brak zainteresowania, irytacja na zamężną kobietę, która się między nimi znalazła. Byli objuczeni jak zwierzęta, a on zawiesił jej na plecach taki ciężar, że nie była w stanie oddychać pod tym jarzmem.

Mąż podał jej szklankę na tacy, ale nie mogła rozłączyć splecionych rąk, drżały. Niezgrabnie przybliżył jej szklankę do ust, tak by mogła łyknąć chlorowanej wody, kilka kropel spłynęło jej po brodzie i skapywało na brzuch. Kiedy się na powrót położyła, ledwo miała czas pomyśleć o tym, czego była świadkiem w swych majakach, a natychmiast zasnęła głębokim snem.

To było pierwsze rozpoznanie. Przypominała je sobie chwilami następnego dnia, ale była bardzo zajęta i nie zajmowała się nim dłużej, usuwała je z myśli; takie tam przypadkowe zetknięcie w zatłoczonej wizjami nocy, nic ponadto.

W rok później nadeszły inne, niebezpieczniejsze, bo spokojne sny. Ale jeszcze w pierwszym z nich odczuwała jego rękę na szyi i oczekiwała, w jaki sposób ją ukoi, by ją przygotować na przemoc.

Kto rozsiewa te okruszynki jadła, by cię zwabić? Wiodące do człowieka, któremu nigdy nie ufałaś. To tylko sen. A potem dalsza seria snów.

Powiedział później, że to było pokrewieństwo. Pokrewieństwo na pustyni. To się zdarza. Lubił to słowo – pokrewieństwo wody, pokrewieństwo dwóch lub trzech osób w samochodzie przemierzającym przez sześć godzin Morze Piaskowe. Jej spocone kolano obok drążka zmiany biegów w ciężarówce, kolano umykające, podskakujące na wybojach. Na pustyni masz czas na wpatrywanie się we wszystko, na rozważanie choreografii wszystkich rzeczy wokół ciebie.

Kiedy tak rozprawiał, nienawidziła go, oczy jej zachowywały wyraz uprzejmy, ale umysł czekał na sposobność, by go skarcić. Zawsze chciała go karcić i zrozumiała, że to pragnienie miało charakter seksualny. Wedle niego wszelkie związki zmierzały do form skrystalizowanych. Zawierasz powinowactwo – albo się wyłączasz. Tak jak, jego zdaniem, w *Dziejach* Herodota formowały się społeczeństwa. Zapewniał, że wyniósł ze świata, który opuścił przed laty, doświadczenie niezbędne w walce o odkrycie na poły wymyślonego świata pustyni.

Ekwipunek załadowali na samochody na lotnisku w Kairze, jej mąż doglądał napełniania baków motha benzyną przed wyruszeniem w drogę. Madox pobiegł do jednej z ambasad, by wysłać telegram. On sam wybrał się jeszcze do miasta, żeby się upić – taki zwyczajowy pożegnalny wieczór w Kairze, najpierw Madame Badin's Opera Casino – a potem błądzić uliczkami wokół Pasha Hotel. Spakował się już przed nastaniem wieczoru i dzięki temu mógł po prostu wskoczyć na ciężarówkę następnego rana.

Zawiózł ją więc do miasta, w wilgotnej duchocie, w powolnym o tej godzinie, tłocznym ruchu ulicznym.

– Straszny upał. Napiłabym się piwa. A ty?

– Nie. Mam sporo spraw do załatwienia przez te kilka godzin. Wybacz.

- W porządku - odpowiedziała - nie chcę ci przeszkadzać.
- Napiję się z tobą, jak wrócę.
- Za trzy tygodnie?
- Coś koło tego.
- Chciałabym pojechać z wami.
Nic na to nie odpowiedział. Przebrnęli przez most Bulaq, tłok stawał się coraz większy. Zbyt wiele wozów, zbyt wielu przechodniów zawładnęło ulicami. Przebijał się na południe, wzdłuż Nilu, w stronę hotelu Semiramis, w którym mieszkała.
- Tym razem odnajdziesz Zerzurę, prawda?
- Muszę ją odnaleźć.
Był taki jak zawsze. Niemal na nią nie patrzył w czasie jazdy, nawet kiedy grzęźli w jakimś korku na kilka minut.
Pod hotelem zachowywał się nadzwyczaj uprzejmie. Kiedy przybierał tę pozę, lubiła go jeszcze mniej; wszyscy przywdziewali maskę uprzejmej dworności. Przypominało jej to psią tresurę. Do diabła z nią. Gdyby nie to, że jej mąż miał z nim pracować, wolałaby go już więcej nie spotkać.
Sięgnął po jej torbę podróżną leżącą na tylnym siedzeniu i zamierzał wnieść ją do hallu.
- Daj, wezmę ją sama - suknię miała mokrą na plecach, gdy wysiadała.
Portier wyciągnął rękę po jej torbę, ale on powiedział: Nie trzeba, pani chce ją nieść sama - i znów rozzłościło ją to zapewnienie. Odźwierny oddalił się. Zwróciła się ku niemu, kiedy podawał jej bagaż, stanęli twarzą w twarz, niezdarnie trzymał jej torbę obiema rękami.
- No to do zobaczenia. Pomyślności!
- Tak. Będę ich wszystkich pilnował. Będą bezpieczni.
Skinęła głową. Stała w cieniu, on jakby nie zwracał uwagi na upał, pozostawał na słońcu.
Potem nagle podszedł do niej bliżej, tak że przez chwilę myślała, że chce ją objąć. Ale tylko wyciągnął przed siebie rękę i przejechał nią po jej szyi u nasady karku tak, że odczuła dotyk całej długości jego przedramienia.
- Bywaj.
I odszedł do samochodu. Czuła teraz na sobie jego pot, jak

krew pozostawioną przez brzytwę, którą gest jego ręki wydawał się naśladować.

Bierze do rąk poduszkę i kładzie ją sobie na podołku, jak tarczę obronną przed nim.
Jeśli ci się oddam, nie będę się tego wypierała. I ty się tego nie wypieraj.
Podnosi poduszkę ku sercu, jakby chciała osłonić tę część ciała, która uległa kontuzji.
– Czego najbardziej nie lubisz? – pyta.
– Kłamstwa. A ty?
– Zawłaszczenia – odpowiada. – Kiedy mnie opuścisz, zapomnij o mnie.
Jej piąstka wyciąga się ku niemu i godzi z siłą w kość policzkową tuż pod okiem. Kobieta ubiera się i wychodzi.

Codziennie, kiedy wracał do domu, dostrzegał w lustrze czarnego siniaka. Dziwił się nie tyle siniakowi, ile rysom swej twarzy. Bujne brwi, których przedtem nie dostrzegał, zaczątki siwizny w piaskowego koloru włosach. Nie przepatrywał swej twarzy w lustrze w ten sposób od lat. To były bujne brwi.

Nic nie jest w stanie utrzymać go z dala od niej.
Kiedy nie przebywa na pustyni z Madoxem ani z Bermannem w arabskich bibliotekach, spotyka się z nią w parku Groppi – obok obficie nawodnionych sadów śliwkowych. Jej tu najlepiej. Jest kobietą, która potrzebuje wilgotności, która zawsze uwielbiała niskie zielone żywopłoty i paprocie. Jemu taka intensywna zieleń wydaje się czymś odświętnym.
Z parku Groppi przechodzą na stare miasto. Do południowej dzielnicy Kairu, dokąd Europejczycy rzadko trafiają. W jego mieszkaniu mapy pokrywają całe ściany. I mimo starań, jakie wkłada w jego umeblowanie, ma ono ciągle charakter bazy obozowej.
Leżą objęci, wibrujący cień wentylatora pada na ich ciała.

Przez cały ranek pracował wraz z Bermannem w muzeum archeologicznym porównując teksty arabskie z europejskimi zapisami historycznymi, aby odnaleźć każde echo, zbieżność, wymienność nazw – przeskakiwali od Herodota do *Kitab al Kanuz*, gdzie Zerzura otrzymała swe imię od imienia kąpiącej się kobiety z pustynnej karawany. A teraz tutaj, takie powolne migotanie cienia rzucanego przez wentylator. A teraz tutaj, takie czułe wymienianie się sobą i echo wspomnień z dzieciństwa, wspomnienie blizny, sposobu całowania.

– Co ja mam zrobić. Co ja mam zrobić! Jak mogłam zostać twoją kochanką! On oszaleje.

Lista blizn.

Różne kolory posiniaczeń – lekka rdzawość przechodząca w brąz. Talerz, z którym przechodziła przez pokój, którego zawartość zrzuciła na ziemię i który stłukła mu na głowie, krew trysnęła we włosy. Widelec, który mu wbiła w tył karku, pozostawiając znaki, które lekarz wziął za ślady lisich zębów.

Kiedy podchodził, żeby ją wziąć w ramiona, rozglądał się najpierw, jakie przedmioty znajdują się w zasięgu jej ręki. Kiedy się z nią spotykał w obecności innych w miejscach publicznych, blizny lub zabandażowaną głowę tłumaczył nagłym hamowaniem taksówki, co jakoby sprawiło, że rozbił głową okno. Podobnie tłumaczył plamę jodyny na przedramieniu pokrywającą otwartą ranę. Madox zamartwiał się tym, że nagle stał się tak podatny na wypadki. Łagodnie szydziła z nieudolności jego wykrętów. Może to z powodu wieku, może powinien nosić okulary – dorzucał jej mąż trącając łokciem Madoxa. A może to kobieta, z którą się zadaje – dodała. Popatrzcie, czy to nie kobiece pieczęcie i zadrapania?

– To skorpion – odpowiedział. *Androctonus australis.*

Kartka pocztowa. Staranne pismo wypełnia prostokąt.

Połowę czasu, który minął, strawiłam na zmaganiu się z sobą, żeby cię nie dotknąć. Potem przestało już mieć znaczenie, czy cię w ogóle jeszcze zobaczę. To nie jest kwestia moralna, tylko kwestia tego, ile ty zniesiesz.

Bez daty i bez podpisu.

Czasem, kiedy może zostać z nim na noc, budzą ich przed świtem trzy miejskie minarety wzywające do modlitwy. Odprowadza ją przez rynek indygo leżący między południową częścią Kairu a jej hotelem. Piękne pieśni modlitewne przenikają powietrze jak strzały, minarety odpowiadają sobie nawzajem, oboje spacerują tak przez ich dialog w chłodzie poranka, woń węgla drzewnego i konopi nadaje głębię powietrzu. Grzesznicy w świętym mieście.

Rozsuwa gwałtownie ręką talerze i szklanki na restauracyjnym stole, tak że ona mogłaby gdzieś tam w mieście rozejrzeć się za przyczyną takiego hałasu. Jest bez niej, on, który nigdy nie czuł się samotny przy wielomilowych odległościach dzielących pustynne miasta. Człowiek na pustyni może hołubić w złączonych dłoniach czyjąś nieobecność, wiedząc, że wzmacnia go bardziej niż woda. Wie o takiej roślinie z okolic El Taj, z której sączy się płyn w miejscu, gdzie zetnie się jej kwiat. Każdego ranka można wypić tyle tego płynu, ile by wystarczyło do wypełnienia odciętego kwiatu. Roślina kwitnie w ten sposób przez cały rok, potem umiera z jakiejś innej przyczyny.

Leży w swym pokoju otoczony wyblakłymi mapami. Jest bez Katharine. Gniew zwraca przeciw wszelkim normom społecznym, wszelkiej układności.

Nie interesuje go już współżycie z innymi ludźmi. Pragnie tylko jej majestatycznego piękna, teatru jej ekspresji. Łaknie tych minut tajemniczego namysłu wzajemnego, głębi wspólnego pola, gdzie ich intymne obcości łączą się jak sąsiednie strony zamykanej książki.

Został przez nią rozbity na kawałki.
Jeśli ona mu to zrobiła, co on zrobił jej?

Kiedy zamyka się w swej wyniosłości, a on znajduje się na zewnątrz, w większej grupie ludzi, opowiada dowcipy, z których się sam nie śmieje. Z maniackim ożywieniem drwi z historii odkryć. Postępuje tak, kiedy jest nieszczęśliwy. Tylko Madox rozumie to zachowanie. Ale on nawet nie zaszczyca go spojrzeniem. Uśmiecha się do wszystkich, do mebli w pokoju, chwali ułożenie kwiatów, jakieś bezosobowe sprawy. Ona źle rozumie jego zachowanie przypuszczając, że on takiego właśnie zachowania potrzebuje, i podawaja mury obronne mające ją przed nim chronić.

Nie może już znieść tych murów. Buduj je sobie i ty, tłumaczy mu, skoro ja mam swoje. Wypowiada te słowa emanując pięknem, któremu on nie może sprostać. Ona, w swych pięknych strojach, z rozjaśnioną twarzą obdarzającą śmiechem każdego, kto się do niej uśmiechnie, przyjmującą z dziwnym grymasem jego gniewne żarty. On powtarza swe prowokujące oświadczenia na temat odkryć, tak że w czasie którejś wyprawy oswajają się już z nimi wszyscy.

W chwili, w której się odeń odwróciła, w hallu baru Groppi, zapadł w chorobę. Wie, że jedyny sposób, w jaki mógłby pogodzić się z jej utratą, polegałby na tym, że nadal by się nią zajmował, albo że ona zajmowałaby się nim. Żeby się w jakiś sposób mogli nawzajem z tego wywieść. A nie poprzez zbudowanie muru.

Światło słoneczne wlewa się do jego kairskiego pokoju. Ręka spoczywa na dzienniku wpisywanym w *Dzieje* Herodota, ciało pełne napięcia źle wypisuje słowa, litery rozłażą się, jakby im brakło kręgosłupa. Nie umie zapisać wyrazów ś w i a t ł o   s ł o n e c z n e. Ani wyrazu m i ł o ś ć.

Do tego mieszkania światło wpada tylko od strony rzeki i leżącej za nią pustyni. Pada na jej kark i stopę, na bliznę po zastrzyku ospy na jej prawym ramieniu, którą on tak kocha. Siedzi na łóżku obejmując ramionami swą nagość. On ściera otwartą dłonią pot z jej barku. To mój bark, myśli sobie, nie jej męża, to mój bark. W taki właśnie sposób kochankowie obdarzają się nawzajem częściami swego ciała. W tym pokoju nieopodal rzeki.

W ciągu tych kilku godzin, które dla siebie mają, w pokoju się ściemniło. Tylko rzeka i poblask pustyni. W rzadkich chwilach, kiedy napływają fale deszczu, podchodzą do okna i wystawiają na zewnątrz wyciągnięte ręce, aby nabrać w nie tyle wody, ile zdołają. Ulice wypełniają okrzyki wywołane nagłą ulewą.

– Już nigdy nie będziemy się kochać. Już się więcej nie zobaczymy.

– Tak, wiem – mówi.

Jest to noc jej nalegań na samą siebie, żeby wyjechać. Siedzi zamknięta w sobie, w pancerzu swej świadomości. On nie jest w stanie przebić się przez ten pancerz. Tylko ciałem jest jej bliski.

– Nigdy więcej. Cokolwiek by się miało zdarzyć.

– Tak.

– Myślę, że by oszalał. Rozumiesz?

Nie odzywa się, opanowując pragnienie zamknięcia jej w ramionach.

W godzinę później spacerują w suchym powietrzu nocy, słyszą z oddali gramofonowe piosenki z kina Music for All, którego okna otwarte są na oścież. Będą się musieli rozstać, zanim skończy się seans i na ulicę wylegną ludzie, którzy mogą ją znać.

Spacerują po ogrodzie botanicznym w pobliżu katedry Wszystkich Świętych. Ona dostrzega samotną łzę, wspina się na palce i zlizuje ją z jego policzka, przez chwilę trzyma ją w ustach. Tak zlizywała mu krew z dłoni, kiedy się skaleczył przygotowując dla niej coś do zjedzenia. Krew. Łza. Czuje, jak jego ciało czegoś się pozbywa, jak wypełnia się dymem. Żywa jest w nim tylko świadomość przyszłości, przyszłego pragnienia i żądzy. Nie może wypowiedzieć tego, co powinien powiedzieć tej kobiecie, której otwartość jest jak rana, której młodość wydaje się nie mieć w sobie nic śmiertelnego. Nie umiałby wskazać, co kocha w niej najbardziej, może jej niezdolność do kompromisu, gdy romans z wierszy, które lubi, traktuje na równi z życiem. Poza tymi sytuacjami, jak wie, nie ma na świecie żadnego ładu.

Noc jej nalegań na samą siebie. Dwudziesty ósmy września. Drzewa obeschły już z deszczu w cieple księżycowej poświaty. Żadna już kropla nie skapnie na niego jak łza. Rozstanie w parku Groppi. Nie spytał, czy jej mąż jest w domu, w tym prostokącie światła po drugiej stronie ulicy.

Widzi w wyobraźni kotłowaninę rąk w górze nad nimi, ich ścierające się kiście. Sposób, w jaki jej głowa i włosy zawisły nad nim, kiedy się kochali.

Nie ma pożegnalnego pocałunku. Tylko zwykły uścisk. Odrywa się od niej i odchodzi. Potem się odwraca. Ona stoi nadal tam, gdzie ją zostawił. Wraca, zatrzymując się o kilka kroków od niej, podnosi palec dla podkreślenia swych słów.

– Chcę, żebyś wiedziała, że jeszcze za tobą nie tęsknię.

Jego twarz wydaje się jej straszna, kiedy się próbuje uśmiechnąć. Ona odwraca głowę i uderza nią w słupek bramy. On widzi, że to ją zabolało, dostrzega grymas. Ale już się wycofali w głąb siebie samych, ona jest już poza swym murem. Jej odruch, jej ból są już tylko przypadkiem, zdarzeniem. Unosi dłoń ku skroni.

– Będziesz tęsknił – mówi.

Od tego momentu w życiu – wyszeptała mu kiedyś – albo zaczniemy odnajdywać duszę, albo ją zatracać.

Jak to się dzieje? Zakochać się i zostać rozbitym na kawałki?

Leżałem w jej objęciach. Podciągnąłem jej bluzkę i oglądałem bliznę po zaszczepionej ospie. Kocham ją – powiedziałem. Tę jasną aureolkę na jej ramieniu. Widzę to narzędzie rozdrapujące skórę i wbijające szczepionkę, a potem odjęte od jej skóry, uwolnione od niej, wtedy, dawno temu, kiedy miała dziewięć lat i chodziła do szkoły.

VI

Ukryty samolot

Spogląda przed siebie, każdym okiem wytyczając osobną ścieżkę, wzdłuż rozległego łóżka, w którego nogach stoi Hana. Kiedy go obmyła, ułamała koniuszek ampułki i podchodzi teraz ze strzykawką. Podobieństwo. Łóżko. Odpływa kołysany morfiną. Lek wzbiera w nim, kondensując czas i przestrzeń w taki sam sposób, w jaki mapy sprowadzają świat do dwuwymiarowej karty papieru.

Długie wieczory kairskie. Morze nocnego nieba, wrzaski sępów, zanim się uspokoją o świcie, odlatując ku pustyni. Wewnętrzna zgodność tej sceny, jak rozsypanie przygarści ziaren.

W tym mieście w roku 1936 mogłeś kupić wszystko – poczynając od psa albo ptaka przylatującego na pierwszy sygnał gwizdka, do tych okropnych smyczy, które przyczepia się do małego palca u ręki kobiety, żeby ci się gdzieś nie zawieruszyła na zatłoczonym rynku.

W północno-wschodniej części Kairu był wielki dziedziniec zapełniony studentami szkół religijnych, a za nim bazar Khan el Khalili. Ponad wąskimi uliczkami przyglądaliśmy się kotom przesiadującym na wąskich, dziurawych dachach, spoglądającym o kolejne pięć metrów w dół, na chodniki i stragany. Nasz pokój znajdował się powyżej tego wszystkiego. Okna otwierały się na minarety, fellachów, koty, straszliwy zgiełk. Opowiadała mi o ogrodach swego dzieciństwa. Kiedy nie mogła zasnąć, odrysowywała mi ogród swej matki, słowo po słowie, grządka po grządce, grudniowy lód pokrywający staw pełen ryb, poskrzypywanie obrośniętych różami altanek.

Chwytała mnie za przegub ręki i wiodła z sobą przez plątaninę ścieżek ku wgłębieniu u nasady szyi.

Marzec 1937, Uweinat. Madox ma kłopoty z powodu rozrzedzonego powietrza. Pięćset metrów nad poziomem morza i już odczuwa skutki tej niewielkiej wysokości. Ale jest w końcu człowiekiem pustyni, który porzucił dla niej swą rodzinną siedzibę Marston Magna w hrabstwie Somerset, zmienił swe przyzwyczajenia i nawyki, by móc przebywać mniej więcej na poziomie morza i w okresowo suchym klimacie.

– Madox, powiedz, jak się nazywa to zagłębienie u nasady kobiecej szyi? Z przodu. O, tutaj. Co to jest, czy ma jakąś anatomiczną nazwę? Zagłębienie wielkości odcisku twego kciuka?

Madox przygląda mi się przez chwilę w blasku księżyca.

– Weź się w garść – wymrukuje.

– Pozwól, że ci coś opowiem – Caravaggio zwraca się do Hany. – Był tam taki Węgier nazwiskiem Almásy, który pracował dla Niemców w czasie wojny. Latał trochę dla Afrika Korps, ale przedstawiał dla nich o wiele większą wartość. W latach trzydziestych zaliczano go do wielkich odkrywców pustyni. Znał każdą dziurę z wodą i uczestniczył w sporządzaniu map Morza Piaskowego. Wiedział o pustyni wszystko. Znał wszystkie dialekty. Czy to nie wydaje ci się brzmieć znajomo? Między dwiema wojnami ustawicznie podejmował wyprawy z Kairu. Jedną z nich przeznaczył na odszukanie Zerzury – zagubionej oazy. Potem, kiedy wybuchła wojna, przyłączył się do Niemców. W 1941 był przewodnikiem szpiegów, przeprowadzał ich przez pustynię do Kairu. Chcę ci powiedzieć, że uważam, że twój angielski pacjent wcale nie jest Anglikiem.

– Oczywiście, że jest, co powiesz na te wszystkie kwietne kobierce w Gloucestershire?

– Bardzo precyzyjne. Wszystko to jest precyzyjnym parawanem. Pamiętasz, dwie noce temu, kiedy próbowaliśmy nadać psu imię? Pamiętasz?

– Tak.

– Jakie były jego propozycje?

– Zachowywał się dziwnie tego wieczoru.

– Bardzo dziwnie, bo mu wstrzyknąłem podwójną dawkę morfiny. Pamiętasz, jakie wymyślał nazwy? Kilka z nich było jawną kpiną. Ale trzy inne? Cicero, Zerzura, Dalila.

– No i co?

– „Cicero" to było zakodowane oznaczenie tego szpiega. Brytyjczycy go rozszyfrowali. Podwójny, a potem potrójny agent. Zwiał. „Zerzura" to coś bardziej skomplikowanego.

- Wiem o Zerzurze. On ciągle o tym mówi. I o ogrodach.
- Ale teraz mówi najczęściej o pustyni. Angielskie ogrody są bardzo skąpym parawanikiem. On kona. Myślę, że tam, na piętrze, masz Almásy'ego, człowieka, który wspomagał szpiegów. Siedzą na starym koszu w składziku na bieliznę, popatrując na siebie. Caravaggio wzrusza ramionami:
- A w każdym razie zachodzi taka możliwość.
- A ja myślę, że jest Anglikiem - mówi ona wciągając do środka policzki, co czyni zawsze, kiedy coś rozważa lub upewnia się co do czegoś, dotyczącego jej samej.
- Wiem, że kochasz tego człowieka, ale on nie jest Anglikiem. Przez pierwszą część wojny pracowałem na osi Kair-Trypolis. Szpieg Rommla - Rebeka...
- Co masz na myśli, jaki znów szpieg Rebeka?
- W roku 1942, przed bitwą o El Alamein, Niemcy wysłali do Kairu szpiega o nazwisku Eppler. Używał on egzemplarza powieści Daphne du Maurier *Rebeka* jako książki kodów, jakimi szyfrował przesyłane Rommlowi meldunki o ruchu wojsk. Wyobraź sobie, że ta powieść stała się dla pracowników wywiadu brytyjskiego książką czytaną do poduszki. Nawet ja ją przeczytałem.
- Przeczytałeś całą książkę?
- Dziękuję. Człowiekiem, który na osobisty rozkaz Rommla przeprowadził Epplera przez pustynię z Trypolisu do Kairu, był hrabia Ladislaus de Almásy. Był to szmat pustyni, której nikt inny nie zdołałby przebyć, to pewne.
W okresie międzywojennym Almásy miał przyjaciół wśród Anglików. Wielkich badaczy pustyni. Ale kiedy wybuchła wojna, przeszedł na stronę Niemców. Rommel prosił go o przeprowadzenie Epplera do Kairu przez pustynię, ponieważ zbyt łatwe do odkrycia byłoby zrzucenie go z samolotu na spadochronie. Przebył z tym gościem pustynię i doprowadził go do delty Nilu.
- Dużo wiesz o tej sprawie.
- Stacjonowałem w Kairze. Śledziliśmy go. Z Gialo wywiódł na pustynię grupę złożoną z ośmiu ludzi. Musieli przekopywać drogę dla ciężarówek przez ruchome piaski. Doprowadził ich do Uweinatu, granitowego płaskowyżu, gdzie

chcieli znaleźć wodę i schronienie w jaskiniach. To była połowa drogi. W latach trzydziestych odnalazł tam jaskinie z malowidłami skalnymi. Ale płaskowyż był penetrowany przez sprzymierzonych i nie mogli skorzystać z tamtejszych studni. Zawrócili więc na piaski pustyni. Napadali na brytyjskie stacje benzynowe, by zdobyć paliwo. W oazie Kharga przebrali się w brytyjskie mundury, na samochodach wymalowali brytyjskie numery identyfikacyjne. Kiedy ich wypatrzono z powietrza, zatrzymali się w jakimś *wadi* na całe trzy dni, w całkowitym bezruchu. Piekli się na śmierć w piachu. Trzy tygodnie zajęła im droga do Kairu. Almásy uścisnął dłoń Epplerowi i zostawił go. I tam straciliśmy go z oczu. Samotnie powrócił na pustynię. Sądziliśmy, że przebył ją na powrót, że wrócił do Trypolisu. Ale wtedy właśnie widziano go po raz ostatni. Brytyjczycy wzięli Epplera pod kontrolę i używali kodu *Rebeki,* by podrzucać Rommlowi fałszywe informacje o El Alamein.

– Nie mogę w to uwierzyć, Dawidzie.

– Człowiek, który nam dopomógł schwytać Epplera w Kairze, nazywał się Samson.

– Dalila.

– Dokładnie.

– Może to on jest Samsonem.

– Tak zrazu myślałem. Ale on mi wygląda bardziej na Almásy'ego. Miłośnik pustyni. Dzieciństwo spędził w Lewancie i kocha Beduinów. Ale co przede wszystkim wskazuje, że to Almásy, to umiejętność latania. Rozmawiamy o kimś, kto się rozbił w płonącym samolocie. O kimś poparzonym tak, że go nie można rozpoznać, kto w końcu trafił do rąk Anglików w Pizie. O kimś, kto nie ma trudności z wymową angielską. Almásy chodził do szkoły w Anglii. W Kairze uchodził za brytyjskiego szpiega.

Siedziała na koszu patrząc na Caravaggia. Powiedziała:

– Myślę, że niech sobie będzie, kim chce. To w końcu nieważne, po czyjej był stronie, no nie?

Caravaggio odpowiedział:

– Chciałbym z nim jeszcze pogadać. Po zwiększonej dawce morfiny. Wydrzeć coś z niego. Z nas obu. Rozumiesz? Sprawdzić, do czego to wszystko doprowadzi. Dalila. Zerzura. Będziemy mu dawali zastrzyki na zmianę.

– Nie, Dawidzie. Opętała cię ta myśl. Wojna już się skończyła.

– Muszę to sprawdzić. Będę mu podawał koktajl Brompton. Morfinę z alkoholem. Wynaleźli to w londyńskim szpitalu Brompton dla pacjentów chorych na raka. Nie bój się, to go nie zabije. Organizm szybko to wchłania. Mogę to przyrządzać z tego, co mamy w domu. Dawać mu to do picia. A potem przestawić go na czystą morfinę.

Przyglądała mu się, siedzącemu na koszu, z rozjaśnionymi oczyma, uśmiechając się. W ciągu ostatnich tygodni wojny Caravaggio stał się jednym z licznych złodziei morfiny. Sprawdził jej zapasy medyczne w pierwszych godzinach po przybyciu do pałacu. Małe tubki morfiny znalazły się teraz w jego posiadaniu. Przypominały pastę do zębów dla dzieci, pomyślała, kiedy je zobaczyła po raz pierwszy i uznała za krzykliwie ekstrawaganckie. Dwie lub trzy takie tubki Caravaggio nosił przy sobie przez cały dzień, wcierając maść w obolałe miejsca. Natknęła się kiedyś na niego, wymiotującego wskutek przedawkowania, skulonego i trzęsącego się w ciemnym kącie; z trudem ją rozpoznawał. Próbowała z nim rozmawiać, ale odwrócił głowę. Stwierdziła, że z metalowej puszki z medykamentami zerwano wieczko, z Bóg wie jakim wysiłkiem. Pewnego razu, kiedy saper skaleczył sobie boleśnie rękę o żelazną bramę, Caravaggio wyrwał zębami szklany koreczek, wycisnął morfinę, i wtarł ją w brązową dłoń, zanim Łosoś zdążył się zorientować, co mu się aplikuje, i odepchnąć go gniewnie.

– Zostaw go w spokoju. To mój pacjent.

– Nie skrzywdzę go. Morfina i alkohol uśmierzają ból.

(3 CM^3 KOKTAJLU BROMPTON. 3.00 PO POŁUDNIU)

Caravaggio wyjmuje łagodnie książkę z ręki rannego.

– Kiedy spadłeś tam na pustyni, to skąd leciałeś?

- Z Gilf Kebir. Miałem tam kogoś zabrać. W końcu sierpnia. Tysiąc dziewięćset czterdzieści dwa.
- W czasie wojny? Wszyscy przecież musieli się stamtąd wynieść.
- Tak. Było tam tylko wojsko.
- W Gilf Kebir?
- Tak.
- Gdzie to jest?
- Podaj mi książkę Kiplinga... O, tę.

Na wewnętrznej stronie okładki *Kima* była mapa z oznaczoną drogą, jaką przebył chłopiec ze Świętym. Ukazywała tylko część Indii – ciemno zakreskowany Afganistan i Kaszmir u podnóża gór.

Wiedzie swą czarną dłoń wzdłuż rzeki Numi aż do 23°30' szerokości geograficznej. Potem przesuwa palec o kilka centymetrów na zachód, już poza obręb mapy, po swym policzku; dotyka kości policzkowej.

- O, tu. Gilf Kebir, trochę na północ od Zwrotnika Raka. Na granicy egipsko-libijskiej.

- Co się zdarzyło w 1942 roku?
- Pojechałem do Kairu i wracałem stamtąd. Sypiałem wśród wrogów, mając w pamięci stare mapy, odnajdywałem przedwojenne kryjówki z paliwem i wodą zdążając do Uweinatu. Teraz, kiedy byłem sam, szło mi to łatwiej. Już za Gilf Kebir ciężarówka eksplodowała, wypadłem z niej tocząc się po piasku, chcąc uniknąć jakiegokolwiek kontaktu z ogniem. Na pustyni człowiek najbardziej boi się ognia.

Ciężarówka wybuchła prawdopodobnie wskutek sabotażu. Wśród Beduinów – których karawany przesuwały się nadal jak wędrowne miasta, wioząc przyprawy, przenośne pomieszczenia, doradców rządowych, dokąd tylko zechcą – znajdowali się szpiedzy. Owego czasu w każdej takiej karawanie zawsze znajdowali się zarówno Anglicy, jak i Niemcy.

Porzuciwszy wrak ciężarówki, ruszyłem pieszo w stronę Uweinatu, gdzie, jak wiedziałem, znajdował się ukryty samolot.

– Poczekaj no, ukryty samolot? Co to znaczy?

– Na długo przedtem Madox miał stary samolot, który ogołocił do szczętu – pozostawił tylko pulpit sterowniczy, mający kluczowe znaczenie dla lotów pustynnych. W czasie naszych wypraw na pustynię nauczył mnie latać; spacerowaliśmy obaj wokół zakotwiczonej na linie maszyny, rozważając, czy utrzymywałaby się w górze przy wichrze, czy też wpadałaby w wir.

Kiedy samolot Cliftona – „Rupert – znalazł się w naszym obozie, Madox pozostawił starą maszynę na miejscu zakrywszy ją brezentem i przytwierdziwszy do podłoża, w jednym z północno-wschodnich zakątków Uweinatu. Przez następne kilka lat piach stopniowo ją zasypywał. Nikt z nas nie sądził, że ją kiedykolwiek zobaczymy. Była jeszcze jedną ofiarą pustyni. Po paru miesiącach moglibyśmy już pewnie przechodzić obok i nie rozpoznać jej konturów. Bo teraz w naszą historię wdarł się o dziesięć lat młodszy samolot Cliftona.

– Więc do tej maszyny zmierzałeś?

– Tak. Cztery noce marszu. Zostawiłem tego człowieka w Kairze i wróciłem na pustynię. Wszędzie toczyła się wojna. Nagle pojawiły się „formacje". Bermannowie, Bagnoldowie, Slatin Paszowie – którzy w różnych okolicznościach ratowali sobie nawzajem życie – podzielili się na obozy.

Zdążałem do Uweinatu. Dotarłem tam około południa i wspinałem się ku grotom na płaskowyżu. Przy źródle zwanym Ain Dua.

– Caravaggio sądzi, że wie, kim jesteś – powiedziała Hana. Człowiek leżący na łóżku nie odpowiedział.

– Mówi, że nie jesteś Anglikiem. Pracował w wywiadzie w Kairze i przez krótki czas we Włoszech. Potem go złapali. Moja rodzina znała Caravaggia przed wojną. Był złodziejem. Wierzył w „przepływ rzeczy". Niektórzy złodzieje są zbieraczami, jak niektórzy odkrywcy, którymi pogardzasz, jak niektórzy mężczyźni w stosunku do kobiet albo niektóre kobiety w stosunku do mężczyzn. Ale Caravaggio nie był taki. Był zbyt ciekawy i zbyt hojny na to, żeby mu się wiodło w złodziejskim fachu. Połowa rzeczy, które ukradł, w ogóle nie trafiła do jego domu. On uważa, że nie jesteś Anglikiem. Przypatrywała się, z jakim spokojem przyjmował to, co mówiła: wyglądało na to, że nie słucha zbyt uważnie jej słów. Że myśli o czymś dalekim. W taki sam sposób Duke Ellington spoglądał i rozmyślał grając „Solitude".

Przestała mówić.

Dotarł do źródła Ain Dua. Zdjął z siebie ubranie i zamoczył je, potem zanurzył głowę i całe szczupłe ciało w błękitnej wodzie. W nogach odczuwał znużenie po czterech nocach marszu. Rozwiesił na skałach ubranie i wspiął się wyżej, między rozrzucone głazy, porzucając pustynię, która teraz, w roku 1942, stała się polem bitewnym, i nagi wkroczył w mrok groty.

Znalazł się wśród dobrze mu znanych malowideł, które odkrył przed czterema laty. Żyrafy. Trzoda. Mężczyzna ze wzniesionym orężem i w pióropuszu na głowie. Kilka postaci w pozach niewątpliwie pływackich. Bermann ma rację, że tu musiało kiedyś być jezioro. Wszedł głębiej, do Groty Pływaków, gdzie ją był zostawił. I nadal się tam znajdowała. Wczołgała się w róg jaskini, szczelnie okryła spadochronem. Obiecał był, że po nią wróci.

Byłby szczęśliwy, gdyby to on zmarł w jaskini, w jej zaciszu z odmalowanymi na ścianach pływakami. Bermann opowiadał mu, że w ogrodach Azji może wpatrywać się w głaz i wyobrażać sobie wodę albo przypatrywać się gładkiej powierzchni wody i uwierzyć, że kryje w sobie twardość skały. Ale ona była kobietą, która się wychowała w ogrodach, w wilgotności, wśród słów takich jak s z p a l e r y i j e ż. Jej fascynacja pustynią była chwilowa. Pokochała jej surowość ze względu na niego, pragnąc pojąć, jakie też pocieszenie znajduje w pustynnej samotności. Zawsze lepiej czuła się w deszczu, w łazienkach wypełnionych wilgotną parą, w sennym nawilżeniu, jak tej nocy w Kairze, kiedy wychyliła się z okna na deszcz i włożyła mokre ubranie, aby je osuszyć na sobie. Tak jak kochała tradycje rodzinne, i ceremonie w dobrym stylu, i zapamiętane wiersze. Nie pogodziłaby się z myślą, że umrze bezimienną śmiercią. Dla niej więź z przodkami była czymś namacalnym, podczas gdy on zatarł za sobą ścieżkę, którą przybył. Zadziwiło go to, że go pokochała mimo tak utwierdzonej w nim anonimowości. Leżała na wznak, w pozycji, w jakiej spoczywają średniowieczni zmarli.

Podszedłem do niej nagi, tak jak wtedy, w naszym pokoju w południowej dzielnicy Kairu, chcąc ją rozebrać, wciąż pragnąc się z nią kochać. Co jest strasznego w tym, co zrobiłem? Czyż nie wybaczamy kochankom wszystkiego? Wybaczamy sobkostwo, żądzę, chytrość. Tak długo, jak długo znajdujemy po temu powód. Możesz się kochać z kobietą o złamanej ręce albo z kobietą chorą na grypę. Kiedyś wysysała mi krew z rany na ręce, a ja posmakowałem i połykałem jej krew menstruacyjną. Są takie słowa europejskie, których nie można przetłumaczyć na inny język. *Felbomaly*. Mrok grobowcowy. Z konotacjami odzwierciedlającymi intymne związki zmarłych z żywymi.

Wziąłem ją w ramiona, jakby pogrążoną we śnie. Ubraną jakby leżała w kołysce. Zakłóciłem ten spokój.

Wyniosłem ją na słońce. Ubrałem się. Ubranie wyschło tymczasem na nagrzanych głazach.

Splotłem dłonie w krzesełko. Jak tylko dotarłem do piasku, przerzuciłem ją sobie przez ramię. Zdawałem sobie sprawę z lekkości jej ciała. Przywykłem do noszenia jej w ten sposób, owijała się wokół mnie w moim pokoju, jak skrzydło wachlarza – z wyciągniętymi rękoma, palcami rozsuniętymi w kształt rozgwiazdy.

Wędrowaliśmy tak na północny wschód, w stronę wąwozu, gdzie był ukryty samolot. Nie była mi potrzebna mapa. Dźwigałem z sobą bańkę benzyny przez całą drogę od rozbitej ciężarówki. Bo trzy lata wcześniej byliśmy bezradni bez paliwa.

– A co się stało trzy lata wcześniej?
– Była ranna. W 1939 roku. Jej mąż rozbił samolot. Zaplanowane to było przez niego jako samobójstwo, które miało

objąć nas troje. Już nie byliśmy wtedy kochankami. Ale przypuszczam, że wieść o naszym wcześniejszym związku w jakiś sposób do niego dotarła.

– A więc była zbyt ciężko ranna, żeby wyruszyć z tobą.

– Tak. Jedyną szansą jej ocalenia było wyruszyć samemu po jakąś pomoc.

W grocie, po wszystkich tych miesiącach rozłąki i gniewu, rozmawiali znów jak kochankowie, odsuwając spomiędzy siebie ów głaz, którym rozdzieliły ich społeczne prawa, w jakie żadne z nich nie wierzyło.

Wtedy, w ogrodzie botanicznym, uderzyła głową w słup bramy z determinacji i wzburzenia. Zbyt dumna na to, by być kochanką, tajemnicą. Nie ma komórki do wynajęcia w jej świecie. Zawrócił ku niej, z uniesionym palcem. *Jeszcze za tobą nie tęsknię.*

Będziesz tęsknił.

Przez te miesiące rozłąki zgorzkniał i zamknął się w sobie. Unikał jej towarzystwa. Nie mógł sprostać opanowaniu, z jakim na niego patrzyła. Dzwonił do nich do domu, rozmawiał z jej mężem i słyszał w głębi jej śmiech. Miała w sobie urok, którym wszystkich podbijała. To właśnie w niej kochał. Teraz nie ufał już niczemu.

Podejrzewał, że go sobie zastąpiła nowym kochankiem. W każdym jej geście skierowanym do kogoś innego upatrywał oznaki przyzwolenia. Kiedyś w hallu schwyciła Roundella za poły marynarki i potrząsnęła nim, zaśmiewając się, a on coś burczał pod nosem; śledził wtedy Bogu ducha winnego doradcę rządowego przez dwa dni, by sprawdzić, czy ich coś więcej nie łączy. Już nie wierzył jej ostatnim pieszczotom. Zwróciła się przeciw niemu. Nie mógł znieść nawet kuszących uśmiechów ku niemu kierowanych. Nic wypijał napojów, które mu podawała. Kiedy w czasie obiadu zwracała mu uwagę na wazę z pływającą w niej lilią z Nilu, nie patrzył w tę stronę. Jeszcze jeden pieprzony kwiatek. Miała teraz nowy krąg zaufanych, z którego wykluczyła i jego, i męża. Nikt do męża nie wraca. Na tyle znał się na miłości i naturze ludzkiej.

Kupił cienką brązową bibułkę do papierosów i wkładał jej arkusiki między strony *Dziejów*, opowiadających o wojnach, które go nie interesowały. Spisał wszystkie jej zarzuty przeciw sobie. Wkleił je do książki – sobie przyznając tylko rolę obserwatora, słuchacza, „jego".

Na kilka dni przed wojną wyruszył po raz ostatni do Gilf Kebir, aby uporządkować bazę obozową. Jej mąż miał go stamtąd odebrać. Mąż, którego kochali oboje, zanim zakochali się w sobie nawzajem.

Clifton przyleciał do Uweinatu, aby go zabrać umówionego dnia, zniżając się nad zaginioną oazą tak bardzo, że kiście akacji uczepiły się steru samolotu. Moth prześliznął się w dolinę i zaciął – podczas gdy on stał na wzniesieniu dając sygnały kawałkiem brezentu. Samolot poderwał się ponownie, potoczył w jego stronę i zarył w ziemię o czterdzieści metrów przed nim. Niebieska smuga dymu spod podwozia. Ale nie było ognia.

Jej mąż oszalał. Zabijając ich wszystkich. Zabijając siebie i żonę – a także jego, bo już nie było teraz drogi wyjścia z pustyni.

Tyle że ona nie zginęła. Uwolnił jej ciało, wyniósł je z pogiętego wraku samolotu, kryjącego w sobie zwłoki jej męża.

W jaki sposób wzbudziłeś w sobie nienawiść do mnie? – szepce w Grocie Pływaków, poprzez ból poranionego ciała. Złamany obojczyk. Połamane żebra. Byłeś wobec mnie okropny. Dlatego właśnie mój mąż zaczął cię podejrzewać. Ciągle tego w tobie nienawidzę – tego znikania na pustyni lub w barach.

To t y porzuciłaś m n i e w parku Groppi.

Ponieważ mnie nie pragnąłeś jak niczego na świecie.

Ponieważ mi powiedziałaś, że twój mąż zwariuje.

Nie na długo. A ją zwariowałam jeszcze przed nim, uśmierciłeś we mnie wszystko. Pocałuj mnie, dobrze? Przestań się przede mną bronić. Pocałuj mnie i zwracaj się do mnie po imieniu.

Ciała ich spotykały się w swych zapachach, w pocie, oszalałe z pragnienia przebicia się przez tę cienką otoczkę językiem i zębami, jakby każde z nich mogło uchwycić w ten sposób istotę natury tego drugiego i wydobyć ją z jego ciała. Nie ma już teraz talku na jej ramieniu ani wody różanej na udzie.

Myślisz, że jesteś obrazoburcą, ale nim nie jesteś. Po prostu porzucasz coś, czego mieć nie możesz, lub zastępujesz czym innym. Jeśli coś ci się nie uda, wycofujesz się i zabierasz do czegoś innego. Nic cię nie zmieni. Ile miałeś kobiet? Porzuciłam cię, ponieważ zrozumiałam, że cię nigdy nie zmienię. Czasami zachowywałeś się w swym pokoju tak spokojnie, nie odzywając się słowem, jakby największą zdradą wobec siebie samego miała być zmiana twej postawy, choćby na jotę.

Rozmawialiśmy w Grocie Pływaków. Byliśmy oddaleni tylko o dwa stopnie szerokości geograficznej od bezpiecznego schronienia w Kufra.

Milknie i wyciąga rękę. Caravaggio kładzie tabletkę morfiny na czarnej dłoni, tabletka niknie w czarnych ustach mężczyzny.

Przeszedłem łożysko wyschniętego jeziora do oazy Kufra, niosąc z sobą tylko ubranie dla osłony przed słońcem i chłodem nocy, mojego Herodota zostawiłem przy niej. A w trzy lata później wędrowałem ku ukrytemu samolotowi niosąc ją tak, jak rycerz niesie swą zbroję.

Na pustyni narzędzia przetrwania znajdują się pod powierzchnią – troglodyckie jaskinie, wody pulsujące pod ukrytymi przed okiem roślinami, broń, samolot. 25 długości, 23 szerokości, dokopywałem się do brezentu i nagle wyłonił się samolot Madoxa. Była noc, ale spociłem się nawet w jej chłodnym powietrzu. Odniosłem naftową lampę i postawiłem przy niej, przysiadłem na chwilę przy jej jakby uśpionej postaci. Dwoje kochanków i pustynia – świeciły gwiazdy, albo księżyc, nie pamiętam. A wszędzie wokół toczyła się wojna.

Samolot wynurzył się z piasku. Nie miałem nic do jedzenia, czułem się osłabiony. Kotwica była zbyt ciężka, nie zdołałem jej wyciągnąć, po prostu ją odciąłem.

Po dwóch godzinach snu, o świcie, zasiadłem za pulpitem sterowniczym. Zapaliłem silnik, zaskoczył. Ruszyliśmy z miejsca i, o całe lata zbyt późno, wzbiliśmy się w niebo.

Głos zatrzymuje się. Poparzony człowiek patrzy przed siebie oszołomiony morfiną.

Teraz ma w oczach samolot. Powolny dźwięk wznosi go z wysiłkiem nad ziemię, maszyna zacina się chwilami, jakby traciła dach, jej warkot wdziera się do kabiny, warkot straszny po wielodniowym marszu w ciszy. Spogląda w dół i spostrzega krople oliwy skapujące na kolana. Skrawek jej sukni powiewa na wietrze. Akacja i kość. Jak wysoko wzleciał ponad ziemię? Jak nisko wzbił się w przestworza?

Podwozie zaczepia o czubek palmy, on podrywa samolot, plama oliwy na fotelu, jej ciało osuwa się na nią. Jakieś zwarcie wykrzesuje iskrę, gałązki akacji na jej kolanie podchwytują ogień. Przerzuca jej ciało na tylne siedzenie. Wspiera się rękami w szkło tablicy rozdzielczej; szkło nie daje się usunąć. Szarpiąc szklaną płytką, rozkruszając ją, w końcu ją łamie i widzi języki i błyski ognia. Jak nisko znajduje się nad ziemią? Ona zsuwa się z siedzenia – kwiaty i liście akacji, gałęzie, które przybrały formę ramion oplatających się wokół niego. Wir powietrza zaczyną ją wyciągać z kabiny za wystające na zewnątrz ręce. Ślad morfiny na języku. Odbicie Caravaggia w czarnym stawie jego oka. Wznosi się teraz i opada jak ramię studni. Krew gdzieś na twarzy. Leci płonącym samolotem, płetwy hamujące na skrzydłach rozwierają się od pędu. Oni są już padliną. Jak daleko pozostawili za sobą drzewo palmowe? I jak dawno to było? Wyciąga nogi z oleistej mazi, ale są takie ciężkie. Nie jest już w stanie nimi poruszać. Jest starcem. Umęczonym życiem bez niej. Nie może już ułożyć się w jej objęciach i uwierzyć, że będzie go strzegła dniem i nocą, kiedy zaśnie. Nie ma już nikogo. Jest wyczerpany nie pustynią, lecz samotnością. Madox odszedł. Kobieta przemieniła się w liście i gałązki, połamana szyba nad nim wyszczerzona w niebo jak szczęka.

Wsuwa się w nasycony oliwą spadochron i wychyla na dół, przez wybitą szybę, wiatr wpycha jego ciało z powrotem do kabiny. W końcu uwalnia nogi, już zawisł w powietrzu, rozjarzony, nie wiedząc, dlaczego tak jaśnieje, aż do chwili, w której sobie uzmysławia, że płonie.

Hana słyszy głosy dobiegające z pokoju rannego Anglika, stoi w hallu i stara się zrozumieć, co mówią.

No i jak?

Cudowne!

Teraz moja kolej.

Ach! Wspaniale, wspaniale!

Największy wynalazek wszech czasów.

Trafna uwaga, młody człowieku.

Kiedy wchodzi, spostrzega Łososia i rannego Anglika, wydzierających sobie puszkę skondensowanego mleka. Anglik pociąga z puszki, a potem odsuwa ją od ust, żeby posmakować gęsty płyn. Rzuca promienny uśmiech Łososiowi, który wydaje się zirytowany tym, że nie ma dostępu do puszki. Saper spogląda na Hanę, po czym przechodzi na drugą stronę łóżka trzaskając palcami, próbując oderwać puszkę od ciemnej twarzy.

– Odkryliśmy wspólny przysmak. Chłopiec i ja. Mnie się on przyda w moich podróżach po Egipcie, jemu w podróżach po Indiach.

– Czyś kiedy próbował sandwicza ze skondensowanym mlekiem? – pyta saper.

Hana przenosi wzrok z mężczyzny na chłopca.

Łosoś wpatruje się w puszkę.

– Pójdę po drugą – mówi i wychodzi z pokoju.

Hana spogląda na mężczyznę na łóżku.

– I Łosoś, i ja jesteśmy międzynarodowymi bękartami – urodzonymi w jakimś miejscu, a usiłującymi żyć w innym. Walczącymi przez całe życie o to, by albo powrócić, albo oderwać się na zawsze od ojczystej ziemi. Ale Łosoś jeszcze sobie tego nie uświadamia. To dlatego nam tak dobrze ze sobą.

W kuchni Łosoś wybija dwa otwory w nowej puszce skondensowanego mleka bagnetem, który – jak stwierdza – służy teraz coraz częściej do tego celu, i wraca do sypialni rannego.

– Musiałeś się wychowywać gdzieś indziej – mówi saper – Anglicy nie wysysają puszek do samego końca.

– Przez całe lata przebywałem na pustyni. Wszystkiego, co wiem, tam się nauczyłem. Wszystko ważne, co się w moim życiu zdarzyło, zdarzyło się na pustyni.

Uśmiecha się do Hany.

– Ktoś mnie raczy skondensowanym mlekiem. Ktoś inny mnie raczy morfiną. Być może odkryliśmy zrównoważoną dietę – odwraca się do Łososia: – Od jak dawna jesteś saperem?

– Od pięciu lat. Głównie w Londynie. A potem we Włoszech. Zajmowałem się niewypałami.

– Kto cię tego nauczył?

– Pewien Anglik w Woolwich. Uważany za dziwaka.

– To najlepsi nauczyciele. A więc był to z pewnością lord Suffolk. Czy poznałeś też pannę Morden?

– Tak.

Żaden z nich nie wciąga Hany w tę rozmowę. A ona chce się czegoś dowiedzieć o tym nauczycielu, o tym, w jaki sposób by go opisał.

– Łososiu, jaki on był?

Pracował w instytucie badawczym. Był szefem wydziału doświadczalnego. Panna Morden, jego sekretarka, wszędzie mu towarzyszyła, a także jego szofer, pan Fred Harts. Panna Morden spisywała notatki, które jej dyktował pracując nad jakąś bombą, a pan Harts podawał mu narzędzia. Był wspaniałym człowiekiem. Nazywano ich Świętą Trójcą. Wszyscy troje wylecieli w powietrze, w 1941. W Erith.

Hana patrzy, jak saper opiera się o ścianę, podnosząc jedną stopę tak, że podeszwa przywiera do malowidła. Nie

wyraża się w tej pozie żaden smutek, nic dającego się zinter-
pretować.

Różni mężczyźni wydawali na jej rękach swe ostatnie
tchnienie. W Anghiari próbowała przywrócić życie pięciu
ludziom, by stwierdzić, że już właściwie wszystkich nas
stoczyły robaki. W Ortonie podawała papierosa do ust chłopcu z amputowanymi nogami. Nic nie było w stanie jej zrazić.
Czyniła swą powinność głęboko skrywając swą sferę intymną.
Tak wiele sanitariuszek zamieniło się w afektowane, spaczo-
ne uczuciowo służebnice wojny, przybrane w swe żółto-szkar-
łatne mundury o kościanych guziczkach.

Przypatruje się Łososiowi opierającemu głowę o ścianę,
zna ten obojętny wyraz jego twarzy. Dobrze go rozumie.

VII

In situ

Kirpal Singh stał dokładnie w tym miejscu, w którym siodło musiałoby przylegać do końskiego grzbietu. Najpierw po prostu stał i machał ręką tym, których sam nie mógł widzieć, ale wiedział, że będą mu się przypatrywać. Lord Suffolk patrząc przez lornetkę zobaczył młodego człowieka z ramionami uniesionymi w górę w geście pozdrowienia.

Potem zsunął się z kredowobiałego grzbietu konia z Westbury, wyrzeźbionego w masywie wzgórza, zapadł w jego biel. Był teraz czarną figurką, tło rozjaśniało odcień jego skóry i jego mundur koloru khaki. Jeśli go lornetka nie zwodziła, lord Suffolk dostrzegał ciemną szkarłatną naszywkę na naramienniku Singha, świadczącą o jego przynależności do oddziału saperskiego. Im wszystkim mogło się wydawać, że odcina się od tła jak kontur o zwierzęcych kształtach wycięty z papierowej mapy. Ale do Singha docierało tylko to, że jego buty żłobią szorstkę kredę, kiedy się tak zsuwa ze wzgórza.

Panna Morden schodziła jego śladem, z plecakiem przewieszonym przez ramię, podpierając się złożoną parasolką. Zatrzymała się u podstawy wzgórza, otworzyła parasolkę i schroniła się w jej cieniu. I otworzyła notatnik.

– Czy mnie słyszysz? – spytał.

– Tak, wszystko w porządku – wytarła dłonie ubrudzone kredą i przetarła okulary. Spojrzała w dal i, tak jak to robił Singh, pomachała ręką tym, których nie mogła dostrzec.

Singh ją lubił. W końcu była pierwszą Angielką, z którą naprawdę rozmawiał, od kiedy przybył do Anglii. Większość czasu spędzał w koszarach w Woolwich. W ciągu trzech miesięcy pobytu tutaj rozmawiał wyłącznie z innymi Hindusami oraz z angielskimi oficerami. Kobieta zagadnięta w kantynie NAAFI odpowiadała na pytanie, ale takie rozmowy sprowadzały się do dwóch, trzech zdań.

Był drugim co do starszeństwa synem w rodzinie. Najstarszy miał wstąpić do armii, młodszy miał zostać doktorem, a najmłodszy biznesmenem. Tak nakazywała rodzinna tradycja. Ale wojna wszystko pozmieniała. Wstąpił do pułku Sikhów i przywieziono go do Anglii. Po kilku miesiącach spędzonych w Londynie zgłosił się na ochotnika do oddziału saperskiego i skierowano go do rozbrajania bomb, które nie wybuchły. W 1939 sposób postępowania z nimi określały słowa wysoce naiwne: *Bomby, które nie wybuchły, uznaje się za podlegające kompetencjom Home Office, które wyraża zgodę na to, by zbierali je strażnicy A.R.P. oraz policjanci i dostarczali do stosownych składowisk, gdzie członkowie sił zbrojnych w należyty sposób je zdetonują.*

Dopiero w 1940 roku Ministerstwo Wojny przejęło odpowiedzialność za niewypały i złożyło ją na barki Saperów Królewskich. Uformowano dwadzieścia pięć oddziałów saperskich. Brakowało im wyposażenia technicznego, rozporządzali tylko młotami, dłutami i narzędziami do naprawy dróg. Brakowało im specjalistów.

Bomba jest konstrukcją złożoną z następujących części:
1. Kontenera, czyli skrzyni;
2. Zapalnika;
3. Ładunku detonującego, czyli spłonki;
4. Ładunku wybuchowego o wysokiej mocy;
5. Urządzeń dodatkowych – płetw, uchwytów do przenoszenia, obręczy umacniających itp.

Osiemdziesiąt procent bomb zrzucanych z samolotów na teren Wielkiej Brytanii stanowiły cienkościenne bomby burzące. Ważyły zwykle od pięćdziesięciu do pięciuset kilogra-

mów. Bombę jednotonową nazywano „Hermann" lub „Esau".
Dwutonową – „Szatan".

Po dłuższym okresie szkolenia Singh zasypiał z diagramami i schematami bomb w ręku. Na pół śniąc, wkradał się do wnętrza cylindra w ślad za kwasem pikrynowym i poprzez zwoje i kondensatory docierał do zapalnika ukrytego głęboko w korpusie bomby. Wtedy budził się nagle. Kiedy bomba trafiała w cel, jego opór powodował poruszenie kowadełka odpalającego detonator w zapalniku. Iskra przeskakiwała przez zwoje, wywołując wybuch sprężonego wosku. Kwas pikrynowy powodował z kolei wybuch głównego ładunku TNT, dynamitu i prochu aluminizowanego. Od uruchomienia kowadełka do eksplozji mijały ułamki sekund.

Najbardziej niebezpieczne były bomby zrzucane z niewielkiej wysokości, których mechanizm nie został uruchomiony. Te niewypały leżały sobie spokojnie po miastach i wsiach aż do chwili, kiedy coś wprawiło w ruch kowadełko – laska przechodnia, kamyk spod koła samochodu, piłka tenisowa – i wtedy wybuchały.

Singha wraz z innymi ochotnikami przewieziono ciężarówką do wydziału badawczego w Woolwich. Był to czas, kiedy straty w oddziałach rozbrajających bomby były przerażająco wysokie. Powiększyły się jeszcze, kiedy padła Francja i Wielka Brytania znalazła się w stanie oblężenia.

W sierpniu rozpoczął się Blitz i trzeba było rozbroić 2500 bomb, które nie wybuchły. Zamykano drogi, fabryki pustoszały. We wrześniu liczba bomb osiągnęła 3700. Sformowano sto nowych drużyn do ich rozbrajania, ale ciągle nie wiedziano, na jakiej zasadzie bomba działa. Przeciętny okres, w którym saper zdołał zachować życie przy tej pracy, wynosił dziesięć tygodni.

Był to Wiek Bohaterski w historii rozbrajania bomb, okres osobistej dzielności, kiedy pośpiech, a z drugiej strony niedostatek wiedzy i wyposażenia prowadziły do podejmowania fantastycznego ryzyka... Ale był to Wiek Bohaterski, którego protagoniści pozostali nie znani, ponieważ ich działalność otoczona była ze względów bezpieczeństwa tajemnicą. Było rzeczą bezsprzecznie niepożądaną, aby sprawozdania publiczne dopomagały nieprzyjacielowi w doskonaleniu metod posługiwania się bronią.

W samochodzie wiozącym ich do Westbury Singh siedział z przodu, z panem Hartsem, a panna Morden z lordem Suffolkiem na tylnym siedzeniu. Humber koloru khaki stał się już sławny. Błotniki pomalowano jaskrawoczerwoną farbą – takim oznaczeniem wyróżniały się wszystkie oddziały rozbrajające bomby – nocą niebieski filtr przesączał światło z lewego reflektora. Przed dwoma dniami człowiek spacerujący nieopodal słynnego kredowego konia wyleciał w powietrze. Kiedy saperzy przybyli na miejsce, stwierdzili, że jeszcze jedna bomba spoczywa w tym historycznym miejscu – na brzuchu wielkiego białego konia z Westbury, wyrzeźbionego w kredowej skale w roku 1778. Wkrótce potem wszystkie kredowe konie ze wzgórz Downs – było ich siedem – zamaskowano, nie tyle dla ich zabezpieczenia, ile po to, by nie stanowiły tak widocznego punktu orientacyjnego podczas nalotów bombowych na Anglię.

Na tylnym siedzeniu lord Suffolk snuł rozważania o migracji drozdów z objętych wojną stref w Europie, o historii rozbrajania bomb, o śmietanie z Devon. Objaśniał młodemu Sikhowi obyczaje brytyjskie w taki sposób, jakby stanowiły jakąś nowo odkrytą kulturę. Mimo iż był lordem Suffolk, mieszkał w Devon i do wybuchu wojny jego namiętnością było studiowanie *Lorny Doone* i badanie, w jakim stopniu powieść ta jest autentyczna pod względem historycznym i geograficznym. Przez większość zim wędrował po wioskach w okolicach Brandon i Porlock, i zapewniał teraz władze, że Exmoor jest najodpowiedniejszym miejscem do ćwiczeń w rozbrajaniu bomb. Dowodził dwunastoma ludźmi – wybranymi ze względu na swe umiejętności z różnych oddziałów, saperami i technikami. Singh znalazł się wśród nich. Przez większą część tygodnia stacjonowali w Richmond Park w Londynie, gdzie ich zapoznawano z nowymi metodami postępowania z niewypałami, a płowy jeleń spacerował między nimi. Ale w weekendy zawożono ich do Exmoor, gdzie w ciągu dnia kontynuowano szkolenie. Później lord Suffolk zawoził ich do kościoła, w którym Lorna Doone została zastrzelona w czasie swej ceremonii ślubnej. „Z tego okna albo też z tamtych drzwi z tyłu... strzał wzdłuż rzędu ławek – wprost w plecy. Strzał rzeczywiście celny, choć oczywiście karygodny. Nikczemnik zakuty został w kajdany i wydarto mu mięśnie z ciała". W uszach Singha opowieść ta brzmiała swojsko jak indyjska baśń.

Najbliższą przyjaciółką lorda Suffolka w tej okolicy była pewna pilotka, która nie znosiła ludzkości, ale lubiła lorda Suffolka. Chodzili razem na polowania. Mieszkała w małym dworku w Countisbury na cyplu, z którego roztaczał się widok na Kanał Bristolski. Każda wioska, którą mijali humberem, miała swe osobliwości, które lord Suffolk dokładnie opisywał. „To jest najlepsze miejsce, gdzie można kupić tarninowe laseczki do spacerów". Tak jakby Singh myślał o tym, żeby pójść w swym mundurze i turbanie do sklepu mieszczącego się w narożniku domu w stylu Tudorów i pogawędzić z właścicielem o laskach. Powiedział potem Hanie, że lord Suffolk był najlepszym z Anglików. Gdyby nie wojna, nigdy by się nie ruszył z Countisbury, ze swego schronienia nazwanego Home Farm, gdzie raczył się winem przechowywanym w starej pralni. Pięćdziesięcioletni, żonaty, ale z usposobienia samotnik, wędrował co dzień na cypel, aby odwiedzić przyjaciółkę pilotkę. Lubił utrzymywać rzeczy w należytym stanie – stare kotły pralnicze i generatory do pomp i pieców, napędzane kołem wodnym. Pilotce, pannie Swift, dopomagał w zbieraniu informacji o obyczajach borsuków.

Tak więc podróż do kredowego konia z Westbury wypełniona była anegdotami i informacjami. Nawet w okresie wojny wiedział, gdzie się zatrzymać na fliżankę najlepszej herbaty. Wkroczył do Pamela's Tea Room, z ręką na temblaku (miał wypadek z watą strzelniczą), prowadząc swą trzódkę – sekretarkę, szofera i sapera – jak swoje dzieci. Nikt nie wiedział, w jaki sposób lord Suffolk zdołał przekonać Komitet UXB, by mu pozwolono zorganizować oddział doświadczalny, ale jego pomysłowość wynalazcza zapewniała mu pozycję wyjątkowo mocną. Był samotnikiem, ale uważał, że jest zdolny do ogarnięcia zamysłu i celu kryjącego się za każdym wynalazkiem. Natychmiast sam wymyślił kieszeń, w której saper mógł bezpiecznie nosić wymontowane w czasie pracy zapalniki i inne gadżety.

Popijali herbatę i czekali na podanie jęczmiennych placuszków, dyskutując o problemach rozbrajania niewypałów *in situ*, w miejscu, gdzie spadły.

– Ufam panu, Mister Singh, wie pan o tym, prawda?

– Tak, Sir. – Singh go uwielbiał. Był przeświadczony, że lord Suffolk jest pierwszym prawdziwym dżentelmenem, jakiego napotkał w Anglii.

– Pan wie, że wierzę, iż pan to robi równie dobrze jak ja. Miss Morden będzie panu towarzyszyła i robiła notatki. Mister Harts będzie czuwał nieopodal. Jeśli będzie pan potrzebował dodatkowych narzędzi albo pomocy, proszę dać sygnał policyjnym gwizdkiem, a natychmiast do pana dołączy. Niczego nie doradza, ale zna się świetnie na wszystkim. Gdyby próbował coś sam robić, będzie to oznaczało, że się z panem nie zgadza, i na pańskim miejscu poszedłbym za jego sugestią. Ale co do bomby prawo decyzji przysługuje panu. Oto mój pistolet. Zapalniki są teraz pewnie bardziej wymyślne, ale kto wie, może będzie pan miał szczęście.

Lord Suffolk uczynił aluzję do pewnego wydarzenia, które przyniosło mu sławę. Odkrył metodę unieszkodliwiania zapalnika o opóźnionym zapłonie poprzez odstrzeliwanie głowicy kulą z pistoletu wojskowego, co powodowało przerwanie pracy mechanizmu zegarowego. Metodę tę zarzucono, kiedy Niemcy wprowadzili nowy typ zapalnika, w którym mechanizm zegarowy ukryty był głębiej.

Kirpal Singh obdarzony został przyjaźnią i nigdy o tym nie zapomni. Jak dotąd, połowa czasu, jaki spędził na wojnie, upłynęła mu w bezpośredniej bliskości tego lorda, który nigdy nie przekroczył granic Anglii i zamierzał po zakończeniu wojny nigdy już nie opuszczać Countisbury. Singh znalazł się w Anglii nie znając tu nikogo, oddalony od rodziny pozostawionej w Pendżabie. Miał dwadzieścia jeden lat. Nie stykał się z nikim oprócz żołnierzy. Toteż kiedy przeczytał ogłoszenie wzywające do zgłaszania się na ochotnika do eksperymentalnego oddziału rozbrajającego bomby, mimo iż inni saperzy nazywali lorda Suffolk wariatem, uznał, że na wojnie trzeba zachować nad sobą kontrolę i że większą szansę na przeżycie ma pracując samodzielnie, u boku wybijającej się osobowości.

Łosoś był jedynym Hindusem pomiędzy ochotnikami, a lord Suffolk się spóźniał. Zebrano ich piętnastu w bibliotece, sekretarka poprosiła, by poczekali. Zasiadła przy biurku i spisywała ich nazwiska, żołnierze podrwiwali sobie z tego przepytywania i testu. Żadnego z nich nie znał. Podszedł do ściany i spojrzał na barometr, omal go nie dotknął, ale cofnął rękę, przybliżając doń twarz. Very dry, Fair, Stormy. Wymrukiwał te wyrazy nadając im nową angielską wymowę. „Very dry. Very dry". Rozejrzał się po pokoju obejmując wzrokiem pozostałych, napotkał spojrzenie sekretarki, osoby w średnim wieku. Przypatrywała mu się uważnie. Hinduski chłopak. Uśmiechnął się i podszedł do półek z książkami. I znów żadnej nie dotknął. W pewnej chwili podsunął nos pod tom zatytułowany *Rajmund, czyli życie i śmierć* pióra sir Olivera Hodge'a. Obok znalazł tytuł podobny. *Pierre, czyli nieokreśloność.* Odwrócił oczy i znów napotkał wzrok sekretarki. Poczuł się nieswojo, jakby przyłapano go na chowaniu którejś z tych książek do kieszeni. Ona pewnie nigdy przedtem nie widziała turbana. Ci Anglicy! Chcą, żebyś za nich walczył, ale się do ciebie nawet nie odezwą. Singh. I nieokreśloność.

Lord Suffolk był bardzo serdeczny, w czasie lunchu nalewał wina każdemu, kto zechciał, i zaśmiewał się z dowcipów, które rekruci nieudolnie opowiadali. Po południu odbył się osobliwy egzamin, który polegał na tym, że rozdano im rozłożone na części różne mechanizmy, które trzeba było złożyć w całość, nie dysponując żadną informacją co do ich przeznaczenia. Mieli na to dwie godziny, ale oznajmiono, że mogą wyjść wcześniej, jeśli rozwiążą tę łamigłówkę. Singh szybko zakończył egzamin, resztę popołudnia spędził na wynajdywaniu różnych przedmiotów, które dawały się złożyć z poszczególnych elementów. Miał poczucie, że gdyby nie kolor jego skóry, zostałby z miejsca przyjęty. Przybywał z kraju, w którym uzdolnienia matematyczne i mechaniczne były cechą naturalną. Samochody nigdy nie ulegały unicestwieniu. Ich części znoszono do wioski i wykorzystywano w maszynach do szycia albo pompach wodnych. Tylne siedzenia forda wymontowywano i przerabiano na kanapy. Większość ludzi z jego wsi sprawniej posługiwała się kluczem francuskim lub śrubokrętem niż ołówkiem. Nieprzydatne części samochodowe wmontowywano w zegar szafkowy albo zamachowe koło irygacyjne, bądź też w mechanizm obrotowy krzesła biurowego. Łatwo też znajdywano antidotum na spustoszenia powodowane mechanizacją. Przegrzany silnik samochodowy chłodzono nie dodatkowymi skrzydełkami wiatraczka, lecz obkładając głowicę plackami krowiego łajna. To, co zobaczył w Anglii, stanowiło zapas części, które w Indiach wykorzystywano by z pożytkiem przez dwieście lat.

Był jednym z trzech aplikantów, których wybrał sobie lord Suffolk. Ten mężczyzna, który z nim nie rozmawiał (ani też nie śmiał się z jego dowcipów, po prostu dlatego, że on ich nie opowiadał), przeszedł przez pokój i położył mu rękę na ramieniu. Surowa sekretarka, która okazała się panną Morden, wniosła na tacy dwie duże szklanki sherry, jedną podała lordowi Suffolkowi, drugą zaś, zwracając się do Łososia: „Wiem, że pan nie pije" – wzięła sobie, po czym wyciągnęła ją w jego stronę.

– Gratulacje, zdał pan świetnie. Byłam pewna, że zostanie pan wybrany, zanim pan jeszcze przystąpił do egzaminu.

– Miss Morden wspaniale zna się na ludziach. Wyczuwa w nich klasę i charakter.

– Charakter, Sir?

– Tak. Nie jest to tak naprawdę konieczne, ale mamy przecież pracować razem. Stanowimy tu coś w rodzaju rodziny. Miss Morden wybrała pana jeszcze przed lunchem.

– Musiałam się pilnować, żeby nie mrugnąć do pana okiem, Mister Singh.

Lord Suffolk ponownie objął Singha ramieniem i podprowadził do okna.

– Pomyślałem, że skoro mamy zacząć pracę dopiero w połowie przyszłego tygodnia, mógłbym zabrać paru ludzi z oddziału do Home Farm. Moglibyśmy tam, w Devon, podsumować naszą wiedzę i poznać się bliżej. Może pan pojechać z nami humberem.

A więc dostąpił pasowania, wyzwolił się od chaotycznej machiny wojennej. Po roku pobytu za granicą przyjęty został do rodziny, powrócił niczym syn marnotrawny, zaproszono go do stołu, dopuszczono do rozmów.

Było już prawie ciemno, kiedy wjechali z hrabstwa Somerset do Devon drogą nadmorską, z której widać było Kanał Bristolski. Pan Harts skręcił w wąską drogę obrośniętą wrzosem i rododendronami, ciemnokrwiste kolory w dogasającym świetle. Jechali tak siedem kilometrów.

Oprócz trójcy złożonej z lorda Suffolka, panny Morden i Hartsa w skład oddziału wchodziło sześciu saperów. W ciągu weekendu przewędrowali wrzosowiska wokół murowanego dworku. Do panny Morden, lorda Suffolka i jego żony dołączyła na sobotnią kolację pilotka. Panna Swift powiedziała Singhowi, że zawsze marzyła o tym, by ponad kontynentem przelecieć aż do Indii. Wywieziony z koszar Singh nie miał pojęcia, gdzie się znajduje. Była tam mapa zawieszona wysoko na stojaku, pod sufitem. Któregoś ranka, kiedy został sam, rozwinął mapę tak, iż sięgnęła podłogi. *Countisbury and Area. Mapped by R. Fones. Drawn by desire of Mr. James Halliday*.

Drawn by desire... Zaczynał kochać język angielski.

Są razem w namiocie, kiedy opowiada Hanie o wybuchu w Erith. 250-kilogramowa bomba eksplodowała, kiedy lord

* Countisbury i okolica. Nakreślił R. Fones. Odrysowane na życzenie pana Jamesa Hallidaya.

Suffolk starał się ją rozbroić. Zabiła też pana Freda Hartsa i pannę Morden oraz czterech saperów, których lord Suffolk szkolił. Maj 1941. Singh służył w oddziale Suffolka od roku. Tego dnia pracował w Londynie wraz z porucznikiem Blacklerem, oczyszczając rejon Elephant i Castle z „Szatanów". Razem rozbrajali dwutonową bombę i poczuli się zmęczeni. Zapamiętał, że zdziwił się, gdy uniósłszy głowę dostrzegł kilku oficerów zajmujących się rozbrajaniem niewypałów, którzy zmierzali w jego stronę. Pewnie znaleźli kolejną bombę. Było już po dziesiątej wieczorem i czuł niebezpieczne znużenie. Czekała na niego jeszcze jedna bomba. Powrócił do pracy.

Kiedy skończyli z „Szatanem", postanowił zaoszczędzić na czasie i podszedł do jednego z oficerów, który nagle odwrócił się, jakby się chciał oddalić.

– Tak. Gdzie ona jest?

Mężczyzna ujął jego prawą dłoń. Zrozumiał, że stało się coś złego. Porucznik Blackler stał za nim, oficer wyjaśnił, co się stało. Porucznik Blackler schwycił go za ramiona i przycisnął do siebie.

Pojechał do Erith. Odgadł, dlaczego oficer powstrzymał się od zadawania mu pytań. Rozumiał, że człowiek ten nie przybył po to tylko, by zawiadomić go o śmierci. Byli przecież na wojnie. Znaczyło to, że w pobliżu jest jeszcze jakaś druga bomba, zapewne tak samo skonstruowana, i że jest tylko jeden sposób, by się dowiedzieć, na czym polegał błąd Suffolka.

Chciał to zrobić sam. Porucznik Blackler nie powinien opuszczać Londynu. Tylko ich dwóch pozostało z całego oddziału, głupotą byłoby ryzykować życie ich obu. Jeśli lord Suffolk się pomylił, to znaczy, że w bombie kryje się jakiś nowy podstęp. W każdym razie chciał się z nią zmierzyć sam. Kiedy dwóch ludzi pracuje razem, rozszerza się pole operacji logicznych. Musisz się dzielić decyzjami i godzić na kompromisy.

W czasie tej nocnej jazdy musiał zapomnieć o emocjach. Aby przeżyć, trzeba zachować jasność myśli. Panna Morden wypijająca wielką szklankę czystej whisky, zanim sięgnie po sherry. Tym sposobem może je sączyć z wolna, udawać damę przez resztę wieczoru. „Pan nie pije, Mr Singh, ale gdyby pan pił, robiłby pan to samo. Jedna czysta whisky i potem może już pan sobie popijać drobnymi łyczkami jak układny dworzanin". Potem następował leniwy, głośny śmiech. Była jedyną kobietą, jaką spotkał w życiu, która nosiła ze sobą duże srebrne flaszki. Tak więc ona stale popijała, a lord Suffolk stale pogryzał swe ciasteczka o nazwie „Kipling".

Druga bomba spadła prawie o kilometr dalej. Też 250-kilogramowa, typu SC. Wyglądała znajomo. Zrzucano ich mnóstwo, zazwyczaj całymi seriami. W taki to sposób toczono tę wojnę. Co pół roku wróg coś w tych bombach zmieniał. Rozgryzałeś ten trik, tę fanaberię, tę małą psotę i instruowałeś cały oddział. Wstępowaliście wtedy na wyższy stopień wtajemniczenia.

Nie wziął z sobą nikogo. Musiał ważyć każdy swój krok. Sierżant, który go wiózł, nazywał się Hardy i miał pozostać w jeepie. Radzono mu, żeby poczekał do rana, ale wiedział, że woleliby, żeby to zrobił zaraz. 250-kilogramówki były bronią zbyt rozpowszechnioną. Jeśli wprowadzono do niej jakieś udoskonalenia, trzeba je szybko poznać. Prosił, żeby zatelefonowali po lepsze oświetlenie. Nie przejmował się swym zmęczeniem, ale potrzebował właściwego światła.

Kiedy przybył do Erith, miejsce, gdzie leżała bomba, było już oświetlone. W blasku dnia, zwykłego dnia, zapewne okazałoby się, że to pole. Żywopłoty, pewnie gdzieś w pobliżu staw. Teraz było areną. Zimno, pożyczył od Hardy'ego sweter i narzucił na siebie. Lampy będą go rozgrzewały. Kiedy podchodził do bomby, żyli nadal w jego pamięci. Egzamin.

W jasnym świetle wyraźnie rysowała się porowatość metalu. Zapomniał teraz o wszystkim – poza podejrzliwością. Lord Suffolk mawiał, że można spotkać świetnego szachistę mającego lat siedemnaście, albo i trzynaście, który może pokonać mistrza. Ale nie zdarza się spotkać dobrego brydżysty w tym wieku. Brydż jest funkcją charakteru. Charakteru twojego i charakteru twoich przeciwników. Musisz poznać ich charaktery. To samo odnosi się do rozbrajania bomb. Jest to dwuosobowy brydż. Masz do czynienia z wrogiem. Nie z partnerem. Niekiedy w czasie egzaminu kazałem im grać w brydża. Ludzie sądzą, że bomba jest urządzeniem mechanicznym, mechanicznym wrogiem. Ale trzeba pamiętać, że ktoś ją zbudował.

Boczna ściana bomby rozdarła się przy uderzeniu o ziemię i Singh widział materiał wybuchowy w jej wnętrzu. Czuł, że jest obserwowany, ale nie umiał orzec, czy przypatruje mu się lord Suffolk, czy też konstruktor tej pułapki. Intensywność światła rzucanego przez lampy wprawiała go w stan napięcia. Obszedł bombę dookoła, przyglądając się jej od każdej strony. Aby usunąć zapalnik, powinien otworzyć komorę i odnaleźć detonator. Wyjął z plecaka klucz francuski, ostrożnie odkręcił płytkę u spodu korpusu bomby. Zaglądając do środka stwierdził, że kaseta zapalnika spoczywa luzem, nie przytwierdzona do korpusu. Czy to dobry znak, czy zły, tego nie umiał jeszcze rozstrzygnąć. Problem polegał na tym, że nie wiedział, czy mechanizm został już wprawiony w ruch, czy już zaskoczył. Klęczał pochylony, rad, że jest sam, oko w oko z wyborem, którego ma dokonać. Czy skręcić w lewo, czy w prawo. Czy odciąć to, czy tamto. Czuł się zmęczony i tlił się w nim gniew.

Nie wiedział, ile ma czasu. Niebezpieczeństwo zwiększało się z każdą sekundą. Obejmując mocno wierzch cylindra, schwycił i wyrwał kasetkę zapalnika z wnętrza. I natychmiast zdjęły go dreszcze. Otrząsnął się. Bomba była już w zasadzie unieszkodliwiona. Położył zapalnik ze zwojem kabli na trawie; w świetle lampy wyglądały czysto i lśniąco.

Zaczął przygotowywać korpus bomby do załadowania na ciężarówkę, stojącą pięćdziesiąt metrów dalej; czekający tam ludzie mieli z niej wyjąć materiał wybuchowy. Kiedy go przesuwał w ich kierunku, trzecia bomba eksplodowała o jakieś pół kilometra od nich, niebo rozbłysło blaskiem, przy którym światło lamp wydawało się delikatne, na ludzką miarę.

Jakiś oficer podał mu kubek z czymś, co musiało zawierać alkohol, odszedł na bok i zajął się kasetką zapalnika. Wdychał aromat napoju.

Nie było już poważniejszego niebezpieczeństwa. Jeśliby się pomylił, mały wybuch oderwałby mu rękę. Nie zginąłby od takiego wybuchu, mimo że przyciskał kasetkę do piersi. Problem stał się teraz kwestią czysto techniczną. Zapalnik. Nowy „dowcip" w tej bombie.

Powinien przywrócić pierwotny układ splotowi kabli. Podszedł do oficera i poprosił o resztę ciepłego płynu z termosu. Potem znów odszedł na bok i zajął się zapalnikiem. Było już pewnie koło wpół do drugiej w nocy. Zgadywał, nie nosił zegarka. Przez pół godziny wpatrywał się w zapalnik przez szkło powiększające, rodzaj monokla, który nosił w kieszeni. Obracał zapalnik dokoła i próbował wypatrzeć w mosiądzu jakiś ślad szczeliny w miejscu, gdzie go dokręcono. Nic.

Później zapragnie rozrywek. Później, kiedy w jego umyśle ułoży się już własna historia wydarzeń i chwil, będzie potrzebował jakiejś przeciwwagi dla białego wybuchu spalającego lub burzącego wszystko, kiedy on rozmyśla o zagadce utajonej w mechanizmie. Radio i kryształkowy odbiornik przyjdą później, a także brezent, chroniący go przed deszczem i przed rzeczywistym życiem.

Wtedy jednak głowę wypełnioną miał myślą o czymś, co pozostaje już w oddali, jak odblask gromu na chmurze. Harts i Morden i Suffolk zginęli, są już tylko nazwiskami. Ponownie skierował wzrok na kasetkę zapalnika.

W myśli odwracał ją dnem do góry rozważając różne możliwości. A potem przywracał jej położenie horyzontalne. Odkręcił wieczko, uniósł je, zbliżył doń ucho, tak że niemal dotykał zakrętki. Nie słyszał tykania. Mechanizm pozostawał uśpiony. Delikatnie odłączył mechanizm zegarowy od trzonu zapalnika i obie części położył na trawie. Wziął do ręki tubę kasetki zapalnika i zajrzał do wnętrza. Nic nie zobaczył. Już miał ją odłożyć na trawę, kiedy coś mu przyszło do głowy i ponownie zbliżył ją do światła. Nie dostrzegł w niej niczego niewłaściwego, z wyjątkiem ciężaru. I nigdy by na ten ciężar nie zwrócił uwagi, gdyby nie poszukiwał owego „dowcipu". Wszystko, co w takich razach robili, sprowadzało się do słuchania lub patrzenia. Ostrożnie przechylił tubę, ciężar przesunął się ku jej otwartemu końcowi. Było więc jakieś drugie urządzenie – zupełnie niezależny mechanizm – które należało rozmontować, aby rozładować zapalnik.

Ustawił je naprzeciw siebie i odkręcił wieczko. Bladozielony błysk i odgłos, jakby ktoś strzelił z bata. Drugi detonator usunięty. Wyjął go i położył obok pozostałych części zapalnika. Podszedł do jeepa.

– W środku jest drugie urządzenie – wyszeptał – miałem szczęście wyrywając te wszystkie kable. Zadzwońcie do dowództwa i sprawdźcie, czy gdzieś jeszcze mają takie niewypały.

Nakazał żołnierzom odsunąć się od jeepa, wyjął z niego tylne siedzenie i poprosił o ustawienie przenośnej lampy. Zebrał trzy składowe części mechanizmu i ułożył obok siebie na tym zaimprowizowanym warsztacie. Było mu teraz zimno, próbował się ogrzać własnym oddechem. Rozejrzał się dookoła. W pewnym oddaleniu kilku żołnierzy wciąż wydobywało zasadniczy materiał wybuchowy z korpusu bomby. Szybko nakreślił na kartce papieru schemat nowego mechanizmu zapłonowego i podał jednemu z oficerów. Nie przeanalizował go jeszcze do końca, ale będą mieli przynajmniej wstępną informację.

Kiedy słońce wpada do pokoju, w którym pali się kominek, ogień gaśnie. Kochał lorda Suffolka i jego dziwne informacje. Ale jego nieobecność, oznaczająca, że wszystko zależy teraz od Singha, sprawiła, że dotarła doń świadomość odpowiedzialności za wszystkie bomby tego rodzaju w całym Londynie. Uświadomił sobie nagle skalę tej odpowiedzialności, brzemię, które – jak rozumiał – lord Suffolk dźwigał przez cały czas. Ta świadomość wzbudziła w nim później potrzebę wyrzucenia z siebie tak wielu spraw, kiedy będzie rozgryzał zagadkę kolejnej bomby. Należał do tych ludzi, których nie interesuje choreografia władzy. Nie czuł się dobrze przy wysuwaniu i modyfikowaniu planów i zabezpieczeń. Czuł się powołany jedynie do rozpoznawania, do podejmowania konkretnych przeciwdziałań. Kiedy dotarło do niego, że lord Suffolk nie żyje, porzucił dotychczasowe zajęcie i ponownie wtopił się w anonimową machinę wojskową. Skierowano go na statek „Macdonald", który przewiózł setkę saperów na front włoski. Tu używano ich nie do rozbrajania bomb, lecz do budowania mostów, uprzątania gruzu, przygotowywania dróg dla opancerzonych wozów bojowych. Tkwił w tym aż do końca wojny. Mało kto już pamiętał Sikha z oddziału lorda Suffolka. W ciągu roku oddział rozpadł się i został zapomniany. Tylko porucznik Blackler nadal wykonywał pracę odpowiadającą jego umiejętnościom.

Ale tej nocy, kiedy Singh przejeżdżał przez Lewisham i Blackheath w drodze do Erith, odczuł, że przejął od lorda Suffolka więcej wiedzy niż którykolwiek z saperów. Oczekiwano, że go zastąpi.

Ciągle jeszcze stał przy ciężarówce, kiedy usłyszał gwizdek sygnalizujący, że zaraz wyłączą światło. Po trzydziestu sekundach metaliczne oświetlenie zastąpione zostało blaskiem rakiety fosforowej, padającym spoza ciężarówki. Kolejny nalot bombowy. Tego słabszego oświetlenia używano, gdy słychać było nadlatujące samoloty. Usiadł na pustej bańce po oliwie przypatrując się trzem częściom, które wyjął z bomby SC-250 kg, wokół niego syk płonących rakiet fosforowych, wdzierający się w ciszę przenośnej lampy elektrycznej.

Czuwał i słuchał, oczekiwał tykania. O pięćdziesiąt metrów dalej drugi milczący człowiek. Zdawał sobie sprawę, że w tej chwili jest królem, mistrzem ceremonii, może zażądać wszystkiego, bukietu z piasku, ciasta owocowego – wedle życzenia; że ci ludzie, którzy po służbie nie podejdą do niego w barze, teraz spełnią wszelkie jego zachcianki. Wydało mu się to dziwne. Jakby odziano go we wspaniałą szatę, w którą może się zawinąć i której poły ciągnąć się będą po ziemi. Ale wiedział, że tego nie polubi. Przywykł do bycia niewidzialnym. W różnych koszarach w Anglii w ogóle go nie dostrzegano, teraz powrócił do tej anonimowości. Ta samowystarczalność i zamknięcie w sobie, które Hana później w nim dostrzegała, nie wynikały z faktu, że był po prostu saperem, jednym z wielu, jacy uczestniczyli w kampanii włoskiej. W większym stopniu brały się stąd, że był anonimowym człowiekiem innej rasy, częścią niewidzialnego świata. Schronił się za murem, jaki wzniósł w sobie przeciw temu wszystkiemu, ufał tylko tym, którzy okazywali mu przyjaźń. Ale tamtej nocy w Erith wiedział, że ma w sobie moc, która pozwala mu dominować nad całym otoczeniem, pozbawionym jego szczególnego talentu.

W kilka miesięcy później uciekł do Włoch, pakując cień swego nauczyciela do plecaka, w sposób, jaki podpatrzył u ubranego na zielono chłopca w Hippodromie, po raz pierwszy wyjeżdżającego na bożonarodzeniowe wakacje. Lord Suffolk i panna Morden chcieli go wziąć na jakąś angielską sztukę. Wybrał *Piotrusia Pana*; oboje zgodzili się bez słowa i poszli z nim na to hałaśliwe widowisko oglądane przez tłum dzieci. Takie właśnie wspomnienia nachodziły go, kiedy leżał w swym namiocie z Haną, w małym górskim miasteczku we Włoszech.

Powoływanie się na przeszłość lub na właściwości swego charakteru byłoby gestem zbyt krzykliwym. Z tego samego względu nigdy nie zwrócił się do niej z pytaniem o najgłębsze motywacje ich związku. Odnosił się do niej z tą samą miłością, jaką odczuwał do tych trojga osobliwych Anglików, z którymi jadał przy wspólnym stole, którzy przyglądali się jego zachwytom i śmiechom oraz zadziwieniu, kiedy zielony chłopiec uniósł ramiona i wzbił się w ciemność nad sceną, powracając po to, by nauczyć takich samych cudów dziewczynkę z przyziemnie usposobionej rodziny.

W rozświetlanej flarami ciemności w Erith przerywał pracę, ilekroć słyszał nadlatujące samoloty i jedna po drugiej fosforowe rakiety spadały na piasek. Siedział wtedy w szemrzącej ciemności, przesuwając ławeczkę samochodową tak, by uchem dotykać tykającego mechanizmu, ciągle odliczając tykania i starając się je dosłyszeć pod buczeniem niemieckich bombowców na niebie.

W końcu znalazł to, czego szukał. Dokładnie po godzinie licznik czasu zatrzymał się i talerzyk perkusyjny eksplodował. Odsłonięta iglica wymierzona była w drugą, ukrytą spłonkę. Ustawiono ją tak, by wywoływała eksplozję dokładnie po sześćdziesięciu minutach – czyli długo po tym, jak rutynowo postępujący saper obwieściłby, że bomba została bezpiecznie rozbrojona.

To nowe urządzenie zmieniło sposób działania wszystkich służb sprzymierzonych zajmujących się rozbrajaniem bomb. Od tej chwili każdą bombę z opóźnionym zapłonem wyposażano w drugi detonator. Nie było już możliwe, by saper rozbrajał bombę po prostu wyjmując z niej zapalnik. Bomby trzeba było rozbrajać nie naruszając zapalnika. A on w jakiś sposób, w świetle przenośnych lamp, przejęty gniewem, zdołał wyjąć ów drugi zapalnik z tej głupiej pułapki. W fosforyzującej ciemności pod przelatującymi bombowcami obserwował bladozielony rozbłysk o rozmiarach dłoni. Po godzinie. Przeżył tylko dzięki szczęściu. Podszedł do oficera i powiedział:

– Sir, chcę się upewnić rozbrajając drugi zapalnik.

Światło flar wokół niego. Znów blask wtargnął w otaczającą go ciemność. Przez dalsze dwie godziny tej nocy sprawdzał kolejne zapalniki. Udowodnił, że ich opóźniony o sześćdziesiąt minut odpał jest regułą.

Spędził w Erith większą część nocy. Kiedy się rano obudził, stwierdził, że znajduje się w Londynie. Nie umiał sobie przypomnieć drogi powrotnej. Wstał, podszedł do stołu i zaczął kreślić schemat bomby, spłonek detonatorów, całej struktury ZUS-40, od zapalnika po pierścienie obudowy. Potem pokrył ten rysunek wszystkimi możliwymi strzałkami wskazującymi miejsca, w których można się do tego mechanizmu dobrać, aby go rozmontować. Każda wykreślona wyraźnie, tekst objaśnień sformułowany jasno, tak jak go uczono.

To, co stwierdził minionej nocy, okazało się prawdą. Wyszedł cało tylko dzięki szczęściu. Nie było innego sposobu rozbrojenia takiej bomby *in situ*, jak tylko przez jej zdetonowanie. Wyrysował i wypisał wszystko, czego się o niej dowiedział, na dużej kartce niebieskiego papieru. Pod spodem napisał: *Drawn on desire of lord Suffolk, by his student Lieutenant Kirpal Singh. 10 May 1941**.

Po śmierci lorda Suffolka pracował wściekle, do zupełnego wyczerpania. Bomby ciągle doskonalono stosując nowe techniki i urządzenia. Kwaterował w Regent's Parku wraz z poru-

---

* Narysowane na życzenie lorda Suffolka przez jego ucznia, porucznika Kirpala Singha, 10 maja 1941.

cznikiem Blacklerem i trzema innymi specjalistami, poszukując rozwiązań, kreśląc na niebieskim papierze schematy coraz to nowych bomb.

W ciągu dwunastu dni, pracując w Dyrekcji Poszukiwań Naukowych, znaleźli rozwiązanie. Trzeba całkowicie ignorować zapalnik. Odejść od podstawowej zasady, która głosiła: „Rozbroić bombę". To było wspaniałe. Wszyscy w messie oficerskiej śmiali się, klaskali i podrzucali nawzajem do góry. Nie znali jeszcze klucza do tej zagadki, ale wiedzieli, że generalnie mają rację. Tego problemu nie można było rozwiązać atakując wprost. Taka była strategia Blacklera. „Jeśli jesteś zamknięty w pokoju z jakimś problemem, spróbuj go podejść z boku". Myśl zaimprowizowana. Singh podszedł do niego i zaproponował ujęcie problemu od innej strony. „A więc w ogóle nie będziemy dotykać zapalnika."

Kiedy już do tego doszli, ktoś znalazł rozwiązanie w ciągu tygodnia. Sterylizator parowy. Przyłączano rurę do głównego korpusu bomby i wypłukiwano materiał wybuchowy sprężoną parą. Na razie miało to sprawę rozwiązać. Ale on już wtedy znajdował się na pokładzie statku płynącego do Włoch.

– Zawsze jest jakiś znak żółtą kredą na minach. Zauważyłaś? Taki sam znak wypisywano nam na grzbietach, kiedyśmy oczekiwali ustawieni w szeregu na dziedzińcu w Lahore.

Posuwaliśmy się wolno w ogonku z ulicy do budynku szpitalnego, a po wciągnięciu na listę kierowano nas na dziedziniec. Coś podpisywaliśmy. Doktor sprawdzał i badał stan naszego zdrowia jakimiś instrumentami, obmacywał nam karki. Wyjmował szczypce z pojemnika z płynem dezynfekującym i pobierał próbki skóry.

Ci powołani do wojska przechodzili na dziedziniec. Zakodowane wyniki badań wypisywano nam żółtą kredą na skórze. Później, w ogonku, po krótkim przeegzaminowaniu, oficer hinduski wypisywał jeszcze jakieś oznaczenia żółtą kredą na tabliczkach, które nam zawieszano na szyi. Waga, wiek, okręg, z którego pochodzimy, wykształcenie, stan uzębienia i do jakiej formacji najbardziej się nadajemy.

Nie czułem się tym upokorzony. Jestem pewien, że upokarzałoby to mojego brata, podszedłby rozzłoszczony do studni, zaczerpnął wiadro wody i zmył z siebie te kredowe oznaczenia. Ale ja nie byłem taki jak on. Chociaż go kochałem. I podziwiałem. W mojej naturze leżało dociekanie przyczyn wszystkiego. W szkole należałem do najbardziej dociekliwych i pilnych uczniów, co on przedrzeźniał i wyśmiewał. Rozumiesz oczywiście, że właściwie byłem znacznie mniej poważny niż on, tyle że nie dążyłem do konfrontacji. Nie przeszkadzało mi to robić wszystkiego, na co miałem ochotę, i to robić w taki sposób, jaki sobie obrałem. Dość wcześnie odkryłem znaczną przestrzeń rozciągającą się ponad nami, dostępną dla tych, którzy spokojnie dążą do celu. Nie spierałem się z policjantem, który mi zabraniał przejeżdżać rowerem przez jakiś most czy też bramę w forcie – po prostu stałem milcząc aż do chwili, w której zaczynałem być dlań niewidoczny i wtedy robiłem swoje. Jak w grze w krykieta. Jak z ukrytą filiżanką wody. Rozumiesz? Tego mnie właśnie nauczyły otwarte walki staczane przez mego brata.

Ale brat był dla mnie zawsze bohaterem, chlubą rodziny. Korzystałem ze ścieżek przezeń torowanych. Byłem świadkiem chwil wyczerpania, które następowały po każdym z jego protestów, opadało napięcie, w jakim przeciwstawiał się bezprawiu. Złamał tradycję rodzinną i mimo iż był najstarszym synem w rodzinie, odmówił wstąpienia do armii. Odmawiał uczestnictwa we wszystkich działaniach, w których Brytyjczycy sprawowali władzę. Oni za to wtrącali go do swych więzień. Do centralnego więzienia w Lahore. Potem do więzienia Jatnagar. Leżał nocą na pryczy, z zagipsowanymi rękami, które mu łamali współwięźniowie, aby go powstrzymać przed próbami ucieczki. W więzieniu stawał się opanowany i przebiegły. Bardziej podobny do mnie. Nie poczuł się poniżony, kiedy usłyszał, że zgodziłem się zgłosić do wojska zamiast niego, rezygnując z zamiaru zostania doktorem. Roześmiał się i przekazał mi przez ojca przestrogę, żebym się miał na baczności. Nigdy by nie wystąpił przeciw mnie ani przeciw niczemu, co robiłem. Był pewien, że mam instynkt przetrwania, odnajdywania bezpiecznych kryjówek.

Łosoś przysiadł na kredensie w kuchni rozmawiając z Haną. Caravaggio przechodzi przez kuchnię, ze zwisającymi z ramion grubymi sznurami, które są „jego sprawą", jak odpowiada na czyjeś pytanie. Ciągnie je za sobą po ziemi, a kiedy wychodzi na zewnątrz, rzuca w drzwiach:

– Ranny Anglik chce cię widzieć, *boyo*.

– OK, *boyo*. – Saper zsuwa się z kredensu, jego hinduski akcent przybiera postać fałszywego dialektu walijskiego użytego przez Caravaggia. – Mój ojciec hodował ptaka, myślę, że to był mały jerzyk, zawsze trzymał go przy sobie dla wygody, jak okulary czy szklankę wody przy posiłku. W domu, nawet kiedy szedł do sypialni, brał ptaka z sobą. Kiedy wyruszał do pracy, klatkę zawieszał na kierownicy.

– Czy twój ojciec żyje?

– Tak, myślę, że tak. Od pewnego czasu nie dostaję listów. I wygląda na to, że mój brat ciągle siedzi w więzieniu.

Zachowuje w pamięci tę scenę. Znajduje się poniżej grzbietu białego konia. Gorąco mu na tym kredowym wzgórzu, biały pył wiruje wokół niego. Pracuje przy pewnym mechanizmie, który jest w zasadzie prosty, ale po raz pierwszy pracuje przy nim sam. Panna Morden siedzi o dwadzieścia metrów dalej, w stronę szczytu wzgórza, notując przebieg jego działań. Wie, że z dołu, spoza doliny, lord Suffolk przygląda mu się przez lornetkę.

Pracuje powoli. Pył kredowy wzbija się w górę, a potem osiada na wszystkim, na rękach, na mechanizmie, tak że musi go zdmuchiwać z pokrywy zapalnika i zwojów kabli, kiedy chce je dokładnie sprawdzić. Sięga spoconymi dłońmi poza siebie, żeby je wytrzeć o koszulę na plecach. Wszystkie wykręcone już części mechanizmu wkłada do kieszeni bluzy na piersiach. Czuje się zmęczony przepatrując każdą z tych części po kolei. Słyszy głos panny Morden:

– Łososiu?

– Słucham?

– Przerwij na chwilę to, co robisz, schodzę do ciebie.

– Lepiej niech pani nie schodzi, Miss Morden.

– Oczywiście, że schodzę.

Zapina guziki przy rozlicznych kieszeniach swej bluzy i nakrywa nią bombę; ona zsuwa się niezdarnie z grzbietu białego konia, przysiada obok i otwiera swój plecaczek. Skrapia chusteczkę zawartością małej buteleczki z wodą kolońską i podaje mu.

– Przetrzyj sobie twarz. Lord Suffolk używa tego dla odświeżenia.

Za jej radą niepewnie bierze chusteczkę do ręki i przeciera twarz, szyję i dłonie. Ona odkręca pokrywkę termosu i nalewa herbatę do dwóch kubeczków. Rozwija z papieru śniadaniowego i wykłada kilka ciasteczek „Kiplingów”.

Wydaje się nie spieszyć z powrotem na szczyt wzgórza, w bezpieczne miejsce. I niezręcznością byłoby napominanie jej, że powinna tam wrócić. Skarży się na nieznośny upał i opowiada, że w końcu udało się wynająć w miasteczku pokoje z łazienkami, za którymi tak się rozglądali. I zaczyna wspominać, jak poznała lorda Suffolka. Ani słowem nie napomyka o bombie spoczywającej między nimi. Myśl mąci mu się stopniowo, jak komuś, kto wytrwale czyta na nowo ten sam ustęp, starając się uchwycić związki między poszczególnymi zdaniami. Wyciągnęła go z wiru, w którym pogrążał go rozwiązywany przezeń problem. Pakuje starannie plecaczek, kładzie mu rękę na ramieniu i wraca na swój pled, leżący na grzbiecie konia z Westbury. Zostawia mu okulary słoneczne, ale on nie widzi przez nie dostatecznie wyraźnie, odkłada je więc na bok. I wraca do pracy. Zapach wody kolońskiej. Pamięta go z dzieciństwa. Leżał rozgorączkowany i ktoś go nią skropił.

VIII

Święty gaj

Łosoś schodzi z pola, które przekopywał, lewą rękę wyciągnął przed siebie, jakby była zwichnięta. Mija stracha na wróble strzegącego ogródka Hany, ów krucyfiks z zawieszonymi puszkami po konserwach; idzie w kierunku pałacu. Drugą ręką osłania tę wyciągniętą przed siebie, jakby chroniąc płomyk niesionej świeczki. Hana natyka się nań na tarasie, wyciąga rękę naprzeciw jego ręce. Biedronka wędrująca po paznokciu małego palca jego dłoni szybko przewędrowuje na jej rękę. Zawraca do domu. Teraz ona trzyma wyciągniętą przed siebie dłoń. Przechodzi przez kuchnię i wchodzi na schody. Ranny zwraca ku niej głowę. Ona dotyka jego stopy dłonią, po której spaceruje biedronka. Biedronka schodzi z niej i wkracza na czarną skórę. Unikając bieli prześcieradła, rozpoczyna długą wędrówkę wzdłuż ciała pokrytego zwęglonym naskórkiem, jej czerwień odcina się od niego jak żarzący się okruch lawy wulkanicznej.

W bibliotece kasetka zapalnika strącona przez Caravaggia, który odwrócił się nagle na radosny okrzyk Hany w hallu, spada z półki i zawisa w powietrzu. Zanim dosięga podłogi, Łosoś wślizguje się pod nią i chwyta ręką.

Caravaggio spogląda w dół, widzi, jak cała krew odpłynęła młodemu człowiekowi z twarzy. Uzmysławia sobie nagle, że zawdzięcza mu życie. Łosoś wybucha śmiechem, przestając się krępować starszego, potrząsa zwojem kabli. Caravaggio zapamięta ów poślizg. Oddali się stąd, nigdy już nie zobaczy tego chłopca, ale nigdy go nie zapomni. Po latach w Toronto, kiedy będzie wysiadał z taksówki, przytrzyma drzwi chcącemu do niej wsiąść mężczyźnie z Indii i pomyśli o Łososiu.

A teraz saper śmieje się Caravaggiowi w twarz i zadziera głowę ku górze.

– O sarongach wiem wszystko – Caravaggio pomachał dłonią Łososiowi i Hanie – widywałem Hindusów we wschodniej części Toronto. Włamywałem się do jakiegoś domu i okazywało się, że należy do rodziny hinduskiej. Budzili się odziani w te sarongi, w których sypiali, co mnie intrygowało. Wieleśmy o tym rozmawiali, czasem udawało im się mnie namówić, żebym to przymierzył. Zdejmowałem ubranie i zakładałem sarong, a oni nagle rzucali się na mnie i wyrzucali mnie półnagiego w noc.

– Mówisz prawdę?

– Jedną z wielu.

Wiedziała o nim dosyć, by mu nieomal uwierzyć. Caravaggio przywiązywał dużą wagę do czynnika ludzkiego w czasie włamań. Kiedy wkradał się do jakiegoś domu w czasie Gwiazdki, nie omieszkał zerwać kartki z kalendarza, jeśli nie pokazywał on właściwej, świątecznej daty. Często wdawał się w pogawędkę z pozostawionymi w mieszkaniu zwierzętami, omawiając z nimi kwestie związane z pokarmem, karmił je i był przez nie serdecznie witany, jeśli mu się zdarzyło być doprowadzonym ponownie na miejsce przestępstwa.

Podchodzi do półki z książkami zamknąwszy oczy i na chybił trafił wyciąga jakiś tom. Znajduje nie zadrukowaną stronę pomiędzy rozdziałami i wpisuje na nią:

Mówi, że Lahore jest miastem starożytnym. Londyn jest młodziutki w porównaniu z Lahore. Dobrze, odpowiadam, a ja pochodzę z kraju jeszcze młodszego. Mówi, że oni tam zawsze znali się na prochu. Już w siedemnastym stuleciu malarstwo dworskie przedstawiało fajerwerki.

On jest nieduży, niewiele wyższy ode mnie. Ma ujmujący uśmiech, którym może oczarować każdego. Nie okazuje siły swego charakteru. Anglik mówi, że jest jednym z tych świętych wojowników. Ale ma szczególne poczucie humoru, które jest bardziej przekorne, niż można by sądzić po jego zachowaniu. Pamiętasz to „Podłączę go na powrót rano"? Ho ho ho!

Mówi, że Lahore ma trzynaście bram – nazwanych imionami świętych i cesarzy, i miejsc, do których wiodą.

Wyraz bungalow *pochodzi z języka* bengali.

O czwartej po południu opuścili Łososia, zawieszonego na szelkach, w głąb dołu, aż zanurzył się po pas w bagnistej wodzie, przylgnął ciałem do korpusu bomby Esau. Miała ponad trzy metry długości, czubkiem wbiła się w muł u jego stóp. Pod powierzchnią wody oplatał udami metalową bryłę w sposób, jaki podpatrzył u żołnierzy tańczących z dziewczętami w klubie NAAFI. Kiedy mu się zmęczyły ręce, uchwycił się oszalowanych drewnem ścian wykopu. Saperzy wykopali ten dół wokół bomby Esau i umocnili go, zanim przybył na miejsce. Bomby Esau z zapalnikiem Y zaczęto zrzucać w 1941; to był drugi taki zapalnik, z jakim miał do czynienia.

W trakcie dyskusji przygotowawczych ustalono, że jedynym sposobem postępowania z nowym zapalnikiem jest jego zamrożenie. Była to ogromna bomba, przypominająca kształtem strusia. Zszedł do dołu boso, powoli zapadał się w błoto, nie znajdując dla stóp mocnego oparcia w zimnej brei. Nie miał na sobie butów, bo uwięzłyby w glinie i wydobywając się z niej mógłby sobie złamać nogę w kostce.

Przytknął policzek do metalowego korpusu bomby, starając się wytworzyć w sobie ciepło, wychwytując skąpe promyki słońca, które wpadły do tej głębokiej na siedem metrów studni i ogrzewały mu plecy. To, czego dotykał, mogło wybuchnąć w każdej chwili, przy jakimkolwiek wstrząsie, przy pobudzeniu zapalnika. Nie istniała żadna magia ani żadne promienie Roentgena, które by wskazały, kiedy mała kapsułka zostanie zgnieciona, kiedy w jakimś zwoju nastąpi zwarcie. Te małe mechaniczne semafory działały jak zawał serca, nagle powalający człowieka spokojnie idącego ulicą.

W jakim znajdował się mieście? Nie przypominał sobie.

Usłyszał czyjś głos i spojrzał w górę. Hardy spuszczał mu na linie plecak z narzędziami, utrzymywał jej koniec w ręku, podczas gdy Łosoś rozmieszczał różne przybory w kieszeniach bluzy. Zanucił piosenkę, którą Hardy śpiewał w jeepie w czasie jazdy:

Przed Buckingham Palace jest zmiana warty,
Christopher Robin tuli się do Marty.

Osuszył miejsce wokół zapalnika i zaczął miesić glinę, formując z niej rodzaj miseczki. Następnie otworzył słój i nalał do niej trochę ciekłego tlenu. Ostrożnie przyłożył miseczkę do metalu. I znów musiał czekać.

Tak blisko przylgnął do bomby, że wyczuł zmianę temperatury. Gdyby się znajdował na suchej powierzchni, mógłby się przejść i wrócić za dziesięć minut. A tak musiał warować przy bombie. W ciasnej przestrzeni znajdowały się więc dwa podejrzane stwory. Kapitan Carlyle też posługiwał się ciekłym tlenem w szybie i cała jama stanęła w jednej chwili w płomieniach. Szybko go wyciągnęli, ale był już nieprzytomny, kiedy szelki wyłoniły się na powierzchnię.

Gdzie się znajdował? W Lisson Grove? Na Old Kent Road?

Łosoś zanurzył bawełniany tampon w mulistej wodzie i przytknął go do korpusu bomby dwadzieścia centymetrów od zapalnika. Odpadł, co znaczyło, że jeszcze trzeba poczekać. Kiedy tampon przywierał, było wiadomo, że dostatecznie duża część bomby wokół zapalnika jest już zamrożona i można zaczynać. Dolał tlenu do miseczki.

Strefa zamrożona miała już ze trzydzieści centymetrów średnicy. Jeszcze kilka minut. Przyjrzał się nalepce, którą ktoś nakleił na bombę. Czytali ją tego ranka, zaśmiewając się, znajdowała się w jakimś przedawnionym pakiecie rozsyłanym wszystkim oddziałom saperskim.

Kiedy eksplozja jest z uzasadnionych przyczyn dopuszczalna?

Jeśli wartość życia ludzkiego oznaczymy jako X, ryzyko jako Y, a przewidywane skutki eksplozji jako V, logik może zakładać, iż

kiedy V jest mniejsze od X+Y, bomba powinna zostać eksplodowa-
na; lecz jeśli V+Y jest większe niż X, powinno się podjąć starania,
by unikać eksplozji in situ.

Kto wypisywał takie rzeczy?

Przebywał w szybie z bombą już ponad godzinę. Nadal zamrażał ją ciekłym tlenem. Na wysokości jego ramienia, po prawej ręce, znajdowała się rura, przez którą wdmuchiwano mu normalne powietrze, aby nie dostał zawrotu głowy od tlenu. (Widywał żołnierzy leczących kaca tlenem). Znów próbował przytknąć do bomby zwilżony tampon, który tym razem przymarzł. Miał teraz jakieś dwadzieścia minut. Po tym czasie temperatura baterii wewnątrz bomby zacznie ponownie rosnąć. Ale w tej chwili zapalnik był zamrożony i można było przystąpić do jego usuwania.

Przeciągnął dłonią po całej długości bomby, aby wymacać wszelkie uszkodzenia metalu. Część zanurzona w wodzie była bezpieczna, ale tlen mógł spowodować zapłon przy zetknięciu z odsłoniętym materiałem wybuchowym. Błąd Carlyle'a. X+Y. Jeśliby znalazł jakieś rysy, trzeba by zastosować ciekły azot.

– To jest jednotonowa bomba, Sir. Esau – głos Hardy'ego sponad szybu.

– Typ numer pięćdziesiąt, kolisty, wersja B. Zapewne dwie kasety z zapalnikami. Ale przypuszczamy, że jedna będzie pusta. Zgadza się?

Omawiali to już uprzednio, ale co do tych spraw trzeba się upewnić, przypomnieć je sobie w końcowej fazie.

– Włącz mój mikrofon i odsuń się.

– OK, Sir.

Łosoś uśmiechnął się. Był o dziesięć lat młodszy od Hardy'ego i nie był Anglikiem, ale Hardy'emu bardzo odpowiadał kokon dyscypliny pułkowej. Żołnierze zawsze wahali się nieco, nim go zatytułowali „Sir", ale Hardy wypowiadał ten tytuł głośno i z entuzjazmem.

Pracował teraz pospiesznie, starając się wyjąć zapalnik, dopóki baterie były zamrożone.

– Czy mnie słyszysz? Gwizdnij... OK, usłyszałem. Ostatni okład tlenowy. Pozwolę mu popracować przez pół minuty.

191

Wzmóc zamrożenie. OK, zaczynam usuwać t a m ę... OK, t a-m a usunięta.

Hardy wsłuchiwał się w to wszystko i zapisywał, na wypadek, gdyby się coś miało nie powieść. Jakaś iskra i Łosoś znalazłby się w morzu płomieni. I już ktoś inny musiałby szukać rozwiązań alternatywnych.

– Biorę klucz profilowany – wyciągnął go z kieszeni na piersiach bluzy. Był zimny, musiał go rozgrzać. Zaczął ściągać pierścień blokujący. Powiedział o tym Hardy'emu.

– Przed pałacem króla zmieniają warty – wyszeptał Łosoś. Ściągnął pierścień blokujący i pierścień profilujący, pozwolił im spaść do wody. Czuł, jak powoli zsuwają mu się wzdłuż stopy. Trwało to dalsze cztery minuty.

– Któryś tam strażnik poślubia Martę, życie żołnierza jest diabła warte.

Wyśpiewał to na cały głos starając się wzbudzić w swym ciele więcej ciepła, policzek przemarzł mu aż do bólu. Starał się teraz trzymać jak najdalej od zamrożonego metalu. Dłonie założył na kark, gdzie ogrzewało je słońce, obtarł je z mułu i szronu. Trudno było uchwycić tulejkę, żeby wydobyć z niej głowicę. Ku jego przerażeniu głowica odłamała się całkowicie i spadła gdzieś.

– Niedobrze, Hardy. Cała głowica zapalnika się odłamała. Odpowiedz mi, dobrze? Główny trzon zapalnika tkwi w głębi, nie mogę go wyciągnąć. Nie mam go za co uchwycić.

– Jak długo jeszcze potrzyma zamrożenie? – Hardy zaglądał w głąb szybu wprost nad jego głową. W ciągu paru sekund nadbiegł tu z bezpiecznej odległości.

– Jeszcze sześć minut.

– Wychodź na wierzch, zdetonujemy tę bombę.

– Nie, daj mi tu jeszcze trochę tlenu.

Wyciągnął w górę prawą dłoń i poczuł na niej zimny kanister.

– Spróbuję dołożyć tlenu do miejsca wokół odsłoniętego zapalnika – tam, gdzie spadła głowica – i wciąć się w metal. Piłować, aż się dobiorę do czegoś, co będę mógł uchwycić. Odsuń się teraz, będę do ciebie nadawał.

Z trudem powściągał złość na to, co się stało. Całe ubranie

nasycone było tlenem, syczało przy zetknięciu się z wodą. Nalał znowu tlenu, jednocześnie piłując głębiej. Kiedy już zamrożenie było dostateczne, oderwał kawałek poły koszuli i włożył materiał między metal i dłuto, następnie zaczął uderzać w dłuto młotkiem. Tylko ten skrawek materiału stanowił zabezpieczenie przed iskrą. Przemarznięte palce były dodatkowym utrudnieniem. Nie były już zręczne, przypominały obezwładnione baterie w bombie. Wykuwał cierpliwie otwór wokół urwanej głowicy zapalnika. Oczyszczał otwór z drobinek metalu, mając nadzieję, że zamrożenie umożliwi taką operację chirurgiczną. Jeśli wykuje otwór we właściwym miejscu, istnieje szansa, że dobierze się do detonatora, który odpala spłonkę.

Trwało to kolejne pięć minut. Hardy nie odszedł od krawędzi dołu, przeciwnie, odliczał mu czas trwania zagrożenia. Ale w istocie żaden z nich nie mógł być niczego pewny. Teraz, kiedy odłamała się głowica zapalnika, zamrażali już część bomby i temperatura wody, mimo iż nadal niska, była wyższa od temperatury metalu.

I wtedy to dostrzegł. Nie musiał już poszerzać otworu. Srebrzysty drucik prowadzący do zwoju kabli. Gdyby go mógł uchwycić. Próbował rozgrzać sobie palce.

Westchnął głęboko, przerwał pracę na kilka sekund i przeciął nożyczkami przewód, zanim ponownie zaczerpnął powietrza. Wydech załamał mu się, kiedy wyciągał przemarzniętą dłoń ze zwoju kabli. Bomba była już martwa.

– Zapalnik usunięty. Detonator usunięty. Pocałuj mnie.

Hardy wyciągał go już na górę, a Łosoś próbował chwytać się rękoma szelek, na których był zawieszony, co mu nie szło łatwo z powodu przemarznięcia, mięśnie miał zdrętwiałe. Słyszał turkotanie kołowrotka i po prostu przywarł do skórzanych pasków, którymi był opięty. Czuł, jak jego brązowe nogi wyciągane są z mułu, jakby był starożytną rzeźbą wydobywaną z trzęsawiska. Drobne stopy wyłoniły się już z wody. Wygramolił się z szybu na światło słoneczne, wysunął najpierw głowę, a potem tors. Zwisał jeszcze na szelkach, jak luźna płachta wigwamu uczepiona szczytu masztu namiotowego. Hardy uwalniał go stopniowo z tej uwięzi. Nagle spostrzegł, że z odległości kilkunastu metrów, zbyt małej, by gwarantowała bezpieczeństwo, przypatruje im się spory tłumek; zginęliby wszyscy w razie wybuchu. Ale oczywiście zajęty nim Hardy nie mógł ich upilnować.

Przypatrywali mu się w milczeniu, Hindusowi uwieszonemu na ramieniu Hardy'ego, niezdolnemu o własnych siłach dojść do jeepa i donieść do niego swego wyposażenia – narzędzi, kanistrów, koców i przyrządów rejestrujących porozstawianych wokoło, wsłuchanych w ciszę w głębi szybu.

– Nie mogę chodzić.

– Tylko do jeepa. Jeszcze kilka metrów, Sir. Sam to wszystko pozbieram.

Zatrzymali się na chwilę, potem wolno ruszyli w stronę auta. Przechodzili obok tłumku ludzi wpatrujących się w jasnobrązowego, bosonogiego mężczyznę w przemoczonej bluzie, w jego zbielałą twarz, która nie reagowała na nic, na żadnego z nich. Wszyscy milczeli. Po prostu rozstępowali się przepuszczając ich obu. Przy jeepie zaczął się trząść. Oczy nie były w stanie wypatrzeć krańca przedniej szyby. Hardy pomógł mu wgramolić się na przednie siedzenie.

Kiedy odszedł po narzędzia, Łosoś wolno ściągnął mokre spodnie i zawinął się w koc. Był zbyt przemarznięty i zmęczony, by sięgać po termos leżący na tylnym siedzeniu i nalać sobie herbaty. Myślał: wcale się nie bałem tam na dole. Byłem po prostu wściekły – na swój błąd czy też na to, że była to pułapka. Rozdrażnione zwierzę w odruchu samoobrony.

Uświadomił sobie, że tylko dzięki Hardy'emu udało mu się zachować człowieczeństwo.

W ciepłe dni wszyscy w Villa Girolamo myją głowy, najpierw naftą, by zapobiec zawszeniu, a potem wodą. Leżąc na wznak, z rozwianymi włosami i twarzą wystawioną na słońce, Łosoś poczuł się nagle bezbronny. Rodzi się w nim jakieś zawstydzenie, kiedy przybiera taką pozę, wygląda bardziej na postać z jakiegoś mitu niż na żywą istotę ludzką. Hana siedzi obok, jej długie kasztanowe włosy już wyschły. W takich chwilach właśnie opowiada jej o rodzinie i o bracie w więzieniu. Podnosi się, ściąga włosy do przodu i zaczyna zawijać je w ręcznik. Ona widzi w wyobraźni całą Azję poprzez gesty tego mężczyzny. Jego powolne ruchy, jego spokojne ucywilizowanie. Opowiada o świętych wojownikach i ona dostrzega w nim jednego z nich, srogiego i marzycielskiego, zapominającego o swej boskości tylko w takich chwilach, rozluźnionego teraz w słońcu, składającego głowę na stole, żeby mogło ono suszyć rozwiane pasma jego włosów jak kłosy zboża zebrane do słomianego koszyka. Choć przecież jest Azjatą, który w ostatnich latach, latach wojny, dochował posłuszeństwa swym angielskim ojcom, przestrzegając ich kodeksu postępowania jak wierny syn.

– Wiesz, brat uważa mnie za głupca z powodu tego, że ufam Anglikom – zwraca ku niej oczy rozjaśnione słońcem – mówi, że przejrzę pewnego dnia. Azja wciąż nie jest wolnym kontynentem, a on jest przerażony tym, że dajemy się wciągać w angielskie wojny. Zawsze nasze poglądy się ścierały. I zawsze powtarzał: „Pewnego dnia przejrzysz na oczy".

Saper wypowiada te słowa z zamkniętymi oczami, jak gdyby chciał wzmocnić metaforę.

– Japonia jest częścią Azji, odpowiadam mu, a Sikhowie

na Malajach są przez Japończyków prześladowani. Ale do brata to nie dociera. Powiada, że Anglicy wieszają Sikhów walczących o swą niezależność.

Ona odwraca głowę, składa ręce. Nienawiści rozdzierające świat. Nienawiści świat rozdzierają. Wchodzi w mrok pałacu, odcinający się od blasku słonecznego, i idzie posiedzieć przy Angliku.

Nocą, kiedy rozpuszcza mu włosy, on staje się na powrót konstelacją, ramiona rozłożone na poduszce jak równoleżniki, odległości między nimi skracające się i wydłużające w rytmie uścisków i osuwania się w sen. Trzyma w objęciach hinduskiego bożka, trzyma w dłoniach wodze. Kiedy się nad nią pochyla, wodze się luzują. Może je sobie owinąć wokół nadgarstka. Kiedy on się porusza, ona rozwiera oczy szeroko, wypatrując w mroku namiotu iskrzenia elektryczności w jego włosach.

Wszystkie jego ruchy mają jakieś odniesienie do przedmiotów: przesuwa się wzdłuż ścian, kroczy po krawędzi tarasu. Jakby wszystkiego unikał. Wzrokiem wyznacza obrzeża. Kiedy patrzy na Hanę, widzi kawałek jej szczupłego policzka na tle pejzażu w głębi. Kiedy się przypatruje łukowi konopniczka, wykreśla wzrokiem przestrzeń, jaką zajmuje on nad powierzchnią ziemi. W czasie przemarszu przez Włochy dostrzegał wszystko z wyjątkiem zjawisk chwilowych i zachowań ludzkich.

Jedyną rzeczą, co do której nigdy nie będzie się upewniał, jest on sam. Ani co do swego nikłego cienia, ani co do ręki sięgającej po krzesło, ani co do swego odbicia w oknie, ani co do tego, jak go widzą. Lata wojny nauczyły go tego, że jedyną rzeczą bezpieczną jest on sam.

Wiele godzin spędza z Anglikiem, który mu przypomina jodłę, jaką widział w Anglii. Miała suchą gałąź, obwisłą pod wpływem swego ciężaru, zbyt dużego na jej wiek, wspierającą się na innym drzewie. Stała w ogrodzie lorda Suffolka, na skraju cypla, wpatrzona w Kanał Bristolski jak sęp. Mimo iż była wątła, wyczuwał w niej szlachetność, pamięć o świetności, rozpiętą jak tęcza nad jej obecną słabością.

On sam nie korzysta z luster. Turban zawiązuje na zewnątrz, w ogrodzie, przypatrując się mchom na drzewach. Ale spostrzega pokos, który Hana wycięła sobie nożyczkami we fryzurze. Oswoił się z jej oddechem, który wyczuwa przywierając twarzą do jej ciała, do obojczyka przebijającego spod skóry. Ale kiedy ona go pyta o kolor swych oczu, nie umie go określić, mimo iż ona wie, że ją uwielbia. Roześmieje się i będzie zgadywał, ale jeśli ona zasłoni powiekami swe czarne tęczówki i powie, że jest niebieskooka, on w to uwierzy. Może się jej wpatrywać w oczy intensywnie, ale nie dostrzeże ich koloru, podobnie jak nie odczuje szczególnego smaku żadnej potrawy, która dla jego przełyku i żołądka jest po prostu pożywieniem.

Kiedy ktoś mówi, on przygląda się ustom, nie oczom i ich kolorowi, który jego zdaniem zmienia się w zależności od oświetlenia pokoju i pory dnia. Usta odsłaniają niepewność i zadowolenie z siebie, i każdy odcień usposobienia człowieka. Są według niego najdoskonalszym wykładnikiem wyrazu twarzy. Nigdy nie jest pewien wyrazu oczu. A umie dostrzec, jak usta układają się w szorstkość albo tkliwość. Łatwo dać się zmylić wyrazowi czyichś oczu reagujących na nagły promień słońca.

Wszystko to tworzy zmienną harmonię. Widuje Hanę w różnych porach i w różnych miejscach, które zmieniają jej głos i jej nastroje, a nawet jej piękno w taki sposób, w jaki potęga morza łamie lub ocala los rozbitków w łodzi ratunkowej.

Ustalił się wśród nich zwyczaj, by wstawać o świcie, a obiad jeść przy resztkach dziennego światła. W ciągu wieczora jedna tylko świeca rozjaśniała ciemności przy łóżku rannego Anglika, a czasem jeszcze Caravaggio zapalał naftową lampę i przykręcał knot do połowy, jeśli udało mu się zorganizować trochę nafty. Korytarze i pozostałe pokoje tonęły w mroku, jakby obowiązywało jeszcze zaciemnienie. Przyzwyczaili się do poruszania się po domu w ciemności, z wyciągniętymi przed siebie rękami, wymacując ściany po obu stronach. „Nigdy więcej światła. Nigdy więcej koloru". Hana nuciła sobie te zdania wciąż na nowo. Łosoś miał denerwujący zwyczaj zbiegać po kilka schodów z dłonią wysuniętą do przodu, aby wyczuć ewentualną przeszkodę. Hana wyobrażała sobie jego stopy wysoko uniesione w zeskoku i godzące w żołądek Caravaggia wchodzącego na górę.

Już przed godziną zgasiła świecę w pokoju Anglika. Zdjęła tenisówki, sukienkę rozpięła przy szyi z powodu gorąca, rozpięła też rękawy i podwinęła wysoko. Słodki negliż.

Na parterze tego skrzydła pałacu oprócz kuchni, biblioteki i zburzonej kaplicy znajdował się wewnętrzny, oszklony dziedziniec. Cztery szklane ściany z oszklonymi drzwiami prowadzącymi do zakrytej studni i półek pełnych zeschniętych roślin, które kiedyś musiały rozkwitać w tym ocieplanym pomieszczeniu. Ten wewnętrzny dziedziniec coraz bardziej jej przypominał książkę otwartą po to, by ukazać zasuszone w niej kwiaty, był czymś, co można obejrzeć przechodząc, ale w co nie powinno się nigdy wkraczać.

Była druga w nocy.

Każde z nich weszło do pałacu innymi drzwiami, Hana – wejściem od kaplicy po trzydziestu sześciu stopniach, a on od północnego dziedzińca. Wszedłszy do pałacu, zdjął zegarek i położył go na wysokości twarzy w niszy, w której stała figurka świętego. Patrona tego szpitalnego pałacu. Ona nie zobaczy połyskiwania fosforyzujących wskazówek. Zdjął już buty i miał na sobie tylko spodnie. Latarka zawieszona na ramieniu nie była zapalona. Nic nie miał w rękach i zatrzymał się na chwilę w ciemności, szczupły chłopak, czarny turban, *kara* wczepiona w skórę nadgarstka. Wyprężył się w kącie westybulu jak włócznia.

Potem przeszedł przez wewnętrzny dziedziniec. Po wejściu do kuchni natychmiast wyczuł psa w ciemności, schwytał go i przywiązał sznurkiem do stołu. Zabrał z kuchni skondensowane mleko i wrócił na oszklone patio. Obmacał palcami podstawę drzwi i znalazł małe zasuwki. Zamknął drzwi za sobą, zasuwając zameczki. Na wypadek, gdyby je wypatrzyła. A potem opuścił się w głąb studni. O metr poniżej znajdowała się pokrywa, o której wiedział, że jest dostatecznie mocna. Zamknął ją nad głową i przykucnął, wyobrażając sobie, jak go będzie szukała albo jak się sama gdzieś ukryje. I zaczął wysysać z puszki skondensowane mleko.

Podejrzewała go o coś takiego. Weszła do biblioteki, omiotła półki światłem świecy uniesionej wysoko, wspięła się na palce, żeby obejrzeć skrytki najwyżej umieszczone. Drzwi były zamknięte, nikt więc nie mógł dojrzeć światła z hallu. On mógłby wypatrzeć światło przez oszklone drzwi balkonowe tylko wtedy, gdyby znajdował się na zewnątrz. Zatrzymywała się co kilka kroków, przebiegając wzrokiem najliczniej tu zebrane książki włoskie, w poszukiwaniu jakiejś angielskiej, którą by mogła zanieść rannemu. Pokochała te księgi z włoskimi tytułami na grzbietach, ich frontyspisy, kolorowe ilustracje wytłaczane lub wypukłe, ich zapach, a nawet odgłos, jaki wydawały, kiedy je otwierała zbyt pośpiesznie, przypominający łamanie kruchych kosteczek. Znów się zatrzymała. *Pustelnia Parmeńska.*

Jeśli kiedykolwiek otrząsnę się z mych kłopotów – powiedział do Clelii – wybiorę się obejrzeć piękne widoki Parmy, a wtedy zapamiętasz to nazwisko: Fabrycy del Dongo*.

Caravaggio leżał na dywanie po drugiej stronie sali bibliotecznej. Z odległości wydawało się, że lewe ramię Hany fosforyzuje, światło świecy padało na książki, rzucało czerwony odblask na ciemne włosy, rozbłyskiwało na bawełnie jej sukienki i na zagiętym rękawie.

Wyszedł ze studni.

Półtorametrowy krąg światła rzucanego przez świecę wchłaniały ciemności, toteż Caravaggiowi wydawało się, że zalega między nimi dolina mroku. Włożyła pod prawą pachę książkę w brązowej oprawie. W miarę posuwania się wzdłuż półek dobierała jedne książki, odkładała inne.

Dorosła już. I kochał ją teraz bardziej niż wtedy, kiedy ją lepiej rozumiał, kiedy była odbiciem swych rodziców. By stać się taką, jaka była teraz, postanowiła sama z siebie. Wiedział, że gdyby spotkał Hanę na ulicy gdzieś w Europie, odniósłby wrażenie pewnej swojskości, ale by jej nie rozpoznał. Tej nocy, kiedy dotarł do pałacu, ukrył przed nią szok wywołany jej widokiem. Jej ascetyczna twarz, która na pierwszy rzut oka wydawała się chłodna, miała w sobie także jakąś szorstkość. Pojął, że przez dwa ostatnie miesiące stawała się taka, jaka jest teraz. Z trudem mógł uwierzyć swej radości z jej przemiany. Przed laty wyobrażał sobie ją jako dorosłą, ale miał to być ktoś uformowany przez jej środowisko. A nie ta dziwna nieznajoma, którą pokocha głębiej, ponieważ nie uformowała się z niczego, co on by dostarczył.

Położyła się na sofie, światło umieściła tak, żeby padało na książkę, i zatopiła się w lekturze. Po jakiejś chwili oderwała wzrok od książki, rozejrzała się nasłuchując i szybko zdmuchnęła świecę.

---

* Przekład Tadeusza Żeleńskiego-Boya.

Czy odgadła jego obecność w pokoju? Caravaggio zdawał sobie sprawę z hałaśliwości swego oddechu i trudności w utrzymaniu go w cichym, równym rytmie. Światło zabłysło na chwilę i ponownie zgasło.

A potem wydawać się zaczęło, że wszystko w tym pokoju, z wyjątkiem Caravaggia, wprawione zostało w ruch. Wszystko słyszał i dziwił się, że nikt go nie potrącił. Chłopak też był w pokoju. Caravaggio podszedł do sofy i próbował ręką odnaleźć Hanę. Ale jej tam nie było. Kiedy się wyprostował, czyjaś ręka chwyciła go za kark i przygniotła do podłogi. Błysk światła padł mu na twarz, obaj sapali tarzając się po podłodze. Ręka z przewieszoną latarką wciąż trzymała go za kark. A potem jakaś naga stopa pojawiła się w kręgu światła, przesunęła się po twarzy Caravaggia i przydepnęła kark chłopcu. I zapaliło się inne światło.

– Mam cię! M a m   c i ę!

Dwa ciała na podłodze patrzące poprzez krąg ciemności w twarz Hany ponad świecą. Ona śpiewała:

– M a m   c i ę. M a m   c i ę. Posłużyłam się Caravaggiem, który doprawdy okropnie chrapie. Wiedziałam, że on tu jest. To on był przynętą.

Przygniotła mocniej stopą kark chłopca.

– No, dalej. P r z y z n a j   s i ę   t e r a z   d o   w s z y s t-k i e g o.

Caravaggio zaczął się szamotać w uścisku chłopca, wyrwał się już spod niego, ale nie mógł się uwolnić z jego rąk. Światło lampy i świecy na jego twarzy. Jakoś się jednak musiał wyrwać z tych kleszczy. P r z y z n a j   s i ę. Dziewczyna się zaśmiewała. Musiał uspokoić oddech, zanim by przemówił, ale oni nie zwracali nań uwagi, podekscytowani swą zabawą. Wyrwał się z uścisku chłopca i nie mówiąc ani słowa, wyszedł z pokoju.

Znów znaleźli się w ciemności.

– Gdzie jesteś? – pyta.

I szybko się nachyla. Przybrał taką pozycję, że ona ociera się o jego policzek i osuwa w jego ramiona. Przyciska sobie jej rękę do karku, usta do jej ust.

201

– Mleko skondensowane! Kiedy my się tu siłujemy! Skondensowane mleko?!

Przywiera ustami do jego spoconej szyi, do miejsca, które przygniatała nagą stopą.

– Chcę cię obejrzeć.

Zapala światło i przygląda się jej umorusanej twarzy, jej włosom zlepionym potem. Jej grymas doń skierowany.

Wkłada swe drobne dłonie pod podwinięte rękawy jej sukienki i obejmuje krągłe ramiona. Kiedy ona się odchyla, jego dłonie wędrują za jej ciałem. Próbuje się wyśliznąć, odchylając do tyłu całym ciężarem, wierząc, że on nadal będzie do niej przywierał, że jego ręce utrzymają ten ciężar. Wtedy on się podrywa, machając stopami w powietrzu, złączony z nią tylko ustami i dłońmi, miota się jak modliszka. Lampa rzuca światło na pot na jego lewym ramieniu. Jej twarz wpada w krąg światła, aby go całować i lizać, i smakować. Zanurza głowę w wilgoci jej włosów.

A potem nagle przebiega przez pokój, snop jego latarki omiata całe pomieszczenie; spędził w nim tydzień wypatrując wszelkich możliwych zapalników i teraz jest oczyszczone. Ta sala jakby się nagle wyłączyła z wojny, nie jest już żadną zoną ani terytorium. Chodzi dokoła wymachując latarką, omiata światłem sufit. Jej śmiech dogania go, kiedy ją mija stojącą na oparciu kanapy i spoglądającą z wysoka na jego lśniące, szczupłe ciało. Kiedy ją mija następnym razem, widzi, że rękawy zsunęła z ramion rękawy i uwolniła je od sukni.

– Ale cię złapałam, złapałam cię – śpiewa – jestem Mohikanką z Danforth Avenue.

A potem nosi ją na barana, światło świecy ślizga się po grzbietach książek na najwyższych półkach, jej ręce wznoszą się i opadają wraz z jego podskokami, wreszcie zsuwa się z niego, obejmuje nogami jego uda, uwalnia odeń i kładzie na wznak na dywanie, pachnącym ciągle zastarzałą wilgocią i kurzem, i kamiennym pyłem przyklejającym się do jej mokrych ramion. Pochyla się nad nią, a ona gasi latarkę.

– Wygrałam, prawda?

Nie wyrzekł jeszcze słowa, odkąd wszedł do tego pokoju. Jego głowa porusza się w geście, który ona tak kocha, a który

oznacza zarazem i niepewne potwierdzenie, i możliwość nie-
śmiałego sprzeciwu. Nie może jej widzieć pozbawiony swej
latarki. Gasi jej świecę i oboje zrównują się w ciemności.

Jest to w ich życiu miesiąc, w którym Hana i Łosoś sypiają
obok siebie. Rodzaj formalnego celibatu. Odkryli, że w miłości zawrzeć się może cała cywilizacja, że stawia ich ona oko
w oko z krajem każdego z nich. Miłość, jaką darzą swe wyob-
rażenia o sobie nawzajem. Nie chcę być rypana. Nie chcę cię
rypać. Kto wie, gdzie się tego nauczył, albo gdzie ona się tego
nauczyła, w tak młodym wieku. Może od Caravaggia, który jej
wtedy właśnie opowiadał o swej młodości, o czułości, jaką
żywi się dla każdej komórki ciała kochanka, kiedy odkrywa
się własną śmiertelność. W końcu to był wiek śmierci. Pożądanie żywione przez chłopca spełniało się tylko w najgłęb-
szym śnie, kiedy spoczywał w objęciach Hany, jego orgazm
miał więcej wspólnego z siłą przyciągania księżyca, był nocnym skurczem ciała.

Przez cały wieczór spoczywał z twarzą przyciśniętą do jej
boku. Przypomniała mu, jaką przyjemność znajdował w dra-
paniu, jej paznokcie kolistym ruchem drażnią mu skórę na
plecach. To było coś, czego pewna *ayah* nauczyła go przed
laty. Łosoś zrozumiał, że wszystkie rozkosze dzieciństwa po-
chodziły od niej, nie od matki, którą przecież kochał, nie od
brata ani ojca, z którymi się bawił. Kiedy był wystraszony
albo nie mógł zasnąć, odgadywała, czego mu brak, ułatwiała
mu zapadnięcie w sen, muskając ręką jego wąskie plecy, ta
czuła obca kobieta z południowych Indii, która z nimi mieszkała, gotowała i podawała posiłki, wprowadziła do ich domu
własne dzieci, dopomagała także jego bratu w dzieciństwie
i zapewne rozumiała ich obu lepiej, niż ich rozumieli rodzice.

Było to uczucie wzajemne. Gdyby spytano Łososia, kogo
najbardziej kocha, wymieniłby swą *ayah* przed matką. Jej
miłość była bardziej kojąca od miłości matczynej i miłości
seksualnej. Jak później pojął, przez całe życie wyrywał się
z rodzinnego kręgu w poszukiwaniu takiej miłości. Platonicz-
nej czułości, a we właściwym czasie intymności seksualnej

okazanej przez kogoś obcego. Był już zupełnie stary, kiedy to zrozumiał, zanim jeszcze samemu sobie zadał pytanie, kogo kochał najbardziej.

Tylko jeden raz w życiu wiedział, że zdołał odwzajemnić jej czułość i że wreszcie pojęła, jak ją kocha. Kiedy zmarła jej matka, wszedł do pokoju piastunki i przytulił do siebie jej stare ciało. Leżał obok niej milcząc w małym pokoiku dla służby, ona płakała gwałtownie i zgodnie z obyczajem. Przypatrywał się, jak zlewa łzy do małego szklanego kubeczka, który sobie przyciska do twarzy. Wiedział, że weźmie je z sobą na pogrzeb. Przywierał do jej wstrząsanego łkaniem ciała, jego dziewięcioletnie ramiona oplatały jej barki, a kiedy się na chwilę uspokajała, między kolejnymi przypływami żalu, głaskał ją poprzez sari, potem odchylał je i muskał jej skórę – tak jak teraz Hana przejmuje tę tkliwą sztukę, jego paznokcie gładzą miliony komórek jej skóry, w jego namiocie, w roku 1945, kiedy ich kontynenty spotkały się w tym górskim miasteczku.

IX

Grota Pływaków

Przyrzekłem, że ci opowiem, jak to jest, kiedy się zakochujesz.

W roku 1936 młody człowiek nazwiskiem Geoffrey Clifton spotkał w Oksfordzie przyjaciela, który mu wspomniał o tym, czym się zajmujemy. Człowiek ten skontaktował się ze mną, następnego dnia wziął ślub, a w dwa tygodnie później przyleciał wraz z żoną do Kairu. Przeżywali ostatnie dni swego miodowego miesiąca. To był początek naszej historii.

Katharine była zamężna, kiedy ją poznałem. Mężatka. Clifton wysiadł z samolotu, a potem, niespodziewanie, bo przewidywaliśmy udział w ekspedycji tylko jego samego, w ślad za nim wysiadła z samolotu ona. Szorty koloru khaki, kościste kolana. W owym czasie była do wyprawy z nami usposobiona zbyt entuzjastycznie jak na warunki pustynne. Wyżej ceniłem jego młodość niż zapał jego młodej żony. On był pilotem, gońcem, zwiadowcą. Przelatując nad pustynią i wypisując na długich kolorowych taśmach zakodowane znaki, doradzające, którędy mamy się posuwać, przynależał do Nowego Wieku. Dzielił się z otoczeniem swą adoracją jej osoby. Czterech mężczyzn i kobieta, i jej mąż, wszyscy uczestniczyli w tym werbalnym miodowym miesiącu. Polecieli do Kairu i powrócili w miesiąc później, i wszystko zaczęło się na nowo. Ona była już tym razem spokojniejsza, ale z niego tryskała młodość. Przysiadała na jakiejś puszce po oleju, opierała brodę na pięściach, łokcie na kolanach i wpatrywała się w jakiś trzepoczący na wietrze skrawek namiotowego brezentu, a Clifton wyśpiewywał na jej cześć hymny pochwalne. Próbowaliśmy z niego żartować, ale gdyby miał stać się bardziej powściągliwy, musiałby zaprzeć się samego siebie, a nikt z nas tego nie chciał.

Po tym miesiącu spędzonym w Kairze stała się milcząca, ciągle coś czytała, zamknęła się w sobie, jakby się jej coś przydarzyło albo uświadomiła sobie jakąś zdumiewającą prawdę o ludzkim życiu, która ją odmieniła. Nie miała szans na to, by zostać towarzysko usposobioną żoną poszukiwacza przygód. Odkrywała samą siebie. Przykro było na to patrzeć, ponieważ Clifton tego nie widział, nie dostrzegał tej jej pracy nad sobą. Czytała na temat pustyni, co się tylko dało. Była przygotowana do rozmów o Uweinacie i zaginionej oazie, wyławiała nawet pomniejsze artykuły.

Byłem o piętnaście lat od niej starszy, rozumiesz. Osiągnąłem ten etap życia, w którym utożsamiałem się z cynicznymi draniami z książek. Nie wierzyłem w stałość, w związki, które trwają przez wieki. Byłem o piętnaście lat starszy. Ale ona była sprytniejsza. Bardziej złakniona odmiany, niż sądziłem.

Co ją tak odmieniło w czasie owego opóźnionego miodowego miesiąca spędzonego u ujścia Nilu pod Kairem? Przebywaliśmy z nimi najpierw tylko kilka dni – przylecieli w dwa tygodnie po swym weselu w Cheshire. Wziął z sobą pannę młodą, tak jakby nie mógł jej pozostawić ani też złamać umowy z nami. Z Madoxem i ze mną. Czuł się wobec nas zobowiązany. Wskutek tego jej kościste kolana wyłoniły się owego dnia z samolotu. I to zaciążyło nad naszą historią. Nad naszą sytuacją.

Clifton wygłaszał peany na cześć jej rąk, smukłej linii jej łokci. Opisywał, jak pływa. Opowiadał o bidetach w pokojach hotelowych. I jej niezwykłym apetycie w czasie śniadań.

Nic nie odpowiadałem na to wszystko. Popatrywałem chwilami na nią, kiedy mówił, i wychwytywałem jej spojrzenia dostrzegające moje milczące rozdrażnienie, a potem jej smutny uśmiech.

Tkwiła w tym pewna ironia. Byłem starszy. Byłem człowiekiem światowym, który przed dziesięciu laty przeszedł z oazy

Dakhla do Gilf Kebir, który wyrysował mapę Farafry, znał Cyrenajkę i więcej niż dwukrotnie zagubił się na Morzu Piaskowym. Poznała mnie już z bagażem oklejonym tymi nalepkami. Mogła była też odwrócić wzrok o kilka stopni i przyjrzeć się nalepkom zdobiącym bagaż Madoxa. Ale poza środowiskiem Geographical Society nie byliśmy znani, stanowiliśmy dalekie obrzeże wspólnoty kultowej, do której wstąpiła przez małżeństwo. Słowa jej męża wysławiające jej urodę nic nie znaczyły. Ale ja jestem człowiekiem, którego życiem, nawet jako odkrywcy, wielokrotnie powodowały słowa. Podania i legendy. Wyrysowane mapy. Zapiski, które się zachowały. Wyczucie słowa. Powtórzyć coś na pustyni to jak rozlać więcej wody na ziemię. Każdy niuans przenosił cię o setki kilometrów.

Nasza wyprawa znajdowała się o sześćdziesiąt kilometrów od Uweinatu, Madox i ja mieliśmy wyruszyć sami na rekonesans. Cliftonowie i pozostała część grupy mieli pozostać na miejscu. Przeczytała już wszystko, co wzięła z sobą, i poprosiła mnie o książki. Miałem tylko mapy.

– A ta książka, którą przeglądasz wieczorami?

– To Herodot. Chcesz?

– Nie sądzę. Są w niej notatki osobiste?

– Tak, wpisuję w nią różne spostrzeżenia. I wklejam wycinki. Chciałbym ją mieć przy sobie.

– To byłaby bezczelność z mej strony, wybacz, proszę.

– Pokażę ci tę książkę, kiedy wrócę. Nie przywykłem się z nią rozstawać.

Wszystko to odbyło się z wdziękiem i elegancją. Wyjaśniłem, że jest to coś więcej niż zwykła książka, i ona przyjęła to wyjaśnienie. Mogłem wyruszyć w drogę nie czując się w żadnym stopniu sobkiem. Doceniałem jej łaskawość. Cliftona przy tym nie było. Byliśmy sami. Pakowałem się właśnie do drogi w swym namiocie, kiedy zwróciła się do mnie z tą prośbą. Jestem człowiekiem, który odwrócił się tyłem do większości społecznych konwenansów, ale czasem doceniam delikatność obejścia.

Wróciliśmy po tygodniu. Wiele się wydarzyło, jeśli chodzi o gromadzenie i porządkowanie informacji. Byliśmy w dobrych nastrojach. W obozie odbyła się mała uroczystość. Clifton był zawsze skory do pompatycznych ceremonii. I to było zaraźliwe.

Podeszła do mnie z kubeczkiem wody w ręce.
– Gratuluję. Właśnie się dowiedziałam od Geoffreya.
– Tak.
– Proszę, wypij to.

Wyciągnąłem rękę, a ona włożyła mi kubek w dłoń. Woda wydawała się bardzo zimna po tej cieczy, którą pijaliśmy w kantynach.

– Geoffrey przygotowuje przyjęcie na waszą cześć. Pisze pieśń pochwalną i chce, żebym ja odczytała wiersz, ale wolałabym zrobić coś innego.

– Proszę, weź tę książkę i przejrzyj ją sobie – wyjąłem Herodota z plecaka i wręczyłem jej.

Po posiłku i herbacie ziołowej Clifton wyciągnął butelkę koniaku, którą ukrywał przed wszystkimi. Mieliśmy ją opróżnić tego wieczora. Madox składał relację z wyprawy, a Clifton śpiewał zabawną piosenkę. A potem ona odczytała fragment z *Dziejów* dotyczący Kandaulesa i jego królowej. Pochodził z początkowej partii książki i miał luźny związek z miejscami i okresem, który mnie interesował. Ale to była słynna opowieść. I ją właśnie wybrała jako temat do rozmowy.

Otóż ten Kandaules był tak bardzo rozmiłowany w swej małżonce, że sądził, iż posiada najpiękniejszą ze wszystkich kobiet. A miał wśród swoich kopijników niejakiego Gigesa, syna Daskylosa, który cieszył się jego szczególną łaską. Poruczał mu ważniejsze sprawy państwowe, a urodę swej żony sławił przed nim ponad wszelką miarę.

– Czy słuchasz, Geoffreyu?
– Tak, kochanie.

...odezwał się do Gigesa w te słowa: – «Gigesie, zdaje mi się, że ty nie wierzysz w to, co ci opowiadam o wdziękach mojej żony, ponieważ uszy ludzi są bardziej niedowierzające niż ich oczy; dlatego staraj się ujrzeć ją nagą».

208

Wiele rzeczy można by tu powiedzieć, skoro wiadomo, że zostałem jej kochankiem, tak jak Giges został kochankiem królowej i zabójcą Kandaulesa. Często sięgałem po Herodota jako do klucza do geografii. Ale Katharine użyła go jako klucza do swego życia. Głos brzmiał rozważnie, kiedy czytała. Wzrok wbity w stronę, na której przedstawiona była ta historia, jakby się zapadła w lotny piasek przy jej odczytywaniu.

«Ja chętnie wierzę, że ona jest najpiękniejsza ze wszystkich kobiet, a ciebie proszę, abyś nie żądał ode mnie rzeczy nieprzystojnych». Ale król odpowiedział mu tak oto: «Nabierz otuchy, Gigesie, i nie lękaj się, że ja tak mówię, aby cię wystawić tylko na próbę, ani się nie bój, że ze strony mej małżonki spotka cię jakaś przykrość. Albowiem z góry tak urządzę, żeby ona zupełnie nie zauważyła, żeś ją widział».*

Oto historia o tym, jak zakochałem się w kobiecie, która mi przeczytała wybraną opowieść z Herodota. Słuchałem słów, które wypowiadała, poprzez ogień, nie podnosząc oczu, nawet kiedy prowokowała męża. Być może dla niego właśnie to czytała. Być może nie było żadnej innej motywacji wyboru tego akurat fragmentu poza ich dialogiem. Była to po prostu opowieść, która zafrapowała ją podobieństwem sytuacyjnym. Ale ten trop skojarzeń nagle wwiódł ją w życie prawdziwe. Zanim jeszcze zorientowała się co do fałszywości pierwszego kroku tym tropem. Jestem tego pewien.

«Mianowicie ustawię cię w komnacie, w której sypiamy, za otwartymi drzwiami. Zaraz po mnie przyjdzie moja żona, aby udać się na spoczynek. Blisko wejścia stoi krzesło; na nim przy rozbieraniu się będzie składała poszczególne części swego odzienia i tak da ci sposobność, żebyś się jej z całym spokojem przyjrzał. Kiedy potem od krzesła będzie szła ku łożu i do ciebie odwróci się tyłem, twoją już będzie rzeczą, żeby cię nie zobaczyła uchodzącego spoza drzwi».

Ale królowa spostrzega Gigesa, kiedy ten wychodzi z sypialni. Pojmuje, co przedsięwziął jej mąż; upokorzona, nie wydaje okrzyku... opanowuje się.

To dziwna historia. Zgodzisz się, Caravaggio? Próżność mężczyzny posunięta do tego stopnia, by budzić zazdrość. Czy też pragnienie uwiarygodnienia swych słów, bo przypuszcza, że się mu nie daje wiary. Był to bez wątpienia portret Cliftona, stawał się on częścią tej historii. Jest coś oburzającego, ale i bardzo ludzkiego w postępowaniu męża. Coś, co każe nam uwierzyć w tę historię.

Nazajutrz królowa wzywa Gigesa i stawia go przed wyborem:

«Teraz, Gigesie, daję ci dwie drogi do wyboru, którą z nich zechcesz pójść. Albo zabijesz Kandaulesa i posiądziesz mnie wraz z królestwem Lidyjczyków, albo sam musisz zaraz na miejscu umrzeć, abyś na przyszłość nie słuchał we wszystkim Kandaulesa i nie widywał tego, czego ci się nie godzi widzieć. Przeto albo on musi zginąć, ponieważ wpadł na taki pomysł, albo ty, ponieważ ujrzałeś mnie nagą...»*

I tak oto zginął król. Zaczął się Nowy Wiek. O Gigesie pisano poematy jambicznym trójgłoskowcem. Był pierwszym barbarzyńcą, któremu poświęcano budowle w Delfach. Panował jako król Lydii przez dwadzieścia osiem lat, ale zapamiętaliśmy go jedynie jako pionka w niepowszedniej historii miłosnej.

Skończyła czytać i uniosła głowę. Z lotnych piasków. Wyłaniała się. Władza przeszła w jej ręce. W tym momencie, za sprawą opowieści, zakochałem się.

Słowa, Caravaggio, mają władzę.

---

* Przekład Seweryna Hammera.

Kiedy Cliftonowie nie przebywali wraz z nami, rezydowali w Kairze. Clifton wykonywał jakąś inną pracę, Bóg wie jaką, na rzecz pewnego Anglika, jakiegoś swego wuja, zatrudnionego w jednym z biur rządowych. Wszystko to było przed wojną. A w owym czasie do miasta napływali ludzie różnych narodowości, spotykali się u Groppiego na wieczornych koncertach, tańczyli do późnej nocy. Cliftonowie byli poważaną młodą parą, a ja znajdowałem się na obrzeżach kairskiego towarzystwa. Wiedli życie wytworne, w które wkraczałem od czasu do czasu. Obiady, *garden parties*. Przyjęcia, jakimi nigdy bym się nie interesował, a na które teraz biegałem, bo ona tam była. Jestem człowiekiem, który gna przed siebie, aż dojrzy to, czego pragnie. Jak mam ci ją objaśnić? Za pomocą rąk? Sposobem, w jaki mogę nakreślić w powietrzu wymiar niszy lub głazu? Była członkiem ekspedycji przez blisko rok. Widywałem ją, rozmawiałem z nią. Ciągle przestawaliśmy z sobą. Później, kiedy byliśmy już świadomi wzajemnego pożądania, owe pierwsze chwile ukryliśmy w sercach. Objawiły się teraz nerwowym postukiwaniem palcami o skałę. Wydaje się, że były zmarnowane lub źle zrozumiane.

Przebywałem w tym czasie w Kairze samotnie, przez jeden miesiąc każdego kwartału. Pracowałem na Wydziale Egiptologii nad własną książką, *Récentes Explorations dans le Désert Libyque*, z każdym dniem zbliżając się do defnitywnego kształtu tekstu, tak jakby pustynia była obecna gdzieś na tych stronach: wąchałem badawczo zapach atramentu spływającego z wiecznego pióra. A jednocześnie zmagałem się z jej bliską obecnością, tym bardziej podniecony, że prawda mogła objawić się z jej ust, z naprężenia ścięgna pod kolanem, z białej płaszczyzny brzucha – podczas gdy pisałem swą książeczkę, siedemdziesiąt stron druku, maksymalnie się streszczając, opatrując ją mapami szlaków podróży. Nie byłem w stanie usunąć jej z tych spisywanych kart. Zamierzałem zadedykować jej tę monografię, jej głosowi, jej ciału, które wyobrażałem sobie jako bladoróżowy, długi łuk wyłaniający się z łóżka, ale książka była już zadedykowana królowi. Przypuszczałem, że ta obsesja może zostać przez nią wykpiona, zbyta grzecznym i pełnym zakłopotania skinieniem głowy.

Stawałem się w jej towarzystwie podwójnie układny. To cecha mojej natury. Jakbym się krępował uprzednio ukazanej nagości. To taki europejski zwyczaj. Było dla mnie rzeczą naturalną – po wprowadzeniu jej w moje rozumienie pustyni – przywdziewać teraz w jej obecności żelazny pancerz.

Namiętny poemat jest substytutem
kobiety, którą kochasz lub powinieneś kochać,
Czyjaś namiętna rapsodia komuś innemu zabrzmi
fałszywie.

U Hasseina Beja – wielkiego starca z ekspedycji z roku 1923 – spacerowała po trawie z doradcą rządowym Roundellem; uścisnęła mi rękę, jego posłała, żeby jej przyniósł jakiegoś drinka, zwróciła się do mnie i powiedziała:

– Chcę, żebyś mnie porwał.

Powrócił Roundell. Jej słowa były dla mnie czymś takim, jakby mi wręczyła nóż. W ciągu miesiąca zostałem jej kochankiem. W moim pokoju nad sukiem, na północ od uliczki papug.

Upadłem na kolana w ozdobionym mozaikami hallu, twarz wtuliłem w kurtynę jej sukni. Stanowiliśmy dziwną figurę, my dwoje, zanim daliśmy upust naszemu głodowi. Jej palce wyczesujące piasek z mych włosów. Kair i wszystkie jego pustynie wokoło.

Czy to było pożądanie jej młodości, jej szczupłej chłopięcości? To jej ogrody były tymi ogrodami, które mam na myśli, kiedy ci opowiadam o ogrodach.

Miała takie małe zagłębienie między szyją a obojczykiem, które nazywaliśmy Bosforem. Ześlizgiwałem się z jej ramienia w Bosfor. Układałem na nim oko. Klękałem, kiedy popatrywała na mnie z góry, podejrzliwie, jakbym był przybyszem z innej planety. Jej chłodna dłoń nagle na moim karku w kairskim autobusie. Wynajęcie zakrytej taksówki i nasza szybka, manualna miłość na trasie między mostem Khedive Ismail a klubem Tipperary. Albo słońce przesączające się przez jej paznokcie w saloniku na trzecim piętrze muzeum, kiedy mi ręką zasłaniała twarz.

Obawialiśmy się tylko jednej osoby, której spotkania pragnęliśmy uniknąć. Ale Geoffrey Clifton był wciągnięty w angielską machinę. Jego rodzinna genealogia sięgała króla Kanuta. Machina ta niekoniecznie musiała wyjawić Cliftonowi, żonatemu zaledwie od osiemnastu miesięcy, niewierność żony, ale przystąpiła do zaciśnięcia pętli wokół tej zdrady, tego schorzenia w systemie. Wiedziano o każdym naszym kroku od pierwszego dnia, od pierwszego naszego niezręcznego zbliżenia na kuchennych schodach hotelu Semiramis.

Nie zwracałem uwagi na jej napomknienia o krewnych męża. A Geoffrey Clifton był równie nieświadomy niczego, jak my byliśmy nieświadomi wielkiej angielskiej pajęczyny rozpiętej nad naszymi głowami. Cała drużyna strażników czuwała nad jej mężem i chroniła go. Tylko Madox, będący arystokratą o pułkowych znajomościach, wiedział o tych tajnych konwulsjach. Tylko Madox, z powściągliwym taktem, przestrzegał mnie przed tym światem.

Ja nosiłem przy sobie Herodota, a Madox – święty męczennik własnego małżeństwa – *Annę Kareninę* i stale na nowo odczytywał historię romansu i zdrady. Któregoś dnia, zbyt już późno, byśmy mogli powstrzymać mechanizm, który puściliśmy w ruch, spróbował objaśnić świat Cliftona w kategoriach stosowanych przez brata Anny Kareniny. Podaj mi moją książkę. Posłuchaj.

Połowa Moskwy i Petersburga była spokrewniona i zaprzyjaźniona z Obłońskim. Urodził się w środowisku ludzi, którzy albo byli, albo stali się możnymi tego świata. Jedna trzecia starców-dygnitarzy była zaprzyjaźniona z jego ojcem i pamiętała Stiwę w dziecinnej koszulce... szafarze dóbr tego świata, posad, koncesji, dzierżaw itp.

byli więc z nim wszyscy w przyjaźni i jako swego człowieka nie mogli
go pominąć... dość było tylko nie odmawiać, nie być zawistnym, nie
kłócić się i nie obrażać, czego, powodowany wrodzoną dobroduszno-
ścią, i tak nigdy nie miał w zwyczaju*.

Doszedłem do tego, że kocham czubek twej strzykawki, Caravaggio. Kiedy Hana podawała mi morfinę po raz pierwszy w twojej obecności, stałeś przy oknie; czubek jej paznokcia drasnął cię w szyję i gwałtownie zwróciłeś się w naszą stronę. Znam się na tym. Wiem, jak kochanek rozpoznaje innych, zakamuflowanych kochanków.

Kobiety żądają od kochanków wszystkiego. A ja zbyt często tonąłem pod powierzchnią. Tak jak całe armie toną w piasku. A wchodził w grę jej lęk przez mężem, jej wiara we własny honor, moje stare pragnienie samowystarczalności, moje znikania, jej wobec mnie podejrzliwość, moje niedowierzanie w to, że mnie kocha. Paranoja i klaustrofobia tajonej miłości.

– Myślę, że się stałeś nieludzki – powiedziała.

– Nie jestem jedynym zdrajcą.

– Myślę, że nie przejmujesz się tym, że to się zdarzyło między nami. Prześlizgujesz się obok wszystkiego ze swym lękiem przed zawłaszczeniem i nienawiścią do zawłaszczania, do posiadania, do bycia posiadanym, do bycia nazwanym. Uważasz, że to cnota. Myślę, że jesteś nieludzki. Jeśli cię porzucę, do kogo się udasz? Czy znajdziesz sobie inną kochankę?

Nic nie odpowiedziałem.

– Zaprzecz temu, ty przeklętniku.

Zawsze łaknęła słów, uwielbiała je, żywiła się nimi. Słowa rozjaśniały jej świat, ukazywały przyczyny i rozmiary. Ja natomiast uważałem, że słowa wzniecają emocje, tak jak patyk mąci wodę.

Powróciła do męża.

Od tego momentu w życiu – wyszeptała mi – albo zaczniemy odnajdywać duszę, albo ją zatracać.

---

* Przekład Kazimiery Iłłakowiczówny.

Morza się rozłączają, dlaczegóż by nie mieli się rozstawać kochankowie? Porty Efezu, rzeki Heraklita zaginęły, zastąpiły je bagniste moczary. Żona Kandaulesa została żoną Gigesa. Biblioteki płoną.

Czym był nasz związek? Zdradą wobec tych, co nas otaczali, czy też pragnieniem innego życia? Weszła na powrót do swego domu, zajęła miejsce u boku męża, a ja wypoczywałem przy niklowanych ladach barowych.

Patrzeć będę w księżyc,
Widzieć będę ciebie.

Ten stary klasyk Herodot. Nucąc i śpiewając tę piosenkę wciąż od nowa, wbijałem w jej linijki sens swego życia. Ludzie na różne sposoby wyrównują sobie skrywane straty. Ktoś z jej świty widział mnie rozmawiającego z kupcem korzennym. Kiedyś otrzymała od niego cynowy naparstek z szafranem. Jedna z tysięcy rzeczy.

A jeśli to Bagnold – widząc mnie z kupcem korzennym – opowiedział o tym podczas obiadu przy stole, przy którym siedziała, co wtedy odczułem? Czy przyniosło mi to jakąś pociechę, że pamiętała człowieka, co jej podarował mały prezent, cynowy naparstek, który zawiesiła sobie na szyi na cienkim, ciemnym łańcuszku i nosiła przez dwa dni, kiedy męża nie było w mieście? W środku był szafran, więc na policzku miała złotą plamkę.

Jak przyjmowała opowieści o mnie, pariasie w tej grupie ludzi, opowieści o tym czy innym zdarzeniu, którym się kompromitowałem, przy Bagnoldzie zaśmiewającym się ze mnie, mężu, tym dobrym człowieku zamartwiającym się o mnie i Madoxie, wstającym z krzesła i podchodzącym do okna otwierającego się na południową dzielnicę miasta? Rozmowa zbaczała zapewne na inne tory. W końcu zajmowali się wyrysowywaniem map. Ale czy wracała myślą do studni, którą wspólnie drążyliśmy i wspólnie się nią opiekowaliśmy, w taki sposób, w jaki ja do niej powracałem, z wyciągniętą ręką?

Każde z nas ma teraz swoje własne życie, oddzielone surowym traktatem od życia drugiego.

– Co ty wyprawiasz – powiedziała podbiegając do mnie

na ulicy – czy nie widzisz, że wszystkich nas wpędzasz w o b ł ę d?

Według Madoxa zalecałem się do wdowy. Ale ona jeszcze nie była wdową. Kiedy Madox wyruszał do Anglii, ona i ja nie byliśmy już kochankami. „Przekaż pozdrowienia swej kairskiej wdowie – wymamrotał. – Ucieszyłbym się, gdybym ją spotkał". Czy wiedział? Zawsze czułem się wobec niego kłamcą, wobec tego przyjaciela, z którym pracowałem przez dziesięć lat, tego człowieka, którego kochałem bardziej niż jakiegokolwiek innego mężczyznę. Był rok 1939 i wszyscy wyjeżdżaliśmy z tego kraju, na wszelki wypadek, na wojnę.

I Madox powrócił do wioski Marston Magna w hrabstwie Somerset, gdzie się urodził, w miesiąc później wziął udział w nabożeństwie, wysłuchał kazania sławiącego wojnę, wyciągnął swój pustynny rewolwer i zastrzelił się.

Ja, Herodot z Halikarnasu, przedstawiam tu wyniki swych badań, żeby ani dzieje ludzkie z biegiem czasu nie zatarły się w pamięci, ani wielkie i podziwu godne dzieła, jakich bądź Hellenowie, bądź barbarzyńcy dokonali, nie przebrzmiały bez echa, między innymi szczególnie wyjaśniając, dlaczego oni nawzajem z sobą wojowali*.

Ludzie zawsze recytowali na pustyni wiersze. A Madox – wobec zgromadzenia Geographical Society – pięknie przedstawiał sprawozdanie z naszych kluczeń i przemarszów. Bermann nadawał teoriom olśniewający kształt. A ja? Ja byłem ich złotą rączką. Mechanikiem. Inni wypowiadali swe umiłowanie samotności, medytowali nad znaleziskami. Nigdy nie byli pewni tego, co ja o tym wszystkim myślę. „Czy ty lubisz księżyc?" – spytał Madox po dziesięciu latach naszej znajomości. Spytał tak nieśmiało, jakby chodziło o sprawy intymne. Według nich byłem nieco zbyt przebiegły jak na miłośnika pustyni. Bardziej przypominałem Odysa. A ja byłem człowiekiem pustyni. Tęsknię za pustynią, tak jak ktoś inny tęskni za rzeką albo jeszcze inny za miastem swego dzieciństwa.

---

* Przekład Seweryna Hammera.

Kiedy się rozstawaliśmy po raz ostatni, Madox użył starego zwrotu pożegnalnego: „Oby Bóg miał pieczę nad twym kompanem". Odwróciłem się i odrzekłem: „Nie ma Boga". Różniliśmy się od siebie zasadniczo.

Madox mówił, że Odys nigdy nie napisał ani jednego słowa, nie zostawił żadnych osobistych zapisków. Być może czuł się obco w fałszywie brzmiącej rapsodii sztuki. A muszę dodać, że moja własna monografia cechowała się oschłą dokładnością. Lęk przed wpisaniem w nią jej obecności nakazywał mi usunąć wszelkie sentymenty, wszelką retorykę miłosną. Stąd opisywałem pustynię tak powściągliwie, jak zwykłem o niej mówić. Madox zapytał mnie o księżyc podczas ostatnich wspólnych dni, przed wybuchem wojny. I rozstaliśmy się. Pojechał do Anglii, prawdopodobieństwo nadchodzącej wojny przerwało wszystko, nasze powolne odkopywanie przeszłości pustyni. Żegnaj, Odysie – powiedział uśmiechając się, wiedząc, że nigdy nie byłem rozmiłowany w Odysie, a bardziej w Eneaszu; zdecydowaliśmy zresztą, że to Bagnold jest Eneaszem. Ale i Odysem nie byłem zachwycony. Żegnaj, odpowiedziałem.

Pamiętam, jak odwrócił się roześmiany. Przyłożył sobie mały palec do jabłka Adama i powiedział: „To ciepłe miejsce nazywa się węzeł naczyniowy". Nadał w ten sposób oficjalną nazwę zagłębieniu u nasady szyi. Wracał do swej żony w Marston Magna zabierając z sobą tylko ulubioną książkę Tołstoja, mapy i kompasy powierzył mnie. Nasze uczucia pozostały nie wypowiedziane.

A Marston Magna w hrabstwie Somerset, o którym rozwodził się ciągle w naszych rozmowach, zamieniło swe zielone pola w lotnisko. Samoloty zrzucały spalinowe wyziewy nad arturiańskimi zamkami. Nie wiem, co go przywiodło do owej decyzji. Być może nieustanny hałas przelotów, tak wrzaskliwy po prostym warkocie gypsy motha, który przerywał nam ciszę w Libii i Egipcie. Czyjaś wojna rozdarła delikatny gobelin jego przyjaźni. Byłem Odysem, rozumiałem rozstania i przemijające trudności wojenne. Ale on był człowiekiem z trudem zawierającym przyjaźnie. Był człowiekiem, który zbliżył się do dwóch albo trzech osób w ciągu całego życia, a one miały się teraz zamienić w nieprzyjaciół.

Mieszkał w Somerset jedynie z żoną, która nigdy nie poznała żadnego z nas. Skromne gesty mu wystarczały. I kula pistoletowa zakończyła dlań wojnę.

Było to w lipcu 1939 roku. Pojechali ze swej wioski do Yeovil autobusem. Autobus wlókł się i spóźnili się na mszę. W tylnej części zatłoczonego kościoła z braku miejsc usiedli osobno. Kiedy pół godziny później rozpoczęło się kazanie, było ono bez wątpienia w szowinistyczny sposób wypowiedzianą pochwałą wojny. Kapłan sławił walkę, błogosławił rząd i ludzi wypowiadających wojnę. Madox wysłuchiwał kazania, nabierającego coraz większej gwałtowności. Wyciągnął swój pustynny pistolet, zarepetował i strzelił sobie w serce. Zmarł na miejscu. Zapadła cisza. Pustynna cisza. Cisza bez samolotów. Słyszeli, jak ciało opada na ławkę. Nikt się nie poruszył. Kapłan zastygł w oratorskim geście. Przypominało to ciszę, jaka zapada w kościele, kiedy szklana osłona lampy pęka i wszystkie spojrzenia zwracają się w tę stronę. Jego żona przeszła przez główną nawę, stanęła przy jego ławce, coś wyszeptała, pomogli jej usiąść przy nim. Przyklękła i objęła rękoma jego zwłoki.

Jak umierał Odys? Śmiercią samobójczą, prawda? Wydaje mi się, że tak. No więc. Myślę, że pustynia zniszczyła Madoxa. I ten czas, kiedy nie mieliśmy do czynienia z zewnętrznym światem. Zastanawiałem się nad tą rosyjską książką, którą miał zwykle przy sobie. Rosja była zawsze bliższa mojemu krajowi niż jego ojczyźnie.

Podziwiałem jego opanowanie we wszystkim. Mogłem się wściekle spierać o lokalizację jakiegoś miejsca na mapie, a jego sprawozdanie mówiło o „debacie" rozważnymi zdaniami. Pisał o naszych wyprawach spokojnie i radośnie, kiedy istniały powody do radości – takie, jakie Anna i Wroński znajdowali w tańcu. Ale był człowiekiem, który nigdy nie poszedł ze mną do żadnej z sal tanecznych w Kairze. To ja byłem człowiekiem, który się zakochał podczas tańca.

Poruszał się z powolną niepewnością. Nigdy go nie widziałem tańczącego. Był człowiekiem piszącym, interpretującym świat. Mądrość rodzi się z przetworzenia najlżejszego choćby odruchu emocji. Jedno spojrzenie może podszepnąć całe fragmenty teorii. Kiedy natykał się na jakiś nowy obrządek pustynnego plemienia albo znajdował rzadki okaz palmy, zachwyt nie opuszczał go przez całe tygodnie. Kiedyśmy znajdowali jakiś przekaz na trasie naszych podróży – mógł to być zapis, współczesny lub dawny, arabski, wyryty na glinianej ścianie, lub angielski, wypisany kredą na masce jeepa – odczytywał go i dotykał dłonią, jakby chciał odczuć jego głębsze znaczenia, nawiązać z nim kontakt tak bardzo osobisty, jaki tylko da się nawiązać ze słowami.

Unosi rękę, pokiereszowane żyły w pozycji horyzontalnej, twarz uniesiona ku górze, w oczekiwaniu na zastrzyk morfiny. W chwili, kiedy weń wpływa, słyszy, jak Caravaggio wrzuca igłę do emaliowanego naczynia o kształcie nerki. Widzi, jak posiwiała postać odwraca się, a potem ponownie zwraca się ku niemu – już naszpikowany, współobywatel królestwa morfiny.

Są dni, że kiedy wracam do domu po nużącej pisaninie, jedyną rzeczą, która mnie może postawić na nogi, jest „Honeysuckle Rose" Django Reinhardta i Stephane'a Grappelly'ego, grana z francuskim Hot Clubem. 1935. 1936. 1937. Złoty wiek jazzu. Lata, w których wylewał się z hotelu Claridge na Polach Elizejskich i docierał do barów Londynu, południowej Francji, Maroka, a potem sięgał aż po Egipt, gdzie wieść o nowych rytmach szerzona była gorliwie przez bezimienną kairską orkiestrę taneczną. Kiedy powracałem na pustynię, brałem ze sobą 78-obrotowe płyty Souvenirs z nagraniami tanecznych wieczorów w barach, gdzie kobiety o ruchach charta ocierały się o ciebie, gdy wtulałeś się w nie w tańcu „My Sweet". Za uprzejmym przyzwoleniem wytwórni płyt Société Ultraphone Française. 1938. 1939. Westchnienie miłosne wydobywało się z grającej skrzynki. Wojna czaiła się za rogiem. W czasie tych ostatnich dni w Kairze, w kilka miesięcy po zakończeniu mej miłosnej afery, przekonaliśmy wreszcie Madoxa, przy niklowej ladzie barowej, o konieczności jego wyjazdu. Ona i jej mąż przy tym byli. Ostatnia noc. Ostatni taniec. Almásy był wstawiony i próbował starego kroku tanecznego, który kiedyś wymyślił i nazwał „uścisk

Bosforu", unosząc Katharine Clifton w swych mocnych ramionach i wirując po parkiecie, aż upadli oboje obok zebranych z Nilu aspidistrii.

On to mówi jako kto? – myśli Caravaggio.

Almásy był pijany i jego taniec sprawiał na innych wrażenie brutalnej serii podrygiwań. W owych dniach on i ona nie wydawali się z sobą zgadzać. Rzucał nią w różne strony, jakby była szmacianą lalką, i alkoholem tłumił smutek z powodu wyjazdu Madoxa. Przy naszym stole zachowywał się hałaśliwie. Zwykle, kiedy Almásy wpadał w taki nastrój, rozchodziliśmy się, ale to był ostatni wieczór Madoxa w Kairze, więc zostaliśmy. Marny skrzypek egipski naśladował Stephane'a Grappelly'ego, a Almásy zachowywał się jak zagubiona planeta. „Nasze zdrowie – wyobcowanych z planety" – wzniósł szklankę. Chciał tańczyć z wszystkimi mężczyznami i kobietami. Klaskał w dłonie i zachęcał: „No, to porywam w «uścisku Bosforu». Ciebie, Bernhardt? Hetherton?" Większość odmawiała. Zwrócił się do młodej żony Cliftona, która przyglądała mu się z maskowanym uprzejmością rozdrażnieniem i ruszyła za nim, kiedy się przed nią skłonił, a potem niemal się na nią zwalił, jego broda na jej lewym ramieniu, na owym nagim plateau powyżej linii cekinów. Maniackie tango trwało do chwili, w której jedno z nich zmyliło krok. Nie powściągnęła gniewu na tyle, by pozwolić mu zwyciężyć, a samej odejść i powrócić do stolika. Patrzyła nań dumnie, kiedy odrzucił do tyłu głowę, bynajmniej nie uroczyście, ale oskarżycielsko. Usta coś szeptały, kiedy się ku niej pochylił, może recytował tekst „Honeysuckle Rose".

Pomiędzy ekspedycjami, w Kairze, nikt z nas nie widywał Almásy'ego zbyt często. W ciągu dnia pracował w muzeum, noce spędzał w barach przy targowisku w południowej dzielnicy miasta. Znikał w tym innym Egipcie. Tylko ze względu na Madoxa stawili się tu wszyscy. A teraz Almásy tańczył z Katharine Clifton. Szpaler kwiatów muskał jej smukłą sylwetkę. Wirował wraz z nią, podrywał ją do góry, a potem upadł. Clifton pozostał na krześle, popatrując na nich. Almásy leżący w poprzek sali, potem niezdarnie próbujący się podnieść, odgarniający swe jasne włosy, klękający przed nią w odległym kącie. Potrafił w ciągu chwili stać się na powrót delikatny.

Było już po północy. Goście nie wydawali się tym zachwyceni, z wyjątkiem tych łatwo się rozbawiających stałych bywalców, którzy byli przyzwyczajeni do takich ceremonii odprawianych przez pustynnych Europejczyków. Były tam kobiety z długimi srebrnymi kolczykami zwisającymi z uszu, kobiety w cekinach, małych krążkach metalu rozgrzanych ciepłem baru, do których Almásy żywił dawniej uprzedzenie, kobiety, które w tańcu potrząsały mu przed oczyma swymi srebrnymi kolczykami. W inne wieczory tańczył z nimi, obejmując ramionami całą tę strukturę jako punkt oparcia osadzony na klatce piersiowej, w miarę jak się upijał. Tak, były rozbawione, śmiały się z brzucha Almásy'ego, gdy koszula wysuwała mu się ze spodni, nie były też zachwycone jego ciężarem, który składał na ich ramionach w czasie przerw w tańcu, przewrając się w końcu na podłogę.

Ważne w czasie takich wieczorów było to, by w e j ś ć w akcję, podczas gdy konstelacje ludzkie wokół ciebie wirowały i zmieniały się. Nie było założonych z góry zamiarów ani analiz myślowych. Notatki bojowe z wieczorów przychodziły później, na pustyni, na szlakach wiodących z Dakhli do Kufry. Wtedy przypominał sobie jakiś psi skowyt, za którym rozglądał się po parkiecie, sądząc, że to nie naoliwiona igła gramofonowa, a okazywało się, że to kobieta, którą nadepnął w tańcu. Na widok oazy mógł sobie wybaczyć swój taniec, wznosząc ręce ku niebu.

Zimne pustynne noce. Wychwytywał nikłe promyki światła z całunu nocy i przeżuwał je w ustach jak pokarm. Robił tak przez pierwsze dni na szlaku, kiedy znajdował się w strefie zapomnienia pomiędzy miastem a płaskowyżem. Po sześciu dniach nie myślał wcale o Kairze ani o muzyce, ani ulicach, ani kobietach; przenosił się już w odległy czas, jakby przystosowywał się do oddychania w głębokiej wodzie. Jedyną jego więzią ze światem miast był Herodot, jego przewodnik, starożytny i współczesny, w świecie domniemanych kłamstw. Kiedy znajdował prawdę w czymś, co wydawało mu się kłamstwem, sięgał po buteleczkę z klejem i naklejał notkę na mapę albo między wycinki z informacjami bądź też wykorzystywał nie zadrukowane miejsca w książce do naszkicowania mężczyzn w spódniczkach prowadzących z sobą nikomu nie znane zwierzęta. Dawni osadnicy oazowi zazwyczaj nie hodowali bydła, choć Herodot utrzymywał, że je hodowali. Czcili brzemienne boginie; ich skalne portrety ukazywały przeważnie kobiety ciężarne.

Przez dwa tygodnie myśl o mieście w ogóle go nie nawiedzała. Czuł się tak, jakby okryła go milimetrowa warstwa mgiełki i znalazł się pod zadrukowaną powierzchnią mapy, w czystej strefie między ziemią a kartą, między odległościami a opisem, między naturą a opowiadającym. Sanford nazywał to geomorfologią. Miejscem, które sobie wybrali na schronienie, aby rozwijać w nim lepszą cząstkę swych jaźni, by stać się nieświadomymi swego pochodzenia. Tu, poza kompasem słonecznym i poza drogomierzem, nic nie ograniczało jego samotności, jego pomysłowości. W ciągu tych dni pojmował, jak się tworzą miraże, jak powstaje fatamorgana, bo sam w nich tkwił.

Budzi się stwierdzając, że Hana go obmywa. Na wysokości jej pasa widzi komodę. Ona pochyla się, zaczerpuje złączonymi dłońmi wodę z porcelanowej miski i spłukuje mu policzek. Kiedy kończy, mokrymi palcami parokrotnie przeczesuje sobie włosy, tak iż ciemnieją i wilgotnieją. Podnosi wzrok, widzi, że on ma oczy otwarte i uśmiecha się.

Kiedy znów otwiera oczy, widzi, że jest tu Madox, sprawia wrażenie znużonego, niechlujnie niesie mu strzykawkę z morfiną używając do tego obu dłoni, w których brakuje kciuków. Jak on sobie samemu może zrobić zastrzyk? – myśli. Rozpoznaje oko, zwyczaj przesuwania językiem po wardze, jasność umysłu tego człowieka widoczną we wszystkim, co mówi. Dwaj starzy durnie.

Caravaggio wpatruje się w różowość ust człowieka, podczas gdy ten mówi. Dziąsła zapewne koloru jasnej jodyny, jak malarstwo jaskiniowe odkryte w Uweinacie. Jest jeszcze więcej do odkrycia, do wyciągnięcia z tego ciała złożonego na łóżku, nie istniejącego właściwie poza tymi ustami, żyłą w ręce, wilczoszarymi oczyma. Ciągle podziwia jasność myślowej dyscypliny u tego człowieka, który czasem mówi w pierwszej, a czasem w trzeciej osobie, i który ciągle się nie przyznaje, że jest Almásym.

– A więc kto to mówił, przedtem?
– *Śmierć to znaczy, że istniejesz w trzeciej osobie.*

Przez cały dzień dzielili się ampułkami z morfiną. Aby zeń wyciągnąć jego historię, Caravaggio posługuje się całym kodem sygnałów. Kiedy poparzony człowiek zwalnia tok narracji albo kiedy Caravaggio czuje, że nie wszystko rozumie – aferę miłosną, śmierć Madoxa – wyjmuje strzykawkę z naczynia w kształcie nerki, naciskając palcem odłamuje główkę ampułki i zażywa ją. Nie czyni już z tego tajemnicy przed Haną, skoro całe lewe ramię ma rozorane zastrzykami. Almásy owinięty jest w szary zawój, jego czarne ramię spoczywa nagie pod prześcieradłem.

Każda dawka morfiny wnikająca w jego organizm otwiera kolejne drzwi. Wraca przez nie do malowideł jaskiniowych albo do ukrytego samolotu, albo też układa się obok kobiety pod wentylatorem, przytulając policzek do jej brzucha.

Caravaggio sięga po Herodota. Przewraca stronę, wędruje poprzez diuny odkrywając Gilf Kebir, Uweinat, Gebel Kissu. Podczas gdy Almásy mówi, on towarzyszy mu przeglądając notatki. Tylko pożądanie powoduje zboczenie z trasy, zakłócenie igiełki kompasu. Ale w każdym razie jest to świat nomadów, historia apokryficzna. Umysł wędrujący między Wschodem i Zachodem, w piaskowej burzy.

W Grocie Pływaków, po tym, jak jej mąż rozbił samolot, odciął i zdjął spadochron, który miała na sobie. Ułożył ją na ziemi, krzywiącą się z bólu wywołanego stłuczeniami. Palcami delikatnie przeczesywał jej włosy szukając skaleczeń, potem obejrzał jej bark i stopy.

Nie chciał teraz, w tej grocie, utracić jej piękna, jej wdzięku, jej kończyn. Pojmował, że już zamknął w zwartej pięści całą jej naturę.

Była kobietą, która zmieniała twarz robiąc makijaż. Wybierając się na przyjęcie lub kładąc do łóżka malowała usta krwawą szminką; na powiekach kładła plamy cynobru.

Spojrzał na jedno z malowideł skalnych i skradł mu kolory. Ochrą pokrył jej twarz, oczy otoczył niebieskimi obwódkami. Przeszedł przez jaskinię z palcami ubrudzonymi czerwienią i przeczesał nimi jej włosy. Potem całą jej skórę, wraz z kolanem, które pierwszego dnia wyłoniło się z samolotu, pokrył szafranem. Wzgórek łonowy. Kolorowe obręcze na nogach, aby była nietykalna dla istot ludzkich. Tę tradycję znalazł u Herodota, gdzie starzy wojownicy czcili swe ukochane umieszczając i utrzymując je tam, gdzie świat stawał się wieczysty – w barwnych fluidach, w pieśni, na malowidle skalnym.

W jaskini zrobiło się zimno. Otulił ją spadochronem. Rozpalił małe ognisko, opalił nad nim gałęzie akacji i wymachując nimi rozprowadził dym po całej grocie. Stwierdził, że nie potrafi zwracać się do niej wprost, mówił więc oficjalnie, bez osobistych tonów, głos załamywał się w szczelinach ścian skalnych. *Wyruszam teraz po pomoc, Katharine. Słyszysz? Jest tu niedaleko inny samolot, ale nie ma w nim benzyny. Może napotkam jakąś karawanę lub jeepa, wtedy bym wrócił szybciej. Nie wiem.* Wyjął egzemplarz Herodota i położył przy niej. Był wrzesień 1939 roku. Wyszedł z groty, poza krąg światła, wkroczył w ciemność i wyłonił się z niej na pustynię, zalaną księżycową poświatą.

Zsunął się z wyniosłości na podstawę płaskowyżu i stanął wyprostowany.

Nigdzie żadnej ciężarówki. Żadnego samolotu. Ani kompasu. Tylko księżyc i cień rzucany przez niego samego. Odnalazł stary kamienny drogowskaz wskazujący kierunek na El Taj, na północny zachód. Zapamiętał kąt, pod jakim padał jego cień, i ruszył przed siebie. W odległości stu kilkudziesięciu kilometrów znajdował się suk z uliczką zegarów. Woda w skórzanym bukłaku, który napełnił z *ain*, obciążała mu ramię i przelewała się w rytm kroków.

Były dwie pory, kiedy nie mógł się posuwać naprzód.

W południe, gdy cień krył się pod nim całkowicie, i o zmroku, między zachodem słońca a pojawieniem się gwiazd. Wtedy wszystko w pustynnym kręgu było takie samo. Gdyby szedł, mógłby zejść z kursu nawet o dziewięćdziesiąt stopni. Oczekiwał wyłonienia się żywej mapy gwiezdnej, po czym ruszał przed siebie, co godzina odczytując tę mapę. Dawniej, kiedy mieli przewodników po pustyni, zawieszali lampę na długim kiju i pozostała część wyprawy mogła podążać za światłem niesionym przez człowieka odczytującego kierunek z gwiazd. Człowiek porusza się równie szybko jak wielbłąd. Siedem kilometrów na godzinę. Jeśli ma szczęście, może wyznaczyć szlak skorupkami ostryg. Jeśli go nie ma, burza piaskowa zatrze wszelkie ślady po nim. Przez trzy dni wędrował bez żadnego pożywienia. Odpędzał od siebie myśli o niej. Jeśliby dotarł do El Taj, zjadłby *abra*, które plemiona Goran wyrabiają z kolokwinty, gotując ziarenka, by zatraciły gorycz, a potem ugniatając je z daktylami i szarańczą. Przeszedłby się uliczką zegarów i alabastru. Madox wypowiedział formułę: „Oby Bóg miał pieczę nad twym kompanem". Żegnaj. Gest ręką. Chciałby się przekonać, czy istnieje Bóg na pustyni. Poza pustynią jest tylko handel i władza, pieniądze i wojna. Despoci finansowi i militarni trzęsą światem.

Znajdował się w strefie przejściowej, przechodził z rejonu piasku w rejon skał. Odpychał od siebie wszelką myśl o niej. Potem pojawiły się wzgórza, jak średniowieczne zamki. Maszerował dalej, aż skrył własny cień w ich cieniu. Krzewy mimozy. Kolokwinty. Pośród skał wykrzyknął głośno jej imię. *Albowiem echo jest jak dusza głosu, co się rozbudza w miejscach opustoszałych.*

Tam właśnie leżało El Taj. Przez większą część wędrówki wyobrażał sobie uliczkę luster. Kiedy dotarł do obrzeży osiedla, angielskie jeepy wojskowe otoczyły go i uwiozły, nikt nie słuchał opowieści o rannej kobiecie w Uweinacie, o sto kilkadziesiąt kilometrów stąd, nikt nie słuchał w ogóle niczego, co mówił.

– Więc twierdzisz, że Anglicy ci nie wierzyli?
– Nikt mnie nie słuchał.
– Dlaczego?

- Nie podałem im prawdziwego nazwiska.
- Własnego?
- Nie, własne im podałem.
- Więc czyjego?
- J e j. Jej nazwiska. Nazwiska jej męża.
- A co powiedziałeś?
Nie odpowiada.
- Obudź się. Co im powiedziałeś?
- Powiedziałem im, że to jest moja ż o n a. Powiedziałem, że ma na imię K a t h a r i n e. Że jej pierwszy mąż zginął. I że ona leży ciężko ranna, w jaskini Gilf Kebir, w Uweinacie, na północ od źródła Ain Dua. Że potrzebuje wody. I pożywienia. Że ich zaprowadzę w tamto miejsce. Mówiłem, że jedyną rzeczą, której mi potrzeba, jest jeep. Jeden z ich zasranych jeepów... Może wyglądałem po tej wędrówce na jakiegoś pustynnego proroka, ale nie sądzę. Wojna już się zaczęła. Wyłapywali na pustyni szpiegów. Każdy człowiek o obcym nazwisku, który się pojawił w tych małych oazowych miasteczkach, stawał się podejrzany. Ona znajdowała się o sto pięćdziesiąt kilometrów stąd i nie chcieli o niej słyszeć. Jakiś tam zabłąkany angielski wyrzutek w El Taj. Musiałem więc stać się desperacko odważnym skandynawskim wojem. Używali takich wyplecionych z wikliny klatek więziennych wielkości wychodka. Wsadzili mnie do jednej i wywieźli na ciężarówce. Szamotałem się w niej, aż wypadłem wraz z nią na jezdnię. Wykrzykiwałem imię Katharine. I nazwę Gilf Kebir. Podczas gdy jedyne imię, jakie mogło stać się moim atutem, było imieniem i nazwiskiem Cliftona.

Znów mnie wrzucili na ciężarówkę. Byłem dla nich kolejnym podrzędnym szpiegiem. Jeszcze jednym kosmopolitycznym bękartem.

Caravaggio chce wstać i wyjść z pałacu, wydostać się z tego kraju, z wojennych spustoszeń. Jest tylko złodziejem. Pragnie znaleźć się w jakimś barze, gdzie wszyscy się znają, z saperem i Haną w zasięgu wyciągniętej ręki albo jeszcze lepiej – z ludźmi w jego wieku, w barze, gdzie mógłby zatańczyć i porozmawiać z kobietą, złożyć głowę na jej ramieniu, pochylić głowę nad jej brwią albo zrobić coś w tym stylu, ale wie, że najpierw musi wydostać się z tej pustyni, z jej morfinowej architektury. Musi uciec z tej niewidocznej drogi do El Taj. Ten człowiek, którego uważa za Almásy'ego, wykorzystał jego morfinę, aby wrócić do własnego świata, do własnego smutku. I nie ma już żadnego znaczenia, po której stronie opowiedział się w czasie wojny.

A jednak Caravaggio pochyla się nad nim.

– Chciałbym się czegoś dowiedzieć.

– Czego?

– Chciałbym się dowiedzieć, czy to ty zamordowałeś Katharine Clifton. Czy też, skoro zabiłeś Cliftona, tym samym uśmierciłeś i ją.

– Nie, nawet mi to przez myśl nie przeszło.

– Powód do pytania mam taki, że Clifton pracował dla wywiadu brytyjskiego. Obawiam się, że nie był zwykłym naiwnym Anglikiem. Twoim kompanem. Anglicy byli przeświadczeni, że miał oko na waszą dziwną grupę włóczącą się po pustyni egipsko-libijskiej. Wiedzieli, że pewnego dnia ta pustynia stanie się teatrem działań wojennych. Był fotografem lotniczym. Jego śmierć ich zaniepokoiła, nadal ich niepokoi. Stale podnoszą tę kwestię. A wywiad wiedział o twojej aferze z jego żoną, od samego początku. Nawet kiedy Clifton o niej nie wiedział. Oni przypuszczali, że jego śmierć mogła być spowodowana świadomie, jako próba zapobieżenia wytyczeniu szlaku przez pustynię. Oczekiwali cię w Kairze, ale ty oczywiście wróciłeś na pustynię. Później, kiedy mnie wysłano do Włoch, straciłem z oczu dalszą część twej historii. Nie wiedziałem, co się z tobą stało.

– A teraz mnie dopadłeś.

– Przyjechałem tu ze względu na dziewczynę. Znałem jej ojca. Ostatnią osobą, której bym się spodziewał w tym opuszczonym klasztorze, byłby hrabia Ladislaus de Almásy. Daję słowo, mniej byłem tobą przejęty od większości ludzi, z którymi pracowałem.

Krąg światła padający na krzesło Caravaggia oświetlał też jego policzek, tak że rannemu Anglikowi jego twarz wydawała się twarzą z portretu. Jego włosy zazwyczaj ciemne, teraz, rozwiane w blasku dnia, miały jasną barwę, worki pod oczyma przybrały różowy odcień.

Odwrócił krzesło tak, że mógł się oprzeć o nie łokciami patrząc w oczy Almásy'emu. Słowa nie przychodziły Caravaggiowi łatwo. Poruszał szczękami, twarz mu się marszczyła, przymykał oczy, aby skupić myśli w ciemności, i wtedy dopiero wypowiadał zdania, samemu się od nich odrywając. To owa ciemność mu się objawiała, kiedy tak siedział w romboidalnym obramowaniu świetlnym przy łóżku Almásy'ego. Jeden z dwóch starszych mężczyzn w tej historii.

– Mogę z tobą rozmawiać, Caravaggio, gdyż czuję, że obaj jesteśmy śmiertelni. Dziewczyna ani chłopak jeszcze śmiertelni nie są. Na przekór wszystkiemu, co sobie myślą. Hana była bardzo przygnębiona, kiedy ją poznałem.

– Jej ojciec zginął we Francji.

– Ach tak. Nie mówiła o tym. Zachowywała wobec wszystkich dystans. Jedynym sposobem, w jaki mogłem z nią nawiązać kontakt, było poprosić ją, żeby mi poczytała... Czy wiesz, że żaden z nas nie ma dzieci?

Milknie, jakby się chciał co do tego upewnić.

– Czy masz żonę? – pyta Almásy.

Caravaggio siedzi w kręgu różowego światła, rękoma zasłonił twarz, aby odgrodzić się od wszystkiego i móc myśleć precyzyjnie, jakby owo myślenie było jeszcze jednym darem młodości, który niełatwo już staje się jego udziałem.

– Musisz ze mną rozmawiać, Caravaggio, musisz mi się odwzajemnić wyznaniami. Bo chyba nie jestem książką? Czymś do odczytywania, jakimś stworem, którego trzeba wyciągnąć z głębiny i wstrzyknąć mu morfinę, jakimś labiryntem pełnym korytarzy, zasadzek, zagubionych jestestw, kamienistych szczelin?

– Tacy złodzieje jak ja byli wykorzystywani w czasie wojny. Zyskaliśmy uznanie. Kradliśmy. Niektórzy stali się doradcami. Umieliśmy rozpoznawać zakamuflowane podstępy sprawniej niż oficjalny wywiad. Tworzyliśmy podwójne zasadzki. Całe kampanie opierano na takiej mieszance opryszków z intelektualistami. Znałem już cały Bliski Wschód, kiedy po raz pierwszy usłyszałem o tobie. Byłeś tajemnicą, białą plamą na ich mapach. Przekazującą swą wiedzę o pustyni w ręce niemieckie.

– Zbyt wiele się zdarzyło w El Taj w roku 1939, kiedy zostałem porwany, by można było sobie wyobrazić mnie jako szpiega.

– To dlatego dołączyłeś do Niemców?

Milczenie.

– A nie mogłeś zawrócić do Groty Pływaków i do Uweinatu?

– Nie mogłem, dopóki się nie zgodziłem przeprowadzić Epplera przez pustynię.

– Muszę ci coś powiedzieć. To dotyczy roku 1942, w którym przeprowadzałeś szpiega do Kairu...

– Operacja Salaam.

– Tak. Kiedy zacząłeś pracować dla Rommla?

– Wspaniały człowiek... Co mi chcesz powiedzieć?

– Chciałem ci powiedzieć, że kiedy się przemykałeś przez pustynię unikając wojsk sprzymierzonych, przemycając Epplera – że to było b o h a t e r s k i e. Od oazy Gialo przez całą drogę do Kairu. Tylko ty byłeś w stanie dostarczyć do Kairu człowieka Rommla z egzemplarzem *Rebeki* w plecaku.

– Jak się o tym dowiedziałeś?

– Chciałem ci powiedzieć, że oni wcale nie w Kairze odkryli Epplera. Wiedzieli o całej wyprawie. Szyfr niemiecki złamano o wiele wcześniej, ale nie mogliśmy pozwolić na to, żeby się Rommel w tym zorientował albo żeby odkryto nasze źródła informacji. Żeby ująć Epplera, musieliśmy więc czekać, aż dotrze do Kairu.

Śledziliśmy cię przez całą drogę. Przez całą pustynię. A ponieważ wywiad znał twoje nazwisko, wiedział, w co jesteś wciągnięty, tym bardziej był tobą zainteresowany. Potrzebowali ciebie. Podejrzewano, że zginąłeś... Jeśli mi nie wierzysz: wyruszyłeś z Gialo i przez dwadzieścia dni byłeś w drodze. Szedłeś szlakiem ukrytych studni. Nie mogłeś dojść do Uweinatu z powodu znajdujących się tam wojskowych oddziałów sprzymierzonych, z tegoż powodu ominąłeś Abu Ballas. Były dni, w których Eppler cierpiał na gorączkę pustynną i musiałeś się nim zajmować, troszczyć się o niego, choć powiedziałeś, żeś go nie lubił...

Samoloty zapewne cię „zgubiły", ale pozostawałeś pod czujnym nadzorem. To nie ty szpiegowałeś, to my byliśmy szpiegami. Wywiad uważał, że zabiłeś Cliftona z powodu kobiety. Jego grób znaleziono w 1939, ale nie było śladu po jego żonie. Stałeś się wrogiem nie wtedy, kiedy dołączyłeś do Niemców, lecz kiedy wdałeś się w aferę z Katharine Clifton.

– Rozumiem.

– Zgubiliśmy cię z oczu, kiedy wyjechałeś z Kairu w 1942. Podejrzewano, że cię złapali na pustyni i zabili. Ale oni tylko cię stracili z oczu. Po dwóch dniach. Musiałeś być pomylony, nie postępowałeś rozumnie, bobyśmy cię ujęli. Podłożyliśmy bombę w ukrytym jeepie. Znaleźliśmy potem jego wrak, ale po tobie nie było śladu. Zniknąłeś. To musiała być twoja największa wyprawa, nie ta do Kairu. Musiałeś już zwariować.

– A ty byłeś w Kairze wtedy, kiedy oni mnie tropili?

– Nie, przeglądałem tylko raporty. Wysłano mnie do Włoch, bo oni myśleli, że może ty się tu przedostałeś.

– Tu?

– Tak.

Romboid światła przesunął się na ścianę pozostawiając Caravaggia w mroku. Włosy miał znów ciemne. Odchylił się w krześle, plecami dotknął oparcia.

– Myślę, że to nie ma znaczenia – wyszeptał Almásy.

– Chcesz morfiny?

– Nie. Porządkuję sobie sprawy. Zawsze byłem człowiekiem prywatnym. Niełatwo mi uznać, że byłem tak wszechstronnie o m a w i a n y.

– Miałeś romans z kimś, kto był związany z wywiadem. Byli tacy ludzie w wywiadzie, którzy cię znali osobiście.

– Pewnie Bagnold.

– Tak.

– Prawdziwie angielski Anglik.

– Tak.

Caravaggio umilkł.

- Chcę z tobą pomówić o jeszcze jednej sprawie.
- Wiem jakiej.
- Co się stało z Katharine Clifton? Co się takiego przydarzyło tuż przed wojną, co kazało wam wszystkim zjechać się ponownie w Gilf Kebir po tym, jak Madox wyjechał do Anglii?

Oczekiwano po mnie, że wyprawię się jeszcze do Gilf Kebir, by uprzątnąć pozostałości po bazie obozowej w Uweinacie. Nasze życie tam było już sprawą zamkniętą. I sądziłem, że nic się już między nami nie zdarzy. Nie byliśmy już kochankami od prawie roku. Wojna zbliżała się skądś tam, jak ręka wsuwająca się w okno na stryszku. A zarówno ona, jak i ja odpoczywaliśmy odgrodzeni od siebie murem naszych dawnych obyczajów, pozostając w luźnym, niewinnie wyglądającym kontakcie. Nie widywaliśmy się zbyt często.

W ciągu lata 1939 miałem dotrzeć lądem do Gilf Kebir wraz z Goughem, zwinąć bazę obozową, a Gough miał wrócić ciężarówką. Po mnie miał przylecieć Clifton. Mieliśmy się rozstać, rozerwać trójkąt, który się między nami wytworzył.

Usłyszałem samolot, zobaczyłem go, jeszcze kiedy schodziłem ze skał na płaskowyż. Clifton wszędzie docierał przed czasem.

Jest taki sposób, w jaki mały samolot transportowy podchodzi do lądowania, ześlizgując się z poziomu horyzontu. Wtapia skrzydła w pustynię, milknie warkot motoru, samolot stoi na ziemi. Nigdy do końca nie zrozumiałem, jak działają samoloty. Obserwowałem je, jak się do mnie zbliżają na pustyni, zawsze wychodziłem z namiotu pełen lęku. Przecinają skrzydłami linię światła i zapadają w ciszę.

Moth nadleciał nad płaskowyż lotem ślizgowym. Wymachiwałem niebieskim brezentem. Clifton zniżył się i przeleciał nade mną tak nisko, że z gałęzi akacji zdarł liście. Samolot przechylił się w lewo i zawrócił, dostrzegłszy mnie pilot wyrównał kurs i nadlatywał wprost na mnie. O pięćdziesiąt metrów przede mną pochylił się i rozbił. Rzuciłem się w jego stronę.

Myślałem, że jest sam w maszynie. Miał przylecieć sam. Ale kiedy podbiegłem, żeby go wyciągnąć, ona siedziała obok

231

niego. On już nie żył. Ona usiłowała unieść nogi, patrzyła na wprost. Piasek wdarł się przez okno do kabiny. Nie wyglądało na to, żeby była ranna. Lewą rękę wysunęła przed siebie, aby się osłonić przed skutkami uderzenia. Wyciągnąłem ją z samolotu, który Clifton nazwał „Rupert", i zaniosłem do grot skalnych. Wniosłem do Groty Pływaków, gdzie były malowidła skalne. Szerokość geograficzna 23°30',długość 25°15'. Geoffreya Cliftona pochowałem tej samej nocy.

Czy byłem klątwą rzuconą na nich? Na nią? Na Madoxa? Na pustynię zgwałconą przez wojnę, ostrzeliwaną, jakby była tylko piaskiem? Barbarzyńcy przeciw barbarzyńcom. Armie obu stron przetaczały się przez pustynię w ogóle nie zdając sobie sprawy z tego, czym ona jest. P u s t y n i e l i b i j s k i e. Jeśli odsuniesz na bok politykę, jest to najpiękniejsza nazwa, jaką znam. L i b i a. Seksualne, wydłużone słowo, stosowne do pieszczoty. Głoska „b" i głoska „i". Madox utrzymywał, że jest to jedno z niewielu słów, w których słyszysz, jak język zwija się w rożek. Pamiętasz skargę Dydony na pustyniach libijskich? *Mąż ma być jako rzeki pełne wody na suchej ziemi...*
Nie sądzę, żebym wstąpił na przeklęty teren albo żebym się uwikłał w sytuację, która była ze swej istoty złem. Każde miejsce i każda osoba były dla mnie darem. Odnalezienie skalnych malowideł w Grocie Pływaków. Wyśpiewywanie „refrenów" z Madoxem w czasie naszej ekspedycji. Pojawienie się Katharine wśród nas na pustyni. Krok, jakim podchodziłem do niej po wymalowanej na czerwono, cementowej posadzce i padłem na kolana, jej brzuch przy mej głowie, jakbym był chłopcem. Plemię rozpoznające broń z moją pomocą. I nawet nas czworo. Hana i ty, i saper.
Wszystko, co kochałem i szanowałem, zostało mi odebrane.
Pozostałem przy niej. Stwierdziłem, że ma złamane trzy żebra. Wyczekiwałem jej przygasającego spojrzenia, chwili, kiedy będzie można naciągnąć jej zwichnięty bark, w której przemówią jej spokojne usta.
– Jak wzbudziłeś w sobie nienawiść do mnie? – wyszeptała. – Zabiłeś we mnie niemal wszystko.

- Katharine – ty nie...
- Przytul mnie. Przestań się bronić. Nic cię nie odmieni.

Nie spuszczała ze mnie wzroku. Nie mogłem się wymknąć z jej pola widzenia. Będę jej ostatnim widokiem, który zobaczy. Szakal w jaskini, który będzie jej bronił, który nigdy jej nie oszuka. Powiedziałem jej, że istnieją setki bóstw kojarzonych ze zwierzętami. Są też takie, które przybrały postać szakala. Anubis, Duamutef, Wepwawet. Są takie, które cię przeprowadzają w życie po życiu – takie jak mój duch, który ci towarzyszył w latach, kiedy się jeszcze nie znaliśmy. Na tych wszystkich przyjęciach w Londynie i Oksfordzie. Strzegł cię. Siadałem naprzeciw ciebie, kiedy odrabiałaś lekcje, używając wielkiego ołówka. Byłem przy tobie, kiedy poznałaś Geoffreya Cliftona o drugiej w nocy w bibliotece Oxford Union. Wszyscy porozrzucali płaszcze na podłodze, a ty, bosa, wyszukiwałaś sobie drogę pomiędzy nimi. On ciebie strzegł, ale i ja ciebie strzegłem, choć sobie nie uświadamiałaś mej obecności, ignorowałaś mnie. Byłaś w takim wieku, w którym dostrzega się tylko przystojnych mężczyzn. Nie zdawałaś sobie jeszcze sprawy z istnienia ludzi pozostających poza sferą oddziaływania twego wdzięku. Nie było przyjęte w Oksfordzie mieć szakala za eskortę. Ale ja jestem człowiekiem szybko zmierzającym do osiągnięcia tego, czego pragnę. Ściana za tobą zakryta jest rzędami książek. Lewą ręką muskasz długą pętlę pereł oplatającą ci szyję. Bose stopy wymacują ścieżkę przed tobą. Czegoś szukasz. Byłaś wtedy krąglejsza, ale i tak piękna, w stopniu w pełni odpowiadającym wymogom uniwersyteckiego życia.

Jest nas troje w bibliotece Oxford Union, ale ty odnajdujesz tylko Geoffreya Cliftona. Będzie to romans gwałtowny jak trąba powietrzna. On ma jakąś pracę u archeologów w Afryce Północnej, wszędzie. „Pracuję z pewnym dziwnym, starym opryszkiem". Matka wydaje się całkiem rada z twej przygody.

Ale ów duch szakala, który wytyczał ci drogę życiową i który nazywał się Wepwawet albo Almásy, przebywał w tym pokoju bibliotecznym wraz z wami. Stałem z założonymi rękoma, przypatrując się twym staraniom o prowadzenie ożywionej rozmowy, co było pewnym problemem, bo oboje byliście pijani. Ale cudowne było to, że mimo oszołomienia alkoholem, o drugiej w nocy, każde z was w jakiś sposób odczuwało przyjemność z wzajemnego obcowania. Przyszłaś tu z innymi i z innymi mogłaś spędzić ten wieczór, ale oboje odnaleźliście wtedy swe przeznaczenie.

O trzeciej nad ranem musiałaś już wracać do domu, ale nie wiedziałaś, gdzie jest drugi bucik. Jeden trzymałaś w ręce, różowawy pantofelek. Widziałem ten drugi. Leżał schowany pod czyimś płaszczem nieopodal mnie. Jego pobłyskiwanie. Były to z pewnością twoje ulubione buciki, z wycięciem na palce. Dziękuję, powiedziałaś przyjmując pantofelek i nawet nie patrząc w twarz temu, co ci go podał.

Wierzę w to. Kiedy spotykamy tych, w których się zakochujemy, jakiś wymiar naszej duchowości ma charakter historyczny; może mam w sobie coś z pedanta, który sobie wyobraża lub przypomina spotkanie z kimś, obok kogo ktoś inny przeszedłby obojętnie, tak jak Clifton mógł o rok wcześniej otworzyć przed tobą drzwi taksówki i nie dostrzec w tym swego przeznaczenia. Ale wszystkie cząstki ciała powinny być przygotowane na przyjęcie kogoś drugiego, wszystkie atomy mają dążyć w wytkniętym kierunku, ku pożądaniu, które nami owładnie.

Przez całe lata przebywałem na pustyni i nabrałem wiary w te sprawy. Jest to miejsce próżni. *Trompe l'oeil* czasu i wody. Jednooki szakal ogląda się wstecz, inny wypatruje ścieżki, którą zdecydowanie obierasz. W szczękach trzyma strzępki przeszłości, które ci przynosi, a kiedy zaznasz już pełni tego czasu, dowiedzie ci, że go już kiedyś znałaś.

Jej oczy spoczywały na mnie utrudzone. Przerażająca słabość. Kiedy ją wynosiłem z samolotu, próbowała objąć spojrzeniem wszystko dookoła. Teraz oczy miała skupione, jakby strzegły czegoś w jej wnętrzu. Przysunąłem się i przysiadłem na piętach. Pochyliłem się i dotknąłem językiem jej prawego, niebieskiego oka. Smak soli. Pyłku kwiatowego. Przeniosłem ten smak na jej usta. Potem drugie oko. Język ślizga się po zachwycającej porowatości powieki, ściera błękit; kiedy cofałem głowę, jej spojrzenie wyłaniało się spomiędzy białych łuków. Rozchyliłem jej wargi, zagłębiłem palce w ustach, rozsunąłem szczęki, język skrył się głęboko na dnie jamy ustnej, wyciągnąłem go stamtąd, wydobyła z siebie westchnienie, jakiś śmiertelny wydech. Było już za późno. Pochyliłem się i złożyłem błękitny pyłek językiem na jej języku. W ten sposób odczuliśmy się nawzajem raz jeszcze. Nic się nie zdarzyło. Odgiąłem głowę do tyłu, zaczerpnąłem powietrza i znów się nad nią pochyliłem. Kiedy tym razem dotknąłem jej języka, wyczułem w nim drganie.

A potem wydała z siebie potworny jęk, gwałtowny i zarazem intymny. Skurcz całego ciała, jak przy porażeniu prądem. Osunęła się tracąc oparcie w ozdobionej malowidłami ścianie. Zdawało się, że w jaskini jest coraz mniej światła. Jej szyja skręcała się w różne strony.

Znam podstępy szatana. Kiedy byłem dzieckiem, uczono mnie o kochankach diabła. Mówiono o pięknych kusicielkach, nawiedzających pokój młodego mężczyzny. On zaś, gdyby był mądry, powinien sprawić, by się wiły wokoło, ponieważ demony i czarownice nie mają pleców, mają tylko to, co chcą ci pokazać. Cóż uczyniłem? Jakie w nią wprowadziłem zwierzę? Przemawiałem do niej, jak myślę, ponad godzinę. Czyżbym był jej szatańskim kochankiem? Czy byłem szatańskim kompanem Madoxa? A ten kraj – czy go wyrysowałem i przekształciłem w pole bitewne?

Jest rzeczą ważną, by umrzeć w świętym miejscu. Była to jedna z tajemnic pustyni. Dlatego Madox poszedł do kościoła w Somerset, do miejsca, które w jego odczuciu utraciło świętość, i popełnił samobójstwo, co w jego przekonaniu było aktem świętym.

Kiedy ją obróciłem, całe ciało miała pokryte białym pigmentem. Zioła i kamienie, i światło, i popiół z akacjowych gałęzi, wszystko czyniło ją nieśmiertelną. Święte kolory wniknęły w ciało. Zanikł tylko błękit oczu, stały się anonimowe, jak pusta mapa, na której niczego nie oznaczono, na której nie ma symbolu jeziora ani ciemnych smug oznaczających górę, jaka się znajduje na północ od linii Borkou-Ennedi-Tibesti, ani jasnozielonej siatki tam, gdzie wody Nilu wpływają w otwartą pięść Aleksandrii, na skraju Afryki.

Wszystkie te nazwy plemion, pełnych wiary nomadów, którzy wędrują przez monotonię pustyni i widzą jasność, i zjawę, i kolor. Sposób, w jaki kamień albo znalezione gdzieś metalowe pudełko, albo kość staje się przedmiotem umiłowania i staje się wieczysta dzięki modlitwie. Ona teraz wstępuje w tę oto chwałę tej oto krainy i staje się jej cząstką. Umieramy wypełnieni bogactwem kochanków i plemion, smakami, których zakosztowaliśmy, ciałami, w któreśmy się worywali i z których wypływaliśmy jak rzeki mądrości, istotami, pomiędzy które wkraczaliśmy jak między drzewa, lękami, które skrywaliśmy w sobie jak w jaskini. Pragnąłbym, aby to wszystko było odznaczone na moim ciele, kiedy umrę. Wyznaję taką kartografię – odznaczania przez naturę, nie przez wpisywanie samych siebie na mapę na podobieństwo nazwisk bogatych mężczyzn i kobiet wypisanych na budynkach. Stanowimy pospólną historię, jesteśmy pospólnymi księgami. Nie jesteśmy zawłaszczani ani monogamiczni – na miarę naszych upodobań i doświadczeń. Wszystko, czego pragnąłem, to wędrować po ziemi nie wyrysowanej jeszcze na mapach.

Wyniosłem Katharine Clifton na pustynię, złożyłem jej ciało w pospólnej księdze księżycowej poświaty.

Twarz Almásy'ego osuwa się w lewo, nie patrzy na nic – może na kolana Caravaggia.
– Chcesz teraz trochę morfiny?
– Nie.
– Czy mogę ci coś podać?
– Nie, nic.

X

Sierpień

Caravaggio zszedł po ciemku ze schodów i wszedł do kuchni. Jakiś seler na stole, kilka zapiaszczonych rzep. Jedyne światło padało od ognia, który Hana niedawno rozpaliła. Była odwrócona tyłem i nie słyszała jego kroków. Rozluźnił się w czasie pobytu w pałacu, wyzbył ostrożności, toteż wydawał się wyższy, ruchy miał bardziej zamaszyste. Zachował tylko cichy sposób chodzenia. Było to łatwe do zniesienia samoograniczenie, rodzaj senności w ruchach.

Odsunął krzesło, ona się odwróciła i spostrzegła, że wszedł do kuchni.

– Cześć, Dawidzie.

Uniósł ramię. Poczuł, że zbyt długo przebywał na pustyniach.

– Jak on się czuje?

– Usnął. Zagadał się do szczętu.

– Czy jest tym kimś, o kim myślałeś?

– Jest w porządku. Niech nim sobie będzie.

– Tak też myślałam. Oboje z Łososiem jesteśmy pewni, że to Anglik. Łosoś uważa, że najlepsi ludzie są ekscentrykami, pracował z jednym takim.

– Myślę, że Łosoś też jest ekscentrykiem. A gdzie on jest, nawiasem mówiąc?

– Coś tam przygotowuje na tarasie. Nie chce, żebym tam zaglądała. To coś na moje urodziny.

Hana wyprostowała się znad rusztu, otarła rękę o rękę.

– Na urodziny opowiem ci pewną historyjkę – powiedział. Spojrzała na niego.

– Tylko nie o Patryku, dobrze?

– Będzie to trochę o Patryku, trochę o tobie.

– Nie mogę słuchać takich rzeczy.

– Ojcowie są śmiertelni. Dochowuje się im miłości w każdy możliwy sposób. Nie możesz go wyrzucić ze swego serca.

– Powiesz mi o tym, jak ci minie odurzenie morfiną.

Podeszła do niego, objęła ramionami i pocałowała w policzek. Zacieśnił wokół niej uścisk, dotyk brody odczuła na skórze jak dotyk piasku. Lubiła go takim, jakim był teraz, przedtem był zawsze zbyt drobiazgowy. Patryk mówił, że jego przedziałek we włosach wygląda jak Yonge Street o północy. Przedtem Caravaggio zachowywał się w jej obecności jak bóg. Teraz, z twarzą, która wyraźnie mu się zaokrągliła, i brzuszkiem, był przyjaźniej ludzki.

Obiad tego wieczoru przygotowywał saper. Caravaggio go nie doglądał. Co trzeci obiad był w jego przekonaniu stracony. Łosoś zbierał jarzyny i podawał je nie dogotowane, ledwie sparzone zupą. Miał to więc być kolejny jarski posiłek, zupełnie nie taki, jakiego by sobie Caravaggio życzył po wysłuchiwaniu przez cały dzień opowieści tego człowieka na piętrze. Otworzył kredens i zajrzał do środka. Było tam trochę zakrytego serwetką suszonego mięsa, z którego odkroił sobie kawałek i schował do kieszeni.

– Mogę ci już odstawić morfinę, wiesz? Jestem dobrą pielęgniarką.

– Otaczają cię szaleńcy...

– Tak, wszyscy jesteśmy szaleńcami.

Kiedy ich Łosoś zawołał, wyszli z kuchni na taras, którego dolna balustrada obwieszona była światełkami.

Wydało się Caravaggiowi, że to rząd małych elektrycznych świeczek spotykanych w zakurzonych kościółkach, i pomyślał, że saper posunął się za daleko wyciągając je z kaplicy, nawet jeśli chciał uczcić dzień urodzin Hany. Hana podeszła do światełek z rękoma przyciśniętymi do twarzy. Nie było wiatru. Jej łydki i uda poruszały się pod sukienką, jakby przepływał tam mały strumyk. Tenisówki cicho stąpały po kamiennej posadzce.

– Zbierałem łuski od pocisków wszędzie, gdzie się dało – powiedział saper.

Ciągle nie mogli zrozumieć, co to za światełka. Caravaggio podszedł do nich bliżej. Były to łuski napełnione oliwą. Przejechał wzrokiem po całym rzędzie. Musiało ich być ze czterdzieści.

– Czterdzieści pięć – uściślił Łosoś – tyle lat liczy sobie to stulecie. W kraju, z którego pochodzę, czcimy stulecie na równi z własnym wiekiem.

Hana przeszła wzdłuż rzędu lampek, z rękoma w kieszeniach; Łosoś lubił się przypatrywać, jak spacerowała w ten sposób. Tak odprężona, jakby już odłożyła utrudzone ręce na noc, jakby już nie miały być jej potrzebne.

Caravaggia zachwyciła obecność trzech butelek czerwonego wina na stole. Podszedł, przeczytał nalepki i potrząsnął głową z uznaniem. Wiedział, że saper nie wypije nawet łyka z żadnej z nich. Wszystkie trzy były już odkorkowane. Widocznie Łosoś samotnie przestudiował w bibliotece jakiś podręcznik stołowej etykiety. Potem zobaczył kukurydzę i mięso, i ziemniaki. Hana podała Łososiowi ramię i podeszła wraz z nim do stołu.

Jedli i pili, niespodziewanie ciężkie wino zyskiwało w ich ustach niemal konsystencję mięsa. Zaraz też zaczęli się wygłupiać przy toastach na cześć sapera – „wielkiego zaopatrzeniowca" – i rannego Anglika. Pili też nawzajem swoje zdrowie, saper włączał się w te toasty swą szklaneczką wody. I wtedy właśnie zaczął opowiadać o sobie. Caravaggio go do tego zachęcał, choć nie przez cały czas słuchał, podnosząc się chwilami od stołu i przechadzając się wokół, nie mogąc się tym wszystkim nacieszyć. Pragnął tych oboje pożenić, namawiał ich do tego, ale wydawali się podlegać swym własnym dziwnym regułom określającym wzajemne stosunki. To, co robił, było j e g o rolą. Znowu zasiadł za stołem. Od czasu do czasu spostrzegał, że gasła któraś lampka. Skorupki łusek mieściły w sobie niewiele oliwy. Łosoś wstawał i dopełniał je różową parafiną.

– Musimy je utrzymać do północy.

Rozmawiali o wojnie, tak już odległej.

– Kiedy skończy się już wojna z Japonią, wszyscy powrócą do domu – powiedział Łosoś.

– A ty, dokąd ty wrócisz? – spytał Caravaggio.

Saper odwrócił głowę, lekko nią pokiwał, lekko potrząsnął, usta rozchylił w uśmiechu. Więc Caravaggio zaczął mówić, zwracając się głównie do Łososia.

Pies nieśmiało podszedł do stołu i ułożył łeb na kolanach Caravaggia. Saper przymawiał się o dalsze opowieści z Toronto, jakby to było miejsce jakichś szczególnych cudów. Śniegu pokrywającego miasto, lodu skuwającego port, promów, którymi latem ludzie udawali się na koncerty. Ale naprawdę interesowało go życie Hany, tyle że ona wykręcała się od tematów, które wiązały się z jakimiś ważnymi dla niej momentami. Chciała, żeby Łosoś znał tylko ją teraźniejszą, osobę zapewne bardziej ułomną i bardziej porywczą lub też twardszą i bardziej zdecydowaną niż ta dziewczyna lub młoda kobieta, którą była niegdyś. W jej życiu istniała matka Alicja, ojciec Patryk, macocha Klara i Caravaggio. Wyznała już ich imiona Łososiowi, jakby byli jej wierzycielami albo jej wianem. Byli pozbawieni wad – nie było co do tego wątpliwości. Powoływała się na nich jak na autorytety, jak na poradnik zalecający właściwy sposób gotowania jajek albo doprawiania jagnięcia czosnkiem. Nie wolno było podważać tych autorytetów.

No i teraz, bo już był pijany, Caravaggio opowiedział historyjkę o Hanie śpiewającej „Marsyliankę", którą już uprzednio ją uraczył.

– Tak, słyszałem tę pieśń – powiedział Łosoś i zaczął nucić własną jej wersję.

– Nie tak – przerwała Hana – masz ją o d ś p i e w a ć na stojąco!

Wstała, zrzuciła tenisówki i weszła na stół. Już tylko cztery lampki dogasały w tle, za jej bosymi stopami.

– To dla ciebie, Łososiu, masz się nauczyć ją tak śpiewać! Śpiewam dla c i e b i e.

I wyśpiewała „Marsyliankę" w ciemność, poza wyszczerbiony rząd dogasających lampek, poza krąg światła padającego z okna pokoju rannego Anglika, w mroczne niebo przesłaniane falującymi cieniami cyprysów. Ręce wyjęła z kieszeni.

Łosoś słyszał już tę pieśń w obozach, czasem w dziwnych sytuacjach, jak wtedy, przed zaimprowizowanym meczem piłkarskim. Caravaggio zaś, kiedy w czasie wojny słuchał tej pieśni, przestał ją lubić. W pamięci zachował wersję Hany sprzed lat. Teraz znów poddawał się jej z przyjemnością, ponieważ to ona znów ją śpiewała, ale rychło spostrzegł różnicę, jaka się w tym śpiewie dokonała. Nie było już w nim uniesienia szesnastolatki, lecz odbicie niepewnego kręgu światła wokół niej, wśród ciemności. Śpiewała tak, jakby się coś w niej zabliźniło, jakby już nikt nie był w stanie zebrać w całość nadziei zawartej w tej pieśni. Jej śpiew nosił piętno tych pięciu lat, które przywiodły ją do tej nocy, nocy jej dwudziestych pierwszych urodzin w czterdziestym piątym roku dwudziestego stulecia. Był to śpiew utrudzonego wędrowca, osamotnionego w świecie. Był to nowy testament. Nie było już w tej pieśni pewności, śpiew był tylko samotnym wyzwaniem rzuconym wyniosłym szczytom władzy. Był jedynym uwierzytelnieniem. Jedyną rzeczą niezniszczalną. Pieśnią oliwnej lampki. Caravaggio spostrzegł, że śpiewa wraz z saperem i że jego śpiew jest echem rytmu serca sapera.

W namiocie przeżywali noce milczenia i noce wypełnione rozmową. Nigdy nie umieli przewidzieć, co ich czeka, jaki fragment przeszłości wyłoni się z pamięci albo też jaki rodzaj milczącego porozumienia ustali się w ciemności. Każdej nocy zabiegał o pozyskanie bliskości jej ciała lub bliskości jej języka przy swym uchu – kiedy składali głowy na wspólnej poduszce. Oczarował go ten wynalazek Zachodu. Każdego ranka starannie wypuszczał z poduszki powietrze i składał ją potrójnie, tak jak postępował w czasie całego przemarszu przez Włochy.

W namiocie Łosoś wtulał głowę w jej szyję. Nadstawiał całą swą skórę na pieszczotę jej paznokci. Albo też przywierał ustami do jej ust, brzuchem do jej brzucha.

Śpiewała albo nuciła pod nosem. W nocnych rozmyślaniach pod płótnem namiotu uważała go za na poły ptaka – miał w sobie, w swym wnętrzu, jakby ptasie pióra, a chłód żelaza w dotyku dłoni. Kiedy przebywał z nią w ciemności, poruszał się na wpół sennie, nie tak żwawo, jak obracał się świat wokół nich, podczas gdy za dnia przenikał wzrokiem wszystkie te szybkie obroty rzeczy dokonujące się wokół i przystosowywał do nich, jak kolor dopasowuje się do koloru.

W nocy osuwał się w odrętwienie. Nie widząc jego wzroku, nie mogła się zorientować w zamiarach ani dyscyplinie jego poruszeń. Nie znała do nich klucza. Przystępu do niego szukała alfabetem Braille'a. Tak jakby jego narządy, serce, układ żeber mogły być widoczne przez skórę, jakby ślina na jej ręce nabierała koloru. Rodzaje jej smutków rozpoznawał wrażliwiej niż ktokolwiek inny. Tak jak ona rozumiała dziwną odmianę miłości, jaką żywił dla swego groźnego brata. „Mamy we krwi to, by być wędrowcami. Dlatego właśnie uwięzienie jest dla niego najtrudniejsze do zniesienia, jest gotów się zabić dla zdobycia wolności".

W trakcie nocnych rozmów wędrują po jego krainie pięciu rzek. Sutlej, Jhelum, Ravi, Chenab, Beas. Wprowadza ją do wielkiej *gurdwara*, zdejmując jej buty, obmywa stopy, zakrywa głowę. Zbudowano ją w 1601 roku, zbezczeszczono w 1757 i natychmiast odbudowano. W 1830 ozdobiono złotem i marmurami.

– Gdybym cię tam przyprowadził przed świtem, najpierw ujrzałabyś opary nad powierzchnią wody. Potem one się unoszą, wpuszczając do świątyni światło. I usłyszałabyś hymny na cześć świętych – Ramanandy, Nanaki i Kabira. Śpiew jest istotą nabożeństwa. Słuchasz śpiewu, wdychasz zapach owoców z ogrodów świątynnych – granatów, pomarańczy. Świątynia jest przystanią pośród nurtów życia dostępną wszystkim. Jest statkiem żeglującym po morzu niewiedzy.

Wędrują po nocy, przechodzą przez srebrne odrzwia do przybytku, gdzie chroniona zasłoną z brokatu leży Święta Księga *ragis*, odśpiewują jej wersety przy akompaniamencie muzyków. Granth Sahib otwiera się w dowolnym miejscu, wybiera cytat i przez trzy godziny, aż po chwilę, kiedy rozpraszające się mgły odsłonią Złotą Świątynię, wersety mieszają się z sobą i spływają w nieustannej recytacji.

Łosoś wiedzie ją, wzdłuż basenu, do świętego drzewa, pod którym pochowano Babę Guyhajiego, pierwszego kapłana świątyni. Drzewo otoczone kultem, liczące czterysta pięćdziesiąt lat.

– Moja matka pielgrzymowała tam i zawiązała węzeł wokół gałęzi, aby wyjednać przychylność świętego drzewa dla jej intencji urodzenia syna, a kiedy mój brat przyszedł na świat, udała się tam ponownie, prosić o błogosławieństwo, by mogła urodzić drugiego syna. W całym Pendżabie jest mnóstwo świętych drzew i cudotwórczych wód.

Hana milczy. On zdaje sobie sprawę z głębokich ciemności, jakie się w niej kryją, z braku w niej dziecięctwa i wiary. Zawsze stara się ją wywieść z obszarów jej smutku. Zagubione dziecko. Straciło ojca.

– Też straciłem kogoś, kto był dla mnie jak ojciec – mówi. A ona wie, że ten mężczyzna leżący obok niej jest jednym z wybranych, którym dane jest zawsze stać obok, którzy mogą zrywać swe powiązania i zastępować utracone miejsca innymi. Są ludzie, których krzywdy łamią, i ludzie, którzy nie dają się złamać. Gdyby go o to spytała, odparłby, że uważa swe życie za udane – mając brata w więzieniu, przyjaciół wysadzanych w powietrze przez bomby i miny, i samemu codziennie ryzykując życiem na tej wojnie.

Jest jakaś straszna niesprawiedliwość w losie takich ludzi, maskowana powłoką ich uprzejmości. Mógłby przebywać przez cały dzień w glinianej jamie rozbrajając bombę, mógłby wrócić do domu z pogrzebu przyjaciela sapera, zgaszony, ale mimo wszystkich zagrożeń czających się wokół zawsze znajdował jakąś nadzieję, jakieś światło. Ona nie miała nadziei na nic. Dla niego istniały różne warianty losu, a w świątyni Amritsar ludzie wszystkich wyznań i stanów witani byli na równi i zapraszani do wspólnego posiłku. Ją też by tam dopuszczono, by mogła złożyć monetę lub kwiat na płachcie rozpostartej na podłodze i włączyć się w wielki, nieustający śpiew.

Pragnęłaby tego. Jej skrytość była wyrazem smutnego usposobienia. On chciałby ją przeprowadzić przez jedną z trzynastu bram wiodących do jego świata wewnętrznego, ale wiedziała, że gdyby się znalazł w niebezpieczeństwie, nie szukałby w niej ratunku. Wytworzyłby wokół siebie pustą przestrzeń i zamknął się w sobie. Takie miał rzemiosło. Sikhowie, jak mawiał, są wspaniałymi technologami.

– Mamy w sobie mistyczną bliskość... jak to się nazywa?

– Powinowactwo.

– Tak, powinowactwo z mechanizmami.

Wyłączał się z ich grona na długie godziny. Dźwięki muzyki z kryształkowego radioodbiornika wędrowały wzdłuż wyciągniętego ramienia i wnikały w jego włosy. Nie uwierzyła w możliwość pełnego z nim zespolenia i bycia jego prawdziwą miłością. Poruszał się po własnej trajektorii, z szybkością umożliwiającą uzupełnienie strat. Taką miał naturę. Nie chciała jej osądzać. Nie miała do tego prawa. Łosoś wychodzący co rano z plecakiem przewieszonym przez lewe ramię i wędrujący własnymi ścieżkami wokół Villa San Girolamo. Każdego ranka mu się przypatrywała, obserwując jego otwartość na świat, za każdym razem być może oglądając ją po raz ostatni. W kilka minut później spoglądał w górę, na okaleczone przez szrapnele cyprysy, które utraciły wiele gałęzi. Pliniusz wędrował zapewne ścieżką w taki sam sposób, albo i Stendhal, bo akcja niektórych części *Pustelni Parmeńskiej* toczy się na tym skrawku świata.

Łosoś popatrywał w górę, na wysoki łuk okaleczonych drzew, potem na rozsnuwającą się przed nim alejkę – on, młody człowiek o najdziwniejszym zawodzie, jaki wymyśliło to stulecie, saper, technik wojskowy detonujący i rozbrajający miny. Każdego ranka wychodził z namiotu, mył się w ogrodzie i wychodził poza teren przyległy do pałacu, nawet nie wchodząc do domu – być może pomachałby na pożegnanie ręką, gdyby ją zobaczył – jak gdyby język, ludzkie odruchy miały go wprowadzić w zakłopotanie, wniknąć jak krew w maszynerię, którą miał rozszyfrować. Dostrzegała go w odległości kilkudziesięciu metrów od pałacu, na tle jaśniejącej alejki.

W takiej chwili pozostawiał ich wszystkich poza sobą. Był to moment, kiedy zwodzony most zamykał się za rycerzem, który odtąd zdany był wyłącznie na precyzję własnych ruchów i fizyczną sprawność. W Sienie oglądała malowidło ścienne. Fresk przedstawiający miasto. O kilka metrów za jego murami malowidło wykruszyło się i rycerz opuszczający zamek nie mógł liczyć nawet na wsparcie ze strony sztuki, władnej przecież stworzyć sad, by go nim osłonić. Tak też w jej odczuciu wyglądały codzienne wędrówki Łososia. Każdego ranka opuszczał namalowaną scenerię i zapuszczał się w poszarpany mrok chaosu. Rycerz. Święty wojownik. Widziała mundur koloru khaki przeświecający przez cyprysy. Anglik określał go jako *fato profugus* – „tułacz zrządzeniem losu"*. Przypuszczała, że te dni zaczynały się dlań od radości wznoszenia wzroku ku drzewom.

---

* Przekład Zygmunta Kubiaka.

Saperów sprowadzono do Neapolu na początku października 1943, wybierając najlepszych spośród całego korpusu, który przebywał już we Włoszech. Łosoś był w gronie owych trzydziestu, którzy znaleźli się w tym mieście pułapek.

Niemcy w czasie kampanii włoskiej wyreżyserowali jedną z najwspanialszych i najstraszliwszych klęsk w historii. Posuwanie się wojsk sprzymierzonych, które powinno trwać miesiąc, wypełniło cały rok. Ich szlak zalano ogniem. Saperzy pilotowali kolumny ciężarówek w trakcie przemarszu wojsk, wystrzegając się świeżo przekopanej ziemi, co oznaczało kryjące się tam miny ziemne, miny szklane albo miny przeznaczone dla pieszych. Niemożliwie powolny pochód wojsk. Dalej na północy, w górach, oddziały partyzanckie uformowane z grup komunistycznych imienia Garibaldiego, noszące jako znak rozpoznawczy czerwone ręczniki zawiązane na głowie, również rozmieszczały wzdłuż dróg materiały wybuchowe, które eksplodowały od przejeżdżających niemieckich ciężarówek.

Trudno sobie wyobrazić rozmiary zaminowania we Włoszech i w Afryce Północnej. Na skrzyżowaniu dróg Kismaayo–Afmadu znaleziono 260 min. Trzysta znajdowało się w rejonie mostu na rzece Omo. Trzydziestego czerwca 1941 saperzy południowoafrykańscy w ciągu jednego dnia założyli 2700 min typu Mark II w ewakuowanym rejonie Mersa Matruh. W cztery miesiące później Brytyjczycy oczyścili rejon Mersa Matruh z 7806 min i przenieśli je w inne miejsce.

Miny sporządzano ze wszystkiego. Czterdziestocentymetrowe rurki wypełniano materiałem wybuchowym i rozrzucano wzdłuż szlaków wojskowych. Miny w drewnianych pudełeczkach rozmieszczano po domach. Miny rurkowe wypełniano nitrogliceryną, hufnalami i opiłkami żelaza. Saperzy południowoafrykańscy napełniali odłamkami żelaza i nitrogliceryną dwudziestolitrowe pojemniki po benzynie, które mogły rozerwać na kawałki pojazd opancerzony.

Najgorzej było w miastach. Oddziały rozbrajające miny, słabo wyszkolone, przywieziono z Kairu i Aleksandrii. Sławę zdobył osiemnasty oddział. W ciągu trzech tygodni października 1941 roku rozbroił 1403 niezwykle groźne miny. Ale we Włoszech było trudniej niż w Afryce. Stosowano zapalniki koszmarnie skomplikowane, mechanizmy sprężynowe odmienne od niemieckich, z którymi owe oddziały już się zapoznały. Saperzy wkraczali do miast posuwając się ulicami, gdzie na drzewach i balkonach wisiały ludzkie zwłoki. Niemcy uśmiercali dziesięciu Włochów w odwecie za każdego swego zabitego. Niektóre ze zwłok zaminowano. I trzeba było miny detonować wraz z ciałami powieszonych.

Niemcy wycofali się z Neapolu pierwszego października 1943 roku. W czasie wcześniejszych bombardowań wieluset mieszkańców miasta uciekło, szukając schronienia w okolicznych jaskiniach. W odwecie Niemcy burzyli wejścia do jaskiń, zasypując uciekinierów. Wybuchła epidemia tyfusu. W porcie zaminowano wraki zatopionych statków.

Do tego miasta pułapek sprowadzono trzydziestu saperów. Znajdowano miny o opóźnionym zapłonie, ukryte w publicznych budynkach. Niemal każdy pojazd krył w sobie minę. Saperzy nabrali stałej podejrzliwości wobec każdego przedmiotu znalezionego w jakimś pomieszczeniu. Nie ufali niczemu, co znajdowali na stole, dopóki nie nadali temu przedmiotowi położenia „wskazującego godzinę czwartą". Jeszcze wiele lat po wojnie saper odkładający na stół wieczne pióro układał sobie jego części składowe tak, jak wskazówki zegara ustawione na tej godzinie.

Neapol stanowił zonę wojenną przez sześć tygodni i przez cały ten czas Łosoś znajdował się tam wraz ze swym oddziałem.

Po dwóch tygodniach dokopali się do uciekinierów w jaskiniach. Ciała sczerniałe od ekskrementów i tyfusu. Ich przemarsz do miejskich szpitali wyglądal jak widmowa procesja.

W cztery dni później wyleciała w powietrze poczta; siedemdziesiąt dwie osoby zginęły lub zostały ranne. Najbogatsza w świecie kolekcja średniowiecznych zapisków spłonęła w miejskim archiwum.

Dwunastego października, na trzy dni przed zapowiedzianym uruchomieniem elektrowni, zwrócił się do nich pewien Niemiec. Powiadomił władze, że w portowej dzielnicy miasta ukryto tysiące min podłączonych do nieczynnej sieci elektrycznej. W momencie jej uruchomienia w płomieniach stanie pół miasta. Przesłuchiwano go więcej niż siedem razy, na różnych poziomach taktu i przemocy – i władze ciągle nie mogły nabrać pewności co do jego rewelacji. Ewakuowano jednak ludność z tej części miasta. Jeepy wywiozły dzieci i starców stojących nad grobem, ciężarne kobiety i ludzi uratowanych z jaskiń, zwierzęta, rannych żołnierzy ze szpitali oraz pacjentów z zakładów psychiatrycznych, księży, mnichów i zakonnice z klasztorów. O zmierzchu dwudziestego drugiego października na miejscu pozostało dwunastu saperów.

Elektryczność miano włączyć o trzeciej po południu następnego dnia. Żaden z saperów nigdy przedtem nie przebywał w wyludnionym mieście i były to najbardziej denerwujące godziny ich życia.

Wieczorami przez Toskanię przetaczają się burze. Pioruny biją w każdy wystający kawałek metalu lub kabla. Łosoś wraca zwykle do pałacu żółtą alejką wśród cyprysów około siódmej wieczorem, właśnie w porze rozpoczynających się burz. Takie tam śródziemnomorskie doświadczenie.

Wydaje się lubić te okresowe przyzwyczajenia. Ona albo Caravaggio dostrzegają jego sylwetkę z odległości; zatrzymuje się od czasu do czasu, aby popatrzeć na dolinę i sprawdzić, jak daleko jest nadchodzący deszcz. Hana i Caravaggio wchodzą do pałacu. Łosoś wędruje nadal w górę wzgórza, ścieżką trawersującą tę kilometrową odległość lekkimi skrętami to w lewo, to w prawo. Słychać stukot butów o kamienie. Dopadają go porywy wiatru, targają cyprysami, gnąc ich gałęzie, które szarpią poły jego koszuli.

Maszeruje tak przez dziesięć minut, zawsze niepewny, czy go deszcz nie doścignie. Najpierw usłyszy, jak spada na suche trawy i liście drzew oliwnych, potem dopiero poczuje. Ale na razie wystawia się na odświeżający powiew wiatru dmącego w kierunku wzgórza i zwiastującego burzę.

Nawet jeśli deszcz go doścignie, zanim zdoła dotrzeć do pałacu, będzie kroczył nadal w tym samym rytmie, osłaniając peleryną chlebak.

W namiocie wsłuchuje się w odgłosy burzy. Ostre trzaski nad głową, a potem odgłos turkotu ciężkich kół, kiedy grzmot przetacza się w głąb gór. Nagły rozbłysk przebijający się przez płótno namiotu, który mu się zawsze wydaje jaśniejszy od światła słonecznego, wybuch ładunku fosforowego, coś mechanicznego, mającego związek z nowym wyrazem, który zasłyszał w salach wykładowych oraz ze swego kryształkowego radia, i który brzmi „nuklearny". W namiocie odwija mokry turban, suszy włosy i zawiązuje go na powrót wokół głowy.

Burza przetacza się z Piemontu na południe i na wschód. Pioruny trzaskają ponad wieżyczkami kapliczek alpejskich, w których malowidła ukazują stacje Męki Pańskiej albo tajemnice różańca. W małych miasteczkach, takich jak Varese i Varallo, większe od wymiarów naturalnych postaci wyrzeźbione w terakocie w latach tysiąc sześćsetnych ukazują w rozbłyskach światła biblijne sceny. Spętane na plecach ręce biczowanego Chrystusa, spadający nań bicz, ujadający pies, na obrazie w następnej kapliczce trzej żołnierze podnoszą krzyż wyżej, ku starannie wymalowanym chmurom.

Villa San Girolamo, usytuowana na wzgórzu, również odbija te rozbłyski światła – jej mroczne korytarze, pokój, gdzie leży ranny Anglik, kuchnia, gdzie Hana rozpala ogień, wszystko rozświetlone nagłym światłem nie dającym cienia. Łosoś przejdzie bez lęku pod rzędem drzew w ogrodzie w czasie takiej burzy, niebezpieczeństwo porażenia gromem jest śmiesznie małe w porównaniu z zagrożeniami, jakie niesie jego powszedni dzień. Naiwne katolickie obrazki z owych górskich kapliczek, które oglądał, tkwią mu pod powiekami, kiedy odlicza sekundy między błyskawicą a grzmotem. Być może ten pałac jest również takim obrazkiem, i ich czworo w bliskim współbytowaniu, nagle zalanym światłem, przekornie wyrwanym wojnie.

Dwunastu saperów pozostawionych w Neapolu wkroczyło do opustoszałej części miasta. W ciągu nocy wdzierali się do zablokowanych tuneli, schodzili do kanałów wypatrując kabli mogących mieć połączenie z głównymi generatorami. Musieli zakończyć prace do drugiej po południu, na godzinę przed włączeniem elektryczności.

Miasto należy do nich dwunastu. Każdy pracował w przydzielonym mu rejonie. Jeden przy generatorze, drugi przy zbiorniku wodnym, ustawicznie w nim nurkując – według władz najskuteczniejszym sposobem zniszczenia miasta byłoby spowodowanie wylewu. Jak można zaminować całe miasto? Najbardziej niepokojąca jest cisza. Jedyne, co słyszą, to poszczekiwanie psów i śpiew ptaków dochodzący z okien mieszkań. Kiedy nadejdzie czas, wstąpi do jednego z takich mieszkań, gdzie znajduje się ptak. Coś ludzkiego w tej próżni. Mija Museo Archeologico Nazionale, gdzie zebrano wykopaliska z Pompei i Herkulanum. Widział tam starożytnego psa zastygłego w białym popiele.

Szkarłatne światło saperskiej latarki zawieszonej na lewym ramienniku spływa kołyszącym się w takt jego kroków snopem, jedyne światełko na całej Strada Carbonara. Jest zmęczony całonocną pracą, a teraz ma wrażenie, że nie pozostało mu już wiele do zrobienia. Każdego z nich wyposażono w radiotelefon, ale wolno z niego korzystać tylko w razie nagłego odkrycia jakiegoś zagrożenia. Straszliwa cisza panuje na tych dziedzińcach, a wyschłe fontanny potęgują jego znużenie.

O pierwszej w południe wyznacza sobie drogę ku zburzonemu kościołowi San Giovanni a Carbonara, gdzie, jak mu wiadomo, znajduje się kaplica różańcowa. Któregoś z poprzednich wieczorów oglądał ten kościół, błyskawica rozświetliła wnętrze i ujrzał wielkie postaci ludzkie na tableau. Kobieta i anioł w sypialni. Ciemność zapadła po tym rozświetleniu, zasiadł w ławce oczekując następnej błyskawicy, ale już się nie doczekał objawienia.

Teraz wkracza w ten sam zakamarek kościoła, z postaciami z terakoty pomalowanej na kolor białego człowieka. Scena przedstawia sypialnię, w której kobieta rozmawia z aniołem. Jej wijące się jasnokasztanowe włosy wyłaniają się spod luźnego błękitnego czepka, palce lewej ręki dotykają mostka. Kiedy podchodzi bliżej, widzi, że wszystko to jest większe od naturalnych wymiarów. Głową nie sięga wyżej niż do ramienia klęczącej kobiety. Uniesione ramię anioła sięga ponad cztery metry nad ziemię. Ale oboje stanowią dla Łososia pożądane towarzystwo. Ten pokój jest nie zamieszkany, a on wdziera się w rozmowę tych dwojga, uosabiających przypowieść o człowieczeństwie i niebiosach.

Zdejmuje plecak z ramienia i przypatruje się łóżku. Chciałby się na nim położyć, waha się tylko przez wzgląd na obecność anioła. Obszedł wokół jego eteryczną postać i zauważył zakurzone żarówki przyczepione do jego pleców pod podkolorowanymi skrzydłami – i wie już, że mimo utrudzenia nie zasnąłby w bliskości takich urządzeń. Są tam trzy pary pantofelków, starannie wyrzeźbionych, wystających spod łóżka. Jest za dwadzieścia druga.

Rzuca czapkę na ziemię, z plecaka robi sobie poduszkę i kładzie się na kamiennej posadzce. Przez większą część dzieciństwa sypiał na macie rozłożonej na podłodze w swym pokoju w Lahore. I, prawdę mówiąc, nigdy się nie przyzwyczaił do tych łóżek na Zachodzie. W swym namiocie używa jedynie siennika i nadmuchiwanej poduszki, a w Anglii, nocując u lorda Suffolka, zapadał w klaustrofobiczną miękkość materaca i leżał w poczuciu uwięzienia, nie mogąc zasnąć, póki nie zerwał się z łóżka i nie położył na dywanie.

Unosi głowę w stronę łóżka. Stwierdza, że pantofle też mają ponadnaturalne rozmiary. Zmieściłyby się w nich stopy Amazonki. Ponad jego głową kuszące prawe ramię kobiety.

Nad jego stopami anioł. Niebawem jeden z saperów włączy prąd i jeśli już ma zginąć, niech ginie w towarzystwie tych dwojga. Zginą lub ocaleją. Nic już nie da się zrobić, w żaden sposób. Przez całą noc wyszukiwał laski dynamitu i wybuchowe ładunki z opóźnionym zapłonem. Zawalą się nad nimi ściany albo też będzie musiał przejść przez morze ognia. Przynajmniej odnalazł rodzicielskie figury. Może odpocząć w cieniu ich niemej konwersacji. Zakłada ręce pod głowę odczytując wyraz zdecydowania z twarzy anioła – zdecydowania, którego nie dostrzegł uprzednio. Zmylił go biały kwiat w jego dłoni. Anioł też jest wojownikiem. Snując całą serię takich myśli zamyka oczy i osuwa się w utrudzoną senność.

Budzi się z uśmiechem na twarzy, stwierdzając, że wreszcie zasnął, radując się tym luksusem. Palce lewej dłoni dotykają betonu. Kolor turbanu odpowiada kolorowi przepaski na szyi Marii.

U jej stóp mały hinduski saper, w mundurze, obok sześciu pantofelków. Może się zdawać, że to wszystko jest gdzieś poza czasem. Każde z nich przybrało pozę najdogodniejszą po temu, by zapomnieć o czasie. Tak właśnie zostaniemy zapamiętani przez innych. Z tą uśmiechniętą błogością, kiedy ufamy swemu otoczeniu. Tableau z Łososiem u stóp dwóch figur nasuwa teraz przypuszczenie, że rozmowa ma za przedmiot jego los. Uniesione ramię z terakoty wyraża wstrzymanie egzekucji, obietnicę jakiejś wspaniałej przyszłości udzielaną temu śpiącemu, dziecinnie wyglądającemu obcoplemieńcowi. Ich troje niemal w momencie podejmowania decyzji, zawierania porozumienia.

Pod cienką warstwą kurzu na twarzy anioła wyraz mocarnej radości. Do pleców przyczepiono mu sześć żarówek, dwie są przepalone. Ale mimo to cud elektryczności nagle rozświetla mu skrzydła od spodu, tak że ich krwista czerwień i błękit oraz musztardowa złocistość pól lśnią ożywione tego późnego popołudnia.

Gdziekolwiek Hana jest teraz, po upływie lat, zawsze ma w pamięci linię tego ruchu, po której ciało Łososia wysunęło się z jej życia. Utrwaliła się w jej umyśle. Ścieżka, którą prześliznął się między nimi. Kiedy zamilkł jak głaz. Zapamiętała wszystko z tego sierpniowego dnia – jakie było niebo, przedmioty, które leżały przed nią na stole, pogrążające się w mroku nadciągającej burzy.

Widzi go na polu, z dłońmi przyciśniętymi do głowy, i pojmuje, że ten gest nie wyraża bólu, lecz wynika z chęci przyciśnięcia radiowych słuchawek do uszu, do mózgu. Stoi o sto metrów od niej, w dolnej części pola, kiedy dociera do niej wydzierający mu się z piersi krzyk; krzyk człowieka, który nigdy nie podniósł głosu w ich obecności. Pada na kolana, jak pod ciężarem krzyża. Podnosi się i wolno, zygzakowatym ruchem dochodzi do namiotu, wsuwa się do środka i zamyka jego poły za sobą. Rozlega się suchy trzask pioruna; Hana widzi, jak jej ramiona pogrążają się w mroku.

Łosoś wyłania się z namiotu z karabinem w ręce. Wchodzi do pałacu San Girolamo, poruszając się jak kula bilardowa, dochodzi do drzwi i wbiega na górę po trzy stopnie, odmierzając oddech, zawadzając czubkami butów o schody. Słyszy jego kroki, kiedy biegnie przez korytarz, a ona nadal siedzi w kuchni przy stole, ma przed sobą książkę, ołówek, te przedmioty, w szarzejącym świetle przed burzą, które zamrozi w sobie jej pamięć.

Wpada do sypialni. Zatrzymuje się w nogach łoża, na którym leży ranny.

– Cześć, saperze.

Karabin trzyma pod pachą, wsparty na trójkącie zgiętego ramienia.

– Co się tam dzieje na zewnątrz?

Łosoś wygląda jak skazaniec, wyrwany już ze świata, brunatna twarz zalana łzami. Zwija się, potrąca starą umywalkę, z której kurz osypuje się na łóżko. Rozprostowuje się, tak że broń wycelowana jest wprost w Anglika. Zaczyna dygotać, ale zbiera siły, by się opanować.

– Odłóż broń, Łososiu.

Opiera się plecami o ścianę i powściąga dygotanie. Gipsowy pył unosi się w powietrzu między nimi.

Siadywałem w nogach twego łóżka, Stryju, i słuchałem cię. Przez te ostatnie miesiące. Tak samo postępowałem jako dziecko, zupełnie tak samo. Wierzyłem, że mogę uzbroić się w to, czego mnie nauczą starsi. Wierzyłem, że mogę zachować tę mądrość, stopniowo ją uzupełniać, w końcu zastąpić ją inną mądrością.

Wyrastałem z tradycji mojego kraju, ale później, w coraz większym stopniu, z tradycji kraju t w o j e g o. Z twojej delikatnej, białej wyspy z jej zwyczajami i obyczajami, i książkami, i udoskonaleniami, i racjami rozumowymi, które w jakiś sposób skierowały na swoją drogę resztę świata. Wiedziałem, że jeśli uchwycę filiżankę herbaty nie tymi palcami, co trzeba, zostanę potępiony. Jeśli zawiążę krawat w niewłaściwy węzeł, zostanę wykluczony z towarzystwa. Czy to tylko okręty stworzyły tę waszą potęgę? Czy też, jak mówił mój brat, przyniosła ją wam historia i prasy drukarskie?

Wy, a potem Amerykanie, nawróciliście nas. Waszymi misjonarskimi zasadami. Żołnierze hinduscy tracili życie jako bohaterowie, by się stać *pukkah*. Rozgrywaliście wojny jak partie krykieta. W jaki sposób udało się wam nas w nie wciągnąć?... Posłuchaj, co zrobili twoi ludzie.

Rzuca karabin na łóżko i podchodzi do Anglika. Kryształkowy odbiornik zwisa mu u pasa. Otwiera go i przykłada słuchawki do sczerniałej głowy rannego, który zwija się pod wpływem bólu jak przy skalpowaniu. Ale saper pozostawia mu słuchawki na uszach. Potem odsuwa się zabierając broń z sobą. W drzwiach widzi Hanę.

Pierwsza bomba. Potem druga. Hiroszima. Nagasaki.

Wycelowuje broń w alkowę. Sęp nad doliną zdaje się układać skrzydła w kształt litery V. Kiedy przymyka oczy, widzi azjatyckie uliczki zatopione w ogniu. Przetacza się on przez miasta jak zwijająca się mapa, huragan żaru spalającego napotkane ciała, cienie ludzi rzucone w powietrze. Paroksyzm mądrości Zachodu.

Przypatruje się rannemu Anglikowi ze słuchawkami na uszach, z niewidzącym wzrokiem, słuchającemu radiowych komunikatów. Muszka karabinu zsuwa się wzdłuż długiego nosa do jabłka Adama, ponad obojczykiem. Łosoś wstrzymuje oddech. Ściska w regulaminowym trójkącie ramienia karabin typu enfield. Nawet nie drgnie.

A potem oczy Anglika zwracają się ku niemu.

– Saperze.

Caravaggio wchodzi do pokoju, ale Łosoś powstrzymuje go wciskając mu kolbę karabinu w żebra. Trzepnięcie łapą zwierzęcia. I znowu, tym samym płynnym ruchem, przyciska prawym ramieniem broń do boku, jak w czasie musztry w różnych koszarach w Indiach i Anglii. Zwęglona szyja w polu jego widzenia.

– Łososiu, odezwij się do mnie.

Twarz wyostrzyła mu się jak klinga. Kiedy płacz pod wpływem bólu i przerażenia ustał, zobaczył wszystko wokół w innym świetle. Między nich wkradła się noc, ogarnęła ich mgła, a ciemnobrązowe oczy młodego człowieka odkryły nowego wroga.

– Mój brat mi mówił. Nigdy nie odsłaniaj pleców w Europie. Paktują. Zawierają układy. Sporządzają mapy. Nigdy nie wierz Europejczykom, powtarzał. Nigdy im nie ściskaj dłoni. Ale my, och, tak łatwo ulegaliśmy złudzeniom – pod wpływem waszych przemówień, medali i ceremonii. Co ja robiłem przez te ostatnie kilka lat? Odcinałem, niszczyłem odnóża zła. Po co? Żeby t o mogło się wydarzyć?

– O co ci chodzi? Jezu, wyjaśnij!

– Zostawiam wam radio, żebyście sobie przyswoili lekcję

historii. Nie ruszaj się, Caravaggio! Wszystkie te mowy o cywilizacji wygłaszane przez królów i królowe, i prezydentów... te wykładnie abstrakcyjnego porządku. Powąchaj je. Posłuchaj radia i poczuj odór tych obrządków. W Indiach, jeśli ojciec złamie sprawiedliwość, zabija się go.

– Nie wiesz, kim jest ten człowiek. Lufa karabinu wymierzona w zwęgloną szyję. Potem saper unosi ją ku oczom leżącego mężczyzny.

– Zrób to – mówi Almásy.

Wzrok sapera spotyka się ze wzrokiem rannego w półmroku pokoju, do którego wdarł się teraz przez zewnętrzny świat. Potakuje saperowi.

– Zrób to – mówi spokojnie.

Łosoś wyrzuca nabój z komory i łapie go w locie. Rzuca karabin na łóżko, węża gotowego do ukąszenia.

Poparzony człowiek ściąga słuchawki z uszu i powoli kładzie je przed sobą. Lewą ręką sięga po aparat słuchowy i zrzuca go na podłogę.

– Zrób to, Łososiu. Nie chcę już niczego więcej usłyszeć.

Zamyka oczy. Osuwa się w ciemność, daleką od tego pokoju.

Saper opiera się o ścianę, ręce złożone, głowa opuszczona. Caravaggio słyszy wdechy i wydechy rozdymające mu nozdrza, szybko i szeroko niczym wentyle.

– On nie jest Anglikiem.

– Może to Amerykanin, Francuz, mniejsza o to. Od kiedy zaczęliście zrzucać bomby na kolorowych, wszyscy jesteście Anglikami. Mieliście swego Leopolda, króla Belgów, teraz macie tego pierdolonego Harry'ego Trumana w Stanach. Wszyscy jesteście uczniami Anglików.

– Nie. To pomyłka. On nie jest. Spośród wszystkich ludzi on jeden jest po waszej stronie.

– On by powiedział, że to nie ma znaczenia – mówi Hana.

Caravaggio siada na krześle. Zawsze, myśli, siada na tym

krześle. Pokój wypełnia ciche popiskiwanie kryształkowego odbiornika, radio wciąż przemawia swym jakby wydobywającym się spod wody głosem. Nie ma siły odwrócić się i spojrzeć na sapera czy na kolor sukienki Hany. Wie, że młody żołnierz ma słuszność. Nigdy by nie zrzucili takiej bomby na żaden biały naród.

Saper wychodzi z pokoju, zostawiając Caravaggia i Hanę przy łożu rannego. Pozostawił ich troje ich światu, przestaje być ich strażnikiem. W przyszłości, kiedy ranny umrze – jeśli umrze – Caravaggio i Hana go pochowają. Niech zmarli przyjmą zmarłych. Nigdy nie był pewien, co to właściwie znaczy. Tych kilka szorstkich słów z Biblii.

Pochowają wraz z nim wszystko oprócz książki. Ciało, prześcieradła, ubrania, karabin. Już wkrótce zostanie sam z Haną. I z radiowym wyjaśnieniem, co właściwie zaszło. Straszliwe wydarzenie rozprzestrzeniające się na krótkich falach. Nowa wojna. Zgon cywilizacji.

Ciągle jeszcze jest noc. Słyszy sowy, ich tajemnicze pohukiwania, szum skrzydeł, kiedy odlatują. Cyprysy rozkładają gałęzie ponad namiotem w tę nadal bezwietrzną noc. Układa się na wznak i wpatruje w mroczny róg namiotu. Kiedy zamyka oczy, widzi ogień, ludzi wskakujących do rzek i basenów w poszukiwaniu ratunku przed płomieniami i żarem spalającym wszystko, co mają na sobie, skórę i włosy, nawet wodę, w którą się chronią. Wspaniała bomba przewieziona samolotem poprzez ocean, na Wschód, nad zielony archipelag. I zrzucona.

Nie nie jadł ani nie pił, nie jest w stanie niczego przełknąć. Przed zmrokiem oczyścił namiot ze wszystkich przedmiotów wojskowych, z całego instrumentarium do rozbrajania min, zdarł z munduru wszystkie insygnia. Przed położeniem się spać rozwinął turban i rozczesał włosy, po czym zawiązał je w wysoki węzeł i położył się, patrząc, jak światło znika powoli z płachty namiotu. Oczyma wyławia ostatnie promyki błękitnego światła, a uszami najlżejsze powiewy wiatru w tej ciszy; później już tylko szum sowich skrzydeł. I różne subtelne odgłosy unoszące się w powietrzu.

Czuje, że wszystkie wichry świata wessały się w Azję. Przebiega myślą od wszystkich małych bombek, z którymi się stykał, do rozmiarów tej bomby, jak się zdaje, olbrzymiej jak miasto, tak potężnej, by nie pozostawić żywym zdolności wystawienia świadectwa śmierci całej ludzkości. Nic nie wie o tej broni. Czy przynosi nagłe uderzenie metalu i podmuchu, czy też wrzące powietrze przepala na swej drodze wszystko, co ludzkie. Wie tylko, że nie może już pozwolić nikomu ani niczemu zbliżyć się do siebie, że nie może już spożywać posiłków ani popijać napojów zasiadając na kamiennej ławie na tarasie. Nie ma odwagi wyciągnąć z plecaka zapałek i zapalić lampy, ponieważ wie, że lampa rozbłysłaby płomieniem pochłaniającym wszystko. W namiocie, zanim zapadł zmrok, wyciągnął tylko zdjęcie rodzinne i obejrzał je. Nazywa się Kirpal Singh i nie wie, co tu robi.

Staje teraz pod drzewami w sierpniowym upale, bez turbanu, odziany tylko w *kurta*. Nic nie trzyma w rękach, kiedy przechadza się skrajem pola, bose stopy dotykają trawy albo kamieni na tarasie, albo popiołu wygasłego ogniska. Ciało ma ożywione bezsennością, kiedy tak staje nad krawędzią wielkiej doliny europejskiej.

Wczesnym rankiem ona dostrzegła go stojącego przed namiotem. Przez cały wieczór wypatrywała jakiegoś światełka między drzewami. Każde z nich w pałacu jadło tego wieczora osobno, Anglik nic nie wziął do ust. Oczyma wyobraźni widzi teraz wychylające się ramię sapera i płócienne ściany zamykające się nad nimi jak żagiel. On się odwraca, kieruje ku domowi, wchodzi na taras i znika.

W kaplicy mija spalone ławki i podchodzi do absydy, gdzie pod brezentem przyciśniętym gałęziami stoi motocykl. Zaczyna zsuwać nakrycie z maszyny. Przyklęka przy niej i wpuszcza oliwę między łańcuch a koło zębate. Kiedy Hana zagląda z góry przez zburzony dach, widzi go odwróconego plecami, z głową przy kole.

– Łososiu.

Nie odpowiada, spoglądając poprzez nią.

– Łososiu, to j a. Co my mamy z tym wspólnego?

Milczy jak głaz.

Klęka i pochyla się w jego stronę, wychylona głową ku jego policzkowi, i pozostaje w tej pozycji.

Bicie serca.

On nie reaguje, ona powraca więc do pozycji klęczącej.

Anglik mi coś kiedyś przeczytał z książki: „Miłość jest czymś tak drobnym, że może przejść przez ucho igielne".

Odsuwa od niej głowę, niemal przywiera twarzą do rynny.

Chłopak i dziewczyna.

Kiedy chłopak wyciągnął już motocykl spod brezentu, Caravaggio wychylił się przez parapet, z przechyloną głową. Wtedy odczuł, że nie może znieść nastroju panującego w tym domu, i odszedł. Nie było go przy tym, jak saper zapalił silnik – wsiadł na motocykl, zacisnął hamulec i pochylił się ku przodowi, a Hana stała obok.

Singh dotknął jej ramienia i pozwolił maszynie stoczyć się w dół, aż do zakrętu, a dopiero potem dodał gazu.

W połowie drogi do bramy wjazdowej czekał Caravaggio, trzymając w ręku broń. Nie skierował jej w stronę motocykla, kiedy chłopiec zjeżdżał w dół, zaszedł mu tylko drogę. Caravaggio zbliżył się i objął go ramionami. Mocny uścisk. Saper po raz pierwszy odczuł szorstkość jego brody na skórze. Poczuł, jak wzbierają siłą jego mięśnie.

– Muszę się nauczyć za tobą tęsknić – powiedział Caravaggio.

Chłopiec odjechał, a Caravaggio zawrócił do domu.

Motocykl uwiózł go w świat. Dym z triumpha, kurz i kamyki tryskające spod kół wpadały między drzewa. Minął zagrodę dla bydła przy bramie i wjechał w wioskę, przejeżdżając obok zapachów ogrodowych po obu stronach, potem ślizgiem wjechał w zdradliwe wiraże.

Ciało przybrało zwyczajową pozycję, twarzą niemal przylgnął do baku z benzyną, ręce wyciągnięte horyzontalnie do przodu dla zmniejszenia oporu. Zdążał na południe, z daleka omijając Florencję. Przez Greve, na przestrzał przez Montevarchi i Ambrę, małe miasta zignorowane przez wojnę i inwazję. Później, kiedy pojawiły się nowe wzgórza, zaczął się na nie wspinać dążąc w kierunku Cortony.

Posuwał się w stronę przeciwną do kierunku inwazji, jakby zwijając na powrót nić wojny, drogą uwolnioną już od wojennego napięcia. Jechał tylko tymi drogami, które znał, rozpoznając z daleka sylwetki warownych miasteczek. Odpoczywał na polnych drogach siedząc na zagrzanym triumphie. Nie wiózł z sobą wiele, wyzbył się całego uzbrojenia. Motocykl warczał przetaczając się przez wioski, nie zwalniał ani ze względu na miasteczka, ani ze względu na wojnę. «Poruszeniem poruszy się ziemia jak pijany, i będzie porwana jak namiot jednonocny*».

Zajrzała do jego plecaka. Był tam pistolet zawinięty w naoliwioną szmatę – zapach wydostał się na zewnątrz, kiedy ją rozchyliła. Szczoteczka do zębów i proszek, szkice ołówkiem w notatniku, także jej portret – siedziała na tarasie, a on wyglądał z okna pokoju Anglika. Dwa turbany, butelka kro-

---

* Przekład Jakuba Wujka.

chmalu. Latarka saperska na rzemiennych paskach, do użycia w razie potrzeby. Wyłożyła wszystko na zewnątrz, purpurowe światło wdarło się do wnętrza plecaka.

W bocznych kieszeniach znalazła przyrządy do rozbrajania bomb, których nie chciała dotykać. Zawinięta w kolejną szmatkę metalowa zatyczka, którą mu podarowała i której używano w jej kraju do wytaczania syropu klonowego z drzewa.

Spod zwiniętego namiotu wydobyła fotografię, która musiała być jego zdjęciem rodzinnym. Wzięła fotografię do ręki. Sikh i jego rodzina.

Starszy brat miał na tym zdjęciu dopiero jedenaście lat. Obok niego ośmioletni Łosoś. *Kiedy wybuchła wojna, mój brat sprzymierzał się z wszystkimi, którzy byli przeciw Brytyjczykom.*

Był tam też mały podręcznik zawierający schematy min. Oraz obrazek świętego w towarzystwie muzyka.

Wszystko włożyła do plecaka z wyjątkiem fotografii, którą trzymała w ręce. W drugą wzięła plecak, przeszła przez taras i weszła do domu.

Co godzina zwalniał i zatrzymywał się, ściągał gogle i strząsał kurz z koszuli. Przyglądał się mapie. Zdążał ku Adriatykowi, a potem na południe. Większość oddziałów wojskowych skupiała się na północy.

Zajechał do Cortony, odgłos motocykla rozległ się wokół. Podjechał pod schody wiodące do kościoła i wszedł do środka. Statua była tam, osłonięta rusztowaniem. Chciał przyjrzeć się bliżej jej twarzy, ale nie miał już przy sobie celowniczego teleskopu, a ciało odczuwało zmęczenie zbyt duże, by się miał wspinać po poprzeczkach rusztowania. Kręcił się u jej podnóża jak ktoś, kto nie potrafi wejść w zacisze domu. Wrócił, wsiadł na motocykl i odjechał poprzez winnice w kierunku Arezzo.

W Sansepolcro skręcił na drogę wspinającą się zakosami na wzgórza, wślizgującą się pomiędzy góry; poruszał się teraz z minimalną szybkością. Bocca Trabaria. Było mu zimno, ale przestał dbać o takie sprawy. W końcu droga wzniosła się do linii śniegów, pozostawiał za sobą ślady na szronie. Ominął Urbino, gdzie Niemcy spalili żywcem wszystkie konie pociągowe przeciwnika. Walki w tym regionie trwały miesiąc; teraz przemknął tędy w ciągu paru minut, przypatrując się tylko kapliczkom Czarnej Madonny. Wojna sprawiła, że wszystkie miasta i miasteczka stały się do siebie podobne. Zjeżdżał potem w stronę wybrzeża. Zajechał do Gabicce Mare, gdzie wówczas zobaczył Madonnę wyłaniającą się z morza. Zatrzymał się na noc na wzgórzu, mając widok na cypel i morze, nie opodal miejsca, na które wtedy przyniesiono Madonnę. Tak minął mu pierwszy dzień.

Droga Klaro – Kochana Maman
Maman to słowo francuskie, Klaro, obiegowe słowo nasuwające myśl o przytuleniu się, słowo intymne, które można wymawiać w obecności obcych. Coś tak kojącego i tak odwiecznego jak łódź. A wiem, że Ty pod względem duchowym jesteś wciąż canoe. Zdolnym odwrócić się dziobem i w ciągu paru sekund wpłynąć w strumień. Zawsze niezależna. Zawsze osobno. Nie tam żadna łódź dostępna dla wszystkich. To jest mój pierwszy list od lat, Klaro, nie nawykłam do korespondencyjnych formalności. Ostatnie miesiące spędziłam mieszkając z trzema innymi osobami, nasze rozmowy były powolne, przypadkowe. Nie przywykłam do innego sposobu rozmawiania poza właśnie takim.
Jest rok 1944-. Co? Po raz drugi zapomniałam, ale wiem, jaki jest miesiąc i dzień. Dzień po tym, jak usłyszeliśmy o zrzuceniu bomb na Japonię, człowiek się czuje, jakby to był koniec świata. Wiem, że od tej chwili to, co osobiste, pozostanie na zawsze w stanie wojny z tym, co publiczne. Gdybyśmy to potrafili usprawiedliwić, bylibyśmy w stanie usprawiedliwić wszystko.
Patryk zginął w gołębniku we Francji. We Francji w siedemnastym i osiemnastym stuleciu budowano ogromne gołębniki, większe niż niejeden dom. O, takie:

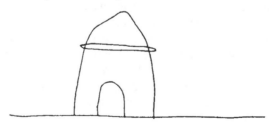

Pozioma linia w odległości jednej trzeciej wysokości budyneczku od szczytu nazywała się szczurzą tamą – zagradzała szczurom drogę ku górze i gołębie były bezpieczne. Bezpieczne w gołębniku. W miejscu świętym. Pod wieloma względami jak w kościele. W miejscu kojącym. Patryk zginął w kojącym miejscu.

O piątej nad ranem zapalił motor i spod tylnego koła sypnęły się kamyki. Jeszcze było ciemno, jeszcze nie mógł wzrokiem oddzielić morza od cypla. Nie miał już map ukazujących drogę stąd na południe, ale umiał rozpoznać szlaki wojenne i posuwał się drogą wzdłuż wybrzeża. Kiedy wstało słońce, podwoił szybkość. Ciągle miał przed sobą rzeki.

Około drugiej po południu dotarł do Cortony, gdzie saperzy budowali mosty Baileya, niemal tonąc w rwących nurtach rzeki. Zaczęło padać i zatrzymał się, aby nałożyć kaptur. Obszedł wokół zmoczoną maszynę. Teraz w czasie jazdy zmienił się odgłos wywoływany ruchem. Szszsz-szszsz zastąpiło piski i wycia, woda tryskająca spod przedniego koła opryskiwała mu buty. Wszystko widziane przez gogle wydawało się szare. Nie myślał o Hanie. W całej tej pustce pośród hałasu motoru nie pomyślał o niej. Kiedy pojawiała się w jego wyobraźni jej twarz, zmazywał ją, mocniej ujmował kierownicę, skupiając się na manewrach wymagających koncentracji myśli. Jeśli przypominały mu się czyjeś słowa, były to nazwy miast na mapie tej części Włoch, przez którą przejeżdżał.

Czuł w czasie jazdy, że wiezie ze sobą ciało Anglika. Spoczywa ono na zbiorniku paliwa, naprzeciw niego, spalone ciało w jego uścisku, i spogląda mu przez ramię w przeszłość, na przepływający obok nich krajobraz, na włoskie zamki, których już nikt nigdy nie odbuduje. *Duch mój, który jest nad tobą, i słowa moje, które włożyłem ci w usta, nie zejdą z twych własnych ust ani z ust twoich dzieci, ani z ust potomków twoich synów*.*

Głos Anglika recytował mu do ucha Izajasza, tak jak owego popołudnia, kiedy chłopak rozmawiał o proroku pod sklepieniem kaplicy w Rzymie. „Są, oczywiście, setki Izajaszów. Pewnego dnia zechcesz go sobie wyobrazić jako starca –

---

* Przekład cytatu za *Biblią Tysiąclecia.*

w południowej Francji w klasztorach czci się go jako brodatego i starego człowieka – ale moc zawarta jest nadal tylko w tym jego spojrzeniu". Anglik recytował w pokoju z malowidłami: *Oto Pan da cię zanieść, jak zanoszą kura, i jak codziennie, tak cię podniesie. Koronując ukoronują cię udręczeniem, jak piłkę rzuci cię do ziemi szerokiej i przestronnej**.

Jechał w gęstniejącym deszczu. Ponieważ ukochał twarz z owego sklepienia, ukochał też te słowa. Tak jak zawierzył poparzonemu człowiekowi, którym się opiekował, i wyznaczanym jego myślą obszarom ucywilizowania.

Izajasz i Jeremiasz, i Salomon znajdowali się w księdze, którą ranny trzymał przy sobie, w jego świętej księdze, cokolwiek bowiem ukochał, wklejał do tej księgi. Pokazał tę księgę saperowi, a saper powiedział: my też mamy Świętą Księgę.

Uszczelki gogli zużyły się przez ostatnie miesiące i deszcz wciskał się teraz pod szkła. Mógłby zdjąć gogle, szszsz szszsz jak ustawiczny szum morza w uszach, a skurczone ciało zdrętwiałe i zziębnięte, tylko wyobraźnia przypominała mu o cieple wytwarzanym przez maszynę, do której się przytulał, pędząc przez wioski jak meteor, zostawiając za sobą białą smugę, trwającą pół sekundy wizję przed oczyma. *Bo niebiosa jak dym się rozpłyną, a ziemia jak szata zwiotczeje, i mieszkańcy jej jak one zaginą... Bo jak szatę, tak ich robak pożre, a jak wełnę, tak ich mól pogryzie...*** Oto tajemnica pustyń rozciągających się od Uweinatu po Hiroszimę.

Zdjął gogle wjeżdżając z zakrętu na most na rzece Ofanto. I trzymając je w lewej dłoni wpadł w poślizg. Rzucił gogle i chwycił oburącz kierownicę motocykla, by go wyprowadzić z poślizgu, ale nie spodziewał się metalowego progu przy wjeździe na most, maszyna przewróciła się pod nim. Potoczył się z nią ku środkowi mostu po śliskiej nawierzchni, metal trąc o metal rozrzucał iskry wokół jego rąk i twarzy.

Ciężki kanister oderwał się i uderzył go w plecy. Potem on

---

* Przekład Jakuba Wujka.
** Przekład Jakuba Wujka.

i motocykl przetoczyli się w lewo, gdzie nie było poręczy, i zsunęli z mostu. Peleryna spadła z niego, tak jak wszystko, co było mechaniczne i śmiertelne, i zawisła w powietrzu. Motocykl i żołnierz także zawiśli na chwilę, po czym spadli do wody, metalowa rama przytrzymywana nogami, jak w czasie jazdy wyorująca białą smugę w wodzie, znikająca pod nią wraz z deszczem, również spadającym do rzeki. *Jak piłkę rzuci cię do ziemi szerokiej i przestronnej.*

Jak Patryk trafił do gołębnika, Klaro? Jego oddział zostawił go poparzonego i rannego. Tak że guziki koszuli wtopiły mu się w ciało, stały się cząstką jego skóry na piersi. Piersi, którą całowałam i którą Ty całowałaś. A jak doszło do tego poparzenia? Jak uległ mu on, który umiał wić się jak piskorz albo jak Twoje canoe, jak czarodziej znikać z realnego świata? Ze swą słodką i skomplikowaną niewinnością. Był najbardziej milkliwym z mężczyzn i zawsze się dziwiłam, że kobiety go lubiły. My skłaniamy się zwykle ku mężczyznom rozmownym. Jesteśmy rozumne, mądre, a on bywał często zagubiony, niepewny, zamknięty w sobie.

Był poparzony, a ja jestem pielęgniarką i mogłabym się nim opiekować. Czy umiesz sobie wyobrazić gorycz geografii? Mogłabym go uratować albo przynajmniej być przy nim do końca. Dobrze się znam na poparzeniach. Jak długo przebywał tam, wśród gołębi i szczurów? Z resztką krwi w żyłach i resztką życia w sercu? Gołębie nad nim. Trzepotanie ich skrzydeł, kiedy się wokół niego kłębiły. Nie mógł zasnąć w ciemności. Nigdy ciemności nie znosił. I był sam, bez kochanki i bez nikogo z rodziny.

Obrzydła mi Europa, Klaro. Chcę wrócić do domu. Do Twojej małej chatki i różowej skały w Zatoce Świętego Jerzego. Przyjadę autobusem do Parry Sound. A z lądu wyślę depeszę przez krótkofalówkę do Pancakes.

I będę na Ciebie czekała, będę wypatrywała Twej sylwetki w canoe, płynącej, aby mnie ocalić od tych tu stron, w które wyruszyliśmy porzucając Ciebie. Jak Ci się udało nie zgłupieć, kiedy my zgłupieliśmy? Tobie, temu demonowi rozkoszy, który nabrał takiej mądrości? I stał się z nas wszystkich najczystszym, najdojrzalszym ziarenkiem, najzieleńszym listkiem.

Hana

Głowa sapera wynurza się z rzeki, wychwytuje ustami całe powietrze znad powierzchni wody.

Caravaggio zbudował jednoprzęsłowy most wiszący z konopnej liny, przywiązanej do dachu sąsiedniego pałacu. Z tej strony lina obwiązana jest wokół bioder posągu Demetriusza i przytwierdzona do studni. Zawieszona jest nieco powyżej korony dwóch drzew oliwnych rosnących przy ścieżce. Gdyby stracił równowagę, spadłby w objęcia zakurzonych gałęzi tych drzew.

Wchodzi na most, wymacuje stopą linę. Jaką może mieć wartość ten posąg – zagadnął kiedyś od niechcenia Hanę, a ona odpowiedziała, że ranny Anglik orzekł, iż wszystkie posągi Demetriusza są bezwartościowe.

Zakleja list i wstaje, przechodzi przez pokój ku oknu, w tym momencie błyskawica przeskakuje nad doliną. Spostrzega Caravaggia zawieszonego w powietrzu nad wąwozem, który się wije wzdłuż pałacu jak głęboka blizna. Zamiera przy oknie, jakby śniła, potem przysiada w niszy okiennej i wygląda przez okno.

Ilekroć zaczyna się błyskać, deszcz nadchodzi nagle, ciągnąc za sobą noc. Wypatrując Caravaggia, widzi zaniepokojone jastrzębie wzbijające się w niebo.

On jest w połowie drogi, kiedy wyczuwa pierwsze krople, po chwili deszcz zmywa mu całe ciało, nasyca je wilgocią, ubranie staje się nagle cięższe.

Ona wyciąga dłonie przez okno, chwyta w nie deszcz i zwilża nim sobie włosy.

Pałac pogrąża się w ciemności. W korytarzu obok sypialni rannego Anglika pali się ostatnia świeca, długo w noc. Ilekroć budzi się ze snu, widzi pełgające żółte światełko.

Świat jest dlań teraz bezdźwięczny, nawet światło wydaje się zbędne. Rano powie dziewczynie, że nie chce, by zapalona świeca towarzyszyła mu nocą, kiedy zasypia.

Około trzeciej nad ranem wyczuwa czyjąś obecność w pokoju. W pewnym momencie dostrzega w nogach łóżka, na tle ściany, być może wewnątrz malowidła, jakąś postać nie dającą się w świetle świecy wyodrębnić spośród mrocznego gąszczu listowia. Coś wymrukuje, coś, co chciałby powiedzieć, ale odpowiada mu milczenie i zwiewna, brunatna postać, mogąca być tylko sennym zwidzeniem, nie porusza się. Topola. Mężczyzna w pióropuszu. Pływak. Bo przecież nie spadłoby na niego takie szczęście, aby mógł ponownie spotkać młodego sapera. Nie zasypia już jednak tej nocy, na wszelki wypadek, gdyby postać miała się ku niemu zbliżyć. Nie bierze tabletki uśmierzającej ból i czuwa aż do chwili, w której światełko gaśnie i swąd zastygającej świeczki wdziera się do jego pokoju, a także do pokoju dziewczyny, w głębi korytarza. Jeśliby się figura odwróciła tyłem, miałaby farbę na plecach, wziętą z miejsca, do którego przylgnęła w smutku, miejsca wypełnionego namalowanymi drzewami. Byłby to w stanie zobaczyć, nawet kiedy świeczka już zgasła.

Ręka wyciąga się powoli, dotyka książki i wraca do sczerniałego policzka. Żadnego innego ruchu w tym pokoju.

Gdzie się znajduje teraz, kiedy o niej myśli? Po tych wszystkich latach? I ona, i on zdążyli się postarzeć, głaz skamieniałej przeszłości wyłania się z wody, wynurza się ponad jej powierzchnię, zanim ponownie zrówna się z poziomem wody i zanurzy.

Zasiadł w swym ogrodzie, ponownie myśląc, że powinien wejść do domu, napisać do niej list lub też któregoś dnia zajść do centrali telefonicznej, wypełnić formularz i spróbować dodzwonić się do niej, w innym kraju. W tym ogrodzie prostokąt suchej, wystrzyżonej trawy wiedzie jego myśl na powrót ku miejscom, w których przebywał z Haną i Caravaggiem, i rannym Anglikiem w Villa San Girolamo, na północ od Florencji. Jest teraz doktorem, ma dwoje dzieci i roześmianą żonę. Ma też wiele zajęć w tym mieście. O szóstej po południu ściąga swój biały fartuch lekarski. Nosi pod nim ciemne spodnie i koszulę z krótkimi rękawami. Zamyka swą klinikę, gdzie każdy papierek unieruchomiony jest jakimś ciężarkiem – kamykiem, kałamarzem, miniaturką ciężarówki, którą jego syn przestał się już bawić – aby zapobiec zdmuchnięciu przez wentylator. Wsiada na rower i przez sześć kilometrów pedałuje do domu, przejeżdżając przez bazar. Kiedy tylko może, wjeżdża w cień. Osiągnął wiek, w którym nagle stwierdził, że słońce Indii go wyczerpuje.

Przejeżdża pod wierzbami rosnącymi nad kanałem i zatrzymuje się przy małej kolonii domków, rozpina spinacze przy nogawkach spodni i znosi rower po kilku stopniach do małego ogródka, uprawianego przez żonę.

Tego wieczora jakaś siła sprawiła, że ów głaz, skamielina przeszłości, znów wynurzył się z wody. I myślami powrócił do górskiego miasteczka we Włoszech. Być może była to oparzelina na ręce dziewczyny, którą dziś opatrywał. Albo kamienne schody, na których brunatne chwasty wyrastały pomiędzy stopniami. Już był w połowie ich wysokości dźwigając rower, kiedy to sobie przypomniał. Stało się to w drodze do pracy, pułapka pamięci czekała więc spokojnie przez siedem godzin nieprzerwanego przyjmowania pacjentów i załatwiania spraw administracyjnych. Albo może jednak zaczęło się to od oparzonej ręki dziewczyny.

Siedzi w ogrodzie. I wyobraża sobie Hanę, z włosami dłuższymi niż wtedy, w jej ojczystym kraju. Co też porabia? Zawsze w wyobraźni widzi ją wyraźnie, jej twarz i ciało. Nie umie jednak określić, jaki zawód mogłaby wykonywać ani w jakich warunkach żyje, mimo iż odgaduje jej reakcje na ludzi, sposób, w jaki pochyla się nad dziećmi, białe drzwi lodówki w tle, jeszcze głębiej bezdźwięczny ruch tramwajów. To taki skromny dar, którym go obdarzono, jakby kamera filmowa mu ją ukazywała, tylko ją, i bez dźwięku. Nie umie rozpoznać towarzystwa, w którym przebywa, ani tego, jakie ma poglądy; może rozpoznać jedynie jej usposobienie oraz długość jej ciemnych włosów, które ciągle opadają jej na oczy.

Uzmysławia sobie, że twarz miała zawsze poważną. Jej młodzieńcza kobiecość przeobraziła się w majestatyczną surowość monarchini. Najwidoczniej na jej życzenie ktoś ukształtował jej twarz tak, by nie ulegało wątpliwości, że jej właścicielka jest kimś. Nadal to właśnie w niej ceni. Jej sprawność, to, że nie odziedziczyła ani wyglądu, ani swego piękna, lecz że sama nadała im kształt odzwierciedlający jej charakter. Wydaje się, że co miesiąc lub dwa właśnie taką ją wspominał. Te objawienia były wynikiem listów, jakie doń pisała przez rok, na które nie odpisywał, aż przestała, zrażona jego milczeniem. Przypuszczała, że to sprawa jego charakteru.

A teraz nawiedzają go te pokusy, by z nią porozmawiać w czasie posiłku, i powrócić do tego stanu największej bliskości, w jego namiocie lub też w pokoju rannego Anglika, w obu tych miejscach, gdzie wciągał ich wir burzliwej rzeki czasu i przestrzeni. Wspominając te chwile zawsze doznaje zadziwienia w równym stopniu sobą jak i nią – sobą chłopięcym i przejętym, wyciągającym gibkie ramię ku dziewczynie, w której się zakochał. Mokre buty zostawił przy oszklonych drzwiach, związał je sznurowadłami, ręką obejmuje jej ramię, zwracają się ku sobie na łóżku.

W czasie wieczornych posiłków przypatruje się córeczce zmagającej się ze swą nieporadnością, próbującej utrzymać ciężki oręż sztućców w maleńkich dłoniach. Przy tym stole wszyscy mają dłonie brązowe. A żona wszystkich przyuczyła do swego żywego humoru, który odziedziczył po niej jego syn. Lubi obserwować pomysłowość swego syna, nieustannie go zachwycającą, przekraczającą nawet inwencję i dowcip jego żony – sposób, w jaki chłopiec naśladuje psy napotkane na ulicy, ich szczekanie, ich wygląd. Podziwia to, że umie odgadnąć nawet psie pragnienia z różnych znaków pozostających do psiej dyspozycji.

A Hana być może obraca się w towarzystwie nie będącym towarzystwem, które sama wybrała. Ciągle jeszcze, w wieku trzydziestu czterech lat, nie znalazła towarzystwa właściwego, takiego, jakiego by pragnęła. Jest kobietą dumną, a jej odwaga sprawia, że niełatwo znajduje szczęście, choć zawsze podejmuje ryzyko; jest też coś w jej brwiach, co tylko ona sama może dostrzec w lustrze. Idealna i idealizująca – pod lśniącymi, ciemnymi włosami. Mężczyźni łatwo się w niej zakochują. Wciąż ma w pamięci linijki wierszy, które Anglik odczytywał jej na głos ze swej podręcznej księgi. Jest kobietą, której nie znam na tyle, bym mógł ją wziąć pod swe skrzydła – o ile pisarze mają skrzydła – i skryć pod nimi na resztę mego życia.

Tak więc Hana porusza się, obraca twarz i długie włosy przesłaniają jej zakłopotanie. Potrąca ramieniem brzeg kredensu i zrzuca szklane naczynie. Lewa ręka Kirpala opuszcza się do podłogi, chwyta strącony widelec o centymetr nad jej powierzchnią i uprzejmie podaje go córeczce. Zmarszczki w kącikach jego oczu pod okularami.

Spis treści